W0345913

Rock oder Liebe -- Thunder

Don Both feat. Babels

Romanze/ Humor/Erotik
Deutsche Erstausgabe Oktober 2016

Kontakt: bethy86@hotmail.de
https://www.facebook.com/pages/DonBoth/248891035138778
http://donboth.weebly.com/
Lektorat: Belle Molina
Korrektorat: Sophie Candice
Weitere Mitwirkende: Babels, Nicole Zdroiek
Cover: Babels Art
Erschienen im A.P.P.-Verlag
Peter Neuhäußer
Gemeindegässle 05
89150 Laichingen
ISBN – mobi: 978-3-96115-023-6
ISBN – E-pub: 978-3-96115-024-3
ISBN – Print: 978-3-96115-025-0

Don Both • Babels

Rock oder Liebe

Thunder

A.P.P.

Bisher von Don Both erschienen:

Rock oder Liebe

Rock oder Liebe – unplugged
The unholy book of Tristan Wrangler (Sammelband)
Immer wieder Verführung (Sammelband)
Immer wieder Tristan und Mia – Hochzeitsspecial
Immer wieder ist nicht genug

1. The Tower – Mad Love
2. The Tower – Bad love

Corvo – Spiel der Liebe
Forbidden Secret (mit Emily Key)
Hope (mit Kera Jung)

1.Dark Demand
2. Unzähmbar – Liebe ohne Hard Limits
3. Deep Instinct

Für Anke und Peter. Zwei Menschen die den Begriff ›Freundschaft‹ neu definieren.

Klappentext:

»Shit …« Mit diesem Wort war ich schon wieder bei ihr, riss sie an der schmalen Taille in meine Arme und küsste sie, als wäre das hier meine letzte Chance von ihren Lippen zu kosten. Sie sank gegen mich – weich, anschmiegsam, absolut vertrauensvoll. Als ich mich von ihr löste, waren wir beide komplett außer Atem. »Die Trainingszeit ist hiermit beendet. Lassen wir die richtigen Spiele beginnen«, hauchte ich und konnte die Vorfreude in meiner Stimme nicht verbergen ... Der Rockstar und die Anstandsdame gehen in die nächste Runde. Mason Hunter und Hannah Hauptmeier. Ein Paar, wie kein anderes … Eine Geschichte, die unter die Haut geht … und eine leidenschaftliche Liebe die alles überwindet. Oder doch nicht? Der dritte Teil des Amazon-Bestsellers. Provozierend, düster … unvergesslich …

Der dritte Teil des Amazon-Bestsellers.

Provozierend, heiß … unvergesslich …

Reihenfolge:

Rock oder Liebe

Rock oder Liebe – unplugged

Dieses Buch!

In dieser Reihe folgt noch ein letzter Teil, der voraussichtlich im Frühjahr 2017 erscheinen wird.

Was bisher geschah

Hysteria

(Muse)

Shit! Das war jetzt nicht ihr verfluchter Ernst! Ich fühlte immer noch ihre engen Wände um mich und sie roch immer noch unwiderstehlich und ich wollte immer noch nichts dringender, als sie zu vögeln! Doch leider … war sie eingeschlafen! Einfach so! Ohne Vorwarnung! Auf mir, Mason Hunter, frisch gekrönter sexiest man alive, und mit mir tief in sich!

War das nicht die Höhe?

Gerade eben hatte sie mich noch um den Finger gewickelt wie keine Frau davor, hatte mir in meiner Limousine fast einen geblasen, mich dann ans Bett gekettet, sich auf mich gesetzt und … *jetzt schnarchte sie mir ins Ohr*!

»Hannah!«, rief ich in ihren Gehörgang und ruckelte mit meinen Hüften. Doch sie schmatzte nur und fing zur Krönung an, noch lauter zu schnarchen. »Weib! Das kannst du jetzt nicht bringen!« Ich wackelte mit meinem gesamten Körper, doch sie blieb lasch und schlief weiter.

»HILF MIR, LIEBER GOTT!«, knurrte ich und wurde halb wahnsinnig, denn sie bewegte ein kleines bisschen ihre Hüften, wodurch mein Schwanz in ihr nur härter wurde. Das war der Himmel und die Hölle in einem. Verzweifelt stieß ich mit meinem Becken nach oben, um mich selber zu reizen, aber das war viel zu anstrengend und keinesfalls erregend. Kreisen brachte auch nicht genug, um ansatzweise kommen zu können; was bedeutete, dass diese Nacht die Hölle sein würde.

Und so war es auch …

Während die Stunden langsam wie Blei an mir vorbeiflossen, versuchte ich, mich mit mathematischen Formeln und auswendig gelernten Gedichten abzulenken. Ich dachte mir sogar ein paar neue Songtexte über eine sadistische, schnarchende Göttin aus, während sie in Ruhe auf mir schlief und sich ab und zu bewegte. Immer wieder mal spannte sie ihre Muskeln um mich herum an, was mich jedes Mal aufs Neue hart machte.

Es war eine Tortur. Ein wahres Rauf-und-Runter. Wortwörtlich.

Ich verfluchte diese Frau auf mir, die ich ansonsten vergötterte, und starb in dieser Nacht mindestens fünfzig qualvolle Tode.

***

Die Sonne ging langsam auf. Lichtstrahlen hüllten das Zimmer in goldenen Glanz. Die Vögel fingen an, vor dem

Fenster zu zwitschern, und ein übermüdeter, augenringetragender Mason Hunter lag völlig fertig, angekettet und mit einer schlafenden Prüdella auf sich im Bett und verteufelte sie.

Vermutlich dachte sie gerade, dass sie ihren Schönheitsschlaf mit Schwanz in sich beenden könnte, denn sie rekelte sich leicht auf mir. Und damit meinte ich nicht *leicht,* sondern eher lüstern. Sie streckte und wand sich. Rieb ihre Brüste über meine Brust, presste ihre Hüften gegen mich. Sie spannte sich an und stöhnte dabei auch noch leise und sanft, genauso wie völlig erschrocken: »Oh Mason!«

Trara, mein Schwanz stand wieder wie eine Eins und drängte auf seinen Einsatz.

»Bitte nicht schon wieder!«, jammerte ich, denn das hatte sie in der Nacht schon zur Genüge gebracht. Rumstöhnen, mir Hoffnungen machen und dann selig weiterschlafen! »Bitte, bitte, bitte, bitte NICHT ZUCKEN!« Ich bettelte gerade darum, dass sie ihre Muschimuskeln nicht anspannte, während ich in ihr war, das musste man sich mal geben. Ich war Mason Hunter, schien praktisch aus Sex zu bestehen, und flehte in diesem Moment die Frau auf mir an, nicht so erotisch zu sein!

Aber natürlich hörte sie nicht auf mich. Warum sollte sie auch? Das war wohl ihre ganz persönliche Rache für die letzten zwei Wochen, die zum Motto hatte: Wir quälen Mason Hunter.

Erleichtert merkte ich, dass sie wirklich aufwachte, denn ihre Atmung änderte sich und ich fühlte, wie sie an meinem Hals lächelte. Aber ihr würde das Lächeln gleich vergehen! Ihre vollen Lippen drückten sich verträumt gegen meine Haut und ihre Hände strichen über meine nach wie vor angeketteten Arme, die den Schmerz schon längst hinter sich gelassen hatten, weil sie mittlerweile taub waren.

»Mhhhmmm«, summte sie auch noch genüsslich und säuselte: »Hast du auch so gut geschlafen wie ich?« Das war der Punkt, an dem ich sie am liebsten umgebracht hätte.

»UND WIE GUT ICH GESCHLAFEN HABE«, knurrte ich nicht nur, weil es in mir brodelte, sondern auch, weil meine Stimme vom vielen Jammern angeschlagen war. Sie reagierte natürlich sofort auf meinen Tonfall und richtete sich mit einem Ruck auf, um mich verdutzt anzublicken. Dabei stützte sie sich auf meiner Brust ab, wodurch ich tiefer in ihr Inneres rutschte und mir ein stranguliertes Stöhnen nicht verkneifen konnte. Gleichzeitig keuchte sie, denn sie spürte endlich, dass ich nach wie vor in ihr steckte. *Ja! Einen schönen guten Morgen auch!*

»Ooops …«, war ihr schlauer Beitrag, bevor sie ihre Augen schloss, verträumt lächelte und leicht mit ihren Hüften kreiste. JETZT machte sie mich sicher noch mal richtig scharf, nur um dann weiterzuschlafen! Gequält kniff ich die Lider und Lippen zusammen. »Was ist das denn?«, fragte sie hocherfreut, mit geröteten Wangen und schaute mit glänzenden Augen auf mich herab.

»DAS, meine Liebe, ist mein steinharter, gefolterter, nicht befriedigter Schwanz, der jeden Moment platzt!«

»Ach? Wirklich?« Sie besaß tatsächlich die bodenlose Frechheit, zu kichern und ihre Hüften erneut kreisen zu lassen.

»Mach. Mich. LOS!«, presste ich zwischen zusammengebissenen Zähnen hervor und zerrte an den Handschellen.

»Gib mir einen plausiblen Grund dafür«, entgegnete sie auch noch absolut sachlich.

DEN konnte ich ihr geben! »Du sollst mich losmachen, damit ich dir zuerst deine Flausen aus dem Körper peitschen und dir dann dein großes Mundwerk aus dem Schlitz vögeln kann!«, knurrte ich dämonisch.

»Das ist rein physikalisch unmöglich. Außerdem kann ich dich in diesem Zustand unmöglich auf die Menschheit loslassen«, säuselte sie mitfühlend auf die *Armes-Baby-*-Tour.

»Nicht auf die Menschheit!«, beruhigte ich sie scheinheilig. »Nur auf DICH!« Das letzte Wort war schon etwas lauter und sie zuckte ein wenig zusammen, was ich wiederum heftig um mich herum spürte.

»Okay … aber warte … Es ist gerade so toll, lass mich was ausprobieren …« Und dann … ja dann begann diese kleine sexy Hexe, sich auf mir zu bewegen. Dabei hatte sie nach wie vor ihre Arme auf meiner Brust abgestützt und schaute mir forschend in die Augen. Sie schob ihre Hüften von links nach rechts … stöhnte leise. Dann vor und zurück, weshalb sie lauter stöhnte … Und ich mit ihr, denn ich fühlte, wie sich alles staute und jeden Moment in Höchstgeschwindigkeit aus mir schießen würde. Unsere Blicke verwoben sich. Ihrer loderte lüstern teuflisch, meiner einfach nur IRRE. Plötzlich ging ein winzig kleines triumphierendes Lächeln über ihr Gesicht, und in dieser Sekunde wusste ich, dass sie mir in Sachen Sadismus in NICHTS nachstand. Wir würden SO viel Spaß miteinander haben!

Und dann bewegte sie nach oben – meine KOMPLETTE Länge entlang –, sodass ich kurz einen erfrischenden Windhauch auf meiner Eichel spürte. Sie biss sich auf die Lippe und ließ sich gnadenlos und in der Absicht, mich wahnsinnig zu machen, auf mich zurückfallen. Das … WAR'S!

Ich explodierte, und das ohne Ende! Das war der intensivste Scheiß, den ich je erlebt hatte. Dabei brüllte ich wie noch nie. Durch die gesamte Nachbarschaft, wie ein verdammtes Tier, während ich meine Hände zu Fäusten ballte. »GOTTVERFLUCHTE SCHEISSE, HANNAH!«

Ich merkte erst, dass sie mich losgemacht hatte, als sie sich plötzlich mit hektischen Bewegungen von mir schwang … und aus dem Bett stürzte, als würde es um ihr Leben gehen.

Sie lief vor mir davon!

Huntermodus!

»Oh, NEIN! So kommst du mir nicht davon!« Mit diesem Knurren kam ich auf die Knie und wollte ihr hinterher, doch meine Beine wollten nicht so, wie ich wollte, und ich landete erst mal neben meinem Bett auf der Nase.

»SHIT!«, fluchte ich und rappelte mich wieder auf. Hannah war schon aus dem Zimmer gestürmt und hatte die Tür hinter sich zugeknallt. Ich rannte ihr schwankend hinterher, schüttelte dabei meine eingeschlafenen Arme aus und konnte gerade noch so sehen, wie sie holpernd und polternd die Treppen nach unten eilte.

»Hannah STOP!«, brüllte ich und lief ihr um die Ecke hinterher.

»NEIN!«, rief sie schrill zurück und war an der letzten Stufe angekommen, als ich nach unten in den Wohnbereich und auf sie zu hechtete. Sie rettete sich keuchend und mit großen lustverschleierten, aber doch leicht verängstigten Augen hinter den Esstisch und dachte wohl, er würde mich von ihr abhalten.

Pff, dummes Mädchen!

Ich stürzte an die andere Seite und stützte mich mit den Händen auf dem glatten Holz ab. Jeder Muskel gespannt … Meinen Blick auf meine wunderschöne Beute mit den geröteten Wangen, den wirr zerzausten Haaren und den langen, bebenden Beinen gerichtet, an denen mein Sperma herablief. Ihre dunkelbraunen Augen funkelten mich herausfordernd an.

OH SHIT … Ich wurde schon wieder hart. Härter als hart … und ich raste dabei innerlich. DAS war genau der Zustand, in dem ich sie eigentlich nicht in die Finger bekommen sollte. Aber das war meinem schwirrenden Kopf jetzt egal.

»Kommst du freiwillig?«, fragte ich heftig atmend und starrte wie hypnotisiert ihre Nippel an, die sich mir steif entgegenstreckten, als sie ihr Kinn hob und ihre anmutigen Schultern straffte.

»Niemals!«, rief sie auch noch kämpferisch und fühlte sich offenbar zu sicher. Doch das nahm ich ihr, indem ich mit einem Ruck auf den Tisch sprang, der mit einem Ächzen erzitterte, aber standhielt. Sie kreischte panisch auf, denn mit dieser Aktion hatte sie nicht gerechnet, und machte sich wieder schreiend davon. Ich hätte gelacht, wäre ich nicht so darauf erpicht gewesen, meine Beute zu Fall und unter mich zu bringen. Meine Fingerspitzen streiften ihre Haare, als ich nach ihr griff und hinterher sprang. Mit stolpernden Schritten lief sie die Treppe nach oben, kicherte dabei wie verrückt und schrie schließlich grell auf, als ich sie am Fußknöchel erwischte und mit einem Ruck zu Fall brachte. »Ich hab gesagt, es gibt kein Entkommen!«

Meine Nachbarn dachten vermutlich, ich hätte jemanden niedergemetzelt, wenn sie uns gehört hatten.

Zum Glück konnte sich Hannah mit den Händen abfangen, sonst wäre sie mit dem Gesicht voran auf die Treppe geknallt. Hektisch wollte die braunhaarige Versuchung sich losmachen und weiterkrabbeln, aber ich ließ ihr keine Chance – jetzt, wo ich sie endlich in den Fingern hatte. Ihr nackter Arsch war einfach viel zu anziehend. Ich packte sie mit der freien Hand an der Hüfte, um sie festzuhalten. Im nächsten Moment zog ich sie ein wenig nach unten, kam auf den Knien nach oben … und stieß zu – direkt in ihren feuchten, so was von bereiten Spalt.

Sie schrie erschrocken auf. Denn DAMIT hatte sie nicht gerechnet!

Hannah erstarrte sofort, als sie mich in sich fühlte. So tief, wie sie mich noch nie gefühlt hatte, denn diese Stellung erlaubte es mir förmlich, sie bis in den Bauch zu ficken. Zum Glück wurde mir das in diesem Moment erschreckend klar und ich erstarrte ebenfalls … Ihr Schrei hallte immer und immer wieder in meinem Kopf wider. Zittrig atmete ich gegen ihren Nacken aus. Wie von selbst glitt meine Hand an ihrem Bauch entlang und ich drückte dort beruhigend zu, wo es ihr womöglich wehtat.

»Beweg dich nicht …«, murmelte ich rau und küsste sie auf den Rücken, zog eine heiße Spur bis zu ihrer bebenden Schulter und versuchte, mich dabei zu beruhigen, während sie erschauerte, als meine Lippen sie berührten. Dabei kam sie mir leicht mit ihren Hüften entgegen. Ich biss meine Zähne aufeinander. Denn ich konnte das nicht … Konnte sie jetzt nicht gewissenlos ficken wie jede andere Frau, für die ich nichts empfand, und ihr damit so dermaßen wehtun. Das hier war schließlich erst ihr dritter Sex, demnach würde ich ihr Schmerzen bereiten, wenn ich sie einfach so durchvögelte. Nicht nur körperlich, sondern auch seelisch.

Beruhige dich, Hunter! SOFORT!

Ich musste mich unbedingt zusammenreißen, und so klammerte ich mich mit meiner freien Hand am Geländer fest, bis ich es knacken hörte und auf einmal ein Stück Holz in den Fingern hielt.

»Shit«, murmelte ich und sie kicherte auch noch, als ich die Strebe des Geländers wegschmiss, die meiner Anspannung nicht gewachsen gewesen war. »Das ist nicht witzig …«, grummelte ich und atmete tief durch, versuchte die heiße, nasse Enge um mich herum zu ignorieren und glitt mit einer Hand an ihrem Bauch entlang. Konzentrierte mich nur auf sie, ihre Atmung, ihre Bewegungen, ihre Geräusche, als ich mit zwei Fingern über ihren Kitzler kreiste, und das so lange, bis sie immer lauter stöhnte und sich mir entgegendrängte wie eine kleine rollige Katze – was meine Selbstbeherrschung nur noch mehr bröckeln ließ.

»Hannah …«, keuchte ich an ihrem Ohr. Bevor ich mich versah, hatte ihr Name meine Lippen verlassen und das flehend. »Oh Shit … das sollte nicht so ablaufen …« Langsam zog ich mich aus ihr zurück und hätte dabei am liebsten geweint. »Ich werde dir in der Stellung wehtun … Ich werde … wieder die Kontrolle verlieren, denn so … geht es … verflucht … tief!«

»Halt die Klappe, Mason!« *Huh?* Hatte sie da gerade tatsächlich geflucht? Sie folgte mir mit ihren Hüften nach hinten. Keuchte, als sie sich selber wieder bis zum Anschlag auf mich schob. Ich hielt still … Zu sehr gefesselt von dem intensiven Gefühl, das sich von unseren verbundenen Körpern aus in mir ausbreitete wie ein frisch entfachtes Buschfeuer. Mit einem Grunzen nahm ich zu gut wahr, dass sie wieder ein Stück nach vorne ging, einen Fuß eine Stufe über mir abgestützt … den anderen mit meinen Knien auf einer Höhe … Ehe ich mich versah, ließ sie sich erneut heftig nach hinten fallen und versenkte meinen Monsterständer bis zum Anschlag in sich.

Wir stöhnten beide auf. Sie warf den Kopf zurück, ihre Haare verteilten sich über ihrem perfekten Rücken. Ich packte mit einer Hand vorsorgehalber einen anderen Stab des Geländers … Mit der anderen hielt ich meinen Schwanz am Ansatz fest, als sie wieder nach vorne ging und das so weit, dass ich ganz draußen war und direkt dabei zusehen konnte, wie sie mich erneut in sich aufnahm. Bevor sie sich abermals vor- und zurückbewegte und ihren kleinen festen Götterarsch heftiger gegen mein Becken klatschen ließ.

»Oh SHIT … Genau so ist es richtig, Babe!« Das war alles an Bestätigung, was sie brauchte. Mit sanftem Gestöhne begann sie, sich richtig zu bewegen – vor und zurück –, sodass es perfekt für sie war und ich ihr nicht wehtat, während ich immer noch einen idealen Blick darauf hatte, was sie Himmlisches mit mir anstellte, und bald die Zähne zusammenbeißen musste, um nicht zu kommen.

Doch schon bald ertrug ich es nicht, einfach so bewegungslos zu verharren. Einem inneren Drang folgend passte ich mich ihrem Rhythmus an. Sie stöhnte sofort lauter und ich hatte PANIK, meine Kontrolle zu verlieren … oder vor ihr zu kommen … Also beugte ich mich vor und umfing ihren Bauch sicher mit einem Arm.

»Stellungswechsel!«, hauchte ich grinsend an ihrem Ohr, bevor ich sie hochhob und meinen Arsch auf die Treppe pflanzte. Mit einem Keuchen setzte ich sie mit dem Rücken zu mir auf meinem Schoß, strich ihr die Haare aus dem Nacken und flüsterte gegen ihre süße Haut: »Es ist wie beim Tanzen … Dein Körper weiß, wie er sich bewegen muss, wenn er ordentlich gereizt wird!« Zielsicher schob ich eine Hand zwischen ihre weichen Schenkel und rieb über ihre mittlerweile angeschwollen Klit … Ihr Kopf fiel zurück gegen meine Schulter und ihre Hüften begannen automatisch, mit meinen Fingern im Einklang zu kreisen, während sie eine ihrer kleinen Hände in meinen Nacken krallte und die andere an der Wand neben uns abstützte – die Beine weit gespreizt und mit mir tief ich sich. Ich durfte mir das Bild, das wir boten, bloß nicht vorstellen, sonst wäre alles zu spät. Also konzentrierte ich mich auf ihr seidiges, feuchtes Fleisch unter meinen Fingern und nicht auf mein Kopfkino.

»Oh GOTT … Oh Mason … OH GOTT … OHHHHHHHHHHHH Mason …«, war alles, was sie zustande brachte, und das in den sinnlichsten, heißesten Tönen, die ich jemals in meinem Leben gehört hatte.

»Ich hab gewusst, dass du das mal stöhnen wirst, Babe! Hab ich's dir nicht gesagt?« Ich biss ihr knurrend ins Ohrläppchen und saugte dann ausgiebig daran, was ihre eine Gänsehaut bescherte, die ich unter meinen Fingern um ihren Bauch fühlen konnte. »Hannah …«

»Jaaaaaaa?«, rief sie fast.

»Du hast mich die ganze Nacht gequält … Also überlege ich mir gerade, dich jetzt auch nicht kommen zu lassen. Was meinst du?« Ich verringerte den Druck meiner Finger.

Sie wimmerte hilflos als Antwort: »Bitte … NICHT … Mason … BITTE … Vier…zehn … Tage!« Ich lachte rau, als sie die Worte zusammenhanglos stammelte. Zu mehr war ihr lustdurchtränktes Hirn eindeutig nicht fähig. Ihre Hand fiel von meinem Nacken und presste meine Finger fest gegen ihre auslaufende Hitze.

»Bitte … Mason … bitte …« Gierig drehte sie mir ihr Gesicht zu und küsste mich am Hals – ihre kleine warme Zunge strich über meine verschwitzte Haut, über meine Tätowierung. In ihrer Stimme lagen so eine bedingungslose Hingabe und so ein Vertrauen, dass ich sie jetzt einfach nicht leer ausgehen lassen konnte. Und ich WOLLTE sie auch ENDLICH um mich herumkommen fühlen. Wollte dabei tief in ihr stecken und jedes noch so kleine Zittern ihrer Gliedmaßen hautnah miterleben … jedes Keuchen … jedes Zusammenziehen ihrer Muskeln in ihrem perfekten, für mich geschaffenen Körper.

»Du bist Mein.« Somit zwickte ich sie in den Kitzler und sie KAM, wobei sie meinen Namen wie ein Gebet schrie: »Mason … Mason … Mason … Mason …« Mein Orgasmus überrollte mich gleichzeitig so unvorbereitet und heftig, dass mir kurzzeitig schwarz vor Augen wurde und ich sicher war, ein paar Sekunden bewusstlos geworden zu sein.

Als ich wieder zu mir kam, lag ich immer noch auf der verschissenen Treppe … und sie mit ihrem vollen Fliegengewicht auf mir. Wir beide keuchten und schwitzten um die Wette und mein Rücken tat verflucht weh, weil sich eine Stufe reinbohrte.

»Oh … Scheiße … ich glaube, ich hab mir die Wirbelsäule gebrochen«, beschwerte ich mich und gab ihr einen kleinen Kuss auf die Schläfe. Hannah kicherte nur erschöpft, zuckte aber kurz zusammen, als ich mich aus ihr löste … Dann verlagerte ich sie etwas und hob sie auf meine Arme, obwohl wir dabei die Treppe und ihre Beine einsauten.

»Wir gehen jetzt duschen!«

»Okay.«

»Es war gerade der beste Hammersex in meinem Leben!«

»Okay!« Müde lehnte sie ihre Stirn an meinen Hals, während ich sie in die Dusche trug. Im Bad stellte ich sie auf ihre wackligen Beine. Sie grinste mich verträumt an und kicherte, als ich mich aufrichtete und mir erst mal den

Rücken massierte.

»Das ist nicht witzig, Miss Obermeier! Die Nacht war die reinste Folter und so wollte ich dich sicher nicht das erste Mal vögeln! Das schreit nach Bestrafung!« Aus dem Kichern wurde ein Lachen und sie schlang ihre Arme um meine Hüften. Ihre kleinen Finger gruben sich fest in die verspannten Muskeln neben meiner Wirbelsäule und begannen sie durchzukneten. Dabei vergrub sie ihr Gesicht an meiner verschwitzten Brust und nuschelte zur Abwechslung mal: »Okay!«

»Hab ich dir gerade den Wortschatz aus dem Hirn gevögelt?«, fragte ich und umschlang sie mit den Armen, während ich sie auf die leicht feuchten Haare küsste.

»Ich glaube schon«, erklang von unten ihre sanfte Stimme. Ich wollte sie verflucht noch mal NIE wieder loslassen! Doch das musste ich … immer wieder … kurz mal.

Wir duschten einträchtig und wuschen gegenseitig unsere Körper … Dann kümmerte sie sich um meine von den Handschellen aufgeschürften Handgelenke und massierte mir ausgiebig den Rücken. Ich sah mir ihren Intimbereich an und war froh zu erkennen, dass sie nicht wund war, bevor wir runtergingen und sie Frühstück mit Aufbacksemmeln und ihrem Hammer-Omelett machte, während ich Dom Dom und Sub Sub fütterte, und sie damit ablenkte, sie immer wieder völlig grundlos um den Verstand zu küssen. Es gelang mir nie. Sie war nach jedem Kuss mindestens genauso schlau wie davor. Aber dafür noch süßer.

Natürlich beobachtete ich sie mit Adleraugen. Ich wollte wissen, ob ich sie mit meinem animalischen Ausbruch und der Treppenzerstöraktion erschreckt hatte, aber sie war mit uns beiden immer noch völlig im Einklang – mehr als das. Meine Hannah war glücklich. Ich konnte den Stein förmlich fühlen, der meinem Schwanz und mir vom Herzen fiel, als mir klar wurde, dass sie *wirklich* jede meiner Seiten verkraften würde. Sie war so viel stärker, als ich jemals angenommen hatte. Das hieß, die Spiele konnten jetzt so wirklich beginnen.

Insgeheim freute ich mich darüber, dass Hannah sich mit einem weißen Tanktop und exquisiten dunkelblauen Spitzenhöschen zufriedengegeben hatte, und betrachtete jede ihrer ansehnlichen Bewegungen beim Essen, während ich in meinem Kopf die verschiedensten Szenarien durchspielte. Ablenkende Szenarien, wie ich sie für die Horror-Porno-Nacht büßen lassen würde … oder besser gesagt, wie ich uns beiden heute den größtmöglichen Spaß bereiten würde. Es gab so viele Möglichkeiten und sie würde bei allem mitmachen, mich überraschen und mich völlig in den Wahnsinn treiben. Sie war so unglaublich … Ich konnte nicht genug von ihr bekommen.

»Wieso isst du nicht?«, fragte sie belustigt und mit einem Schmunzeln in den strahlenden Augen.

»Weil ich dich blickficke.«

»Also nicht multitaskingfähig«, stichelte sie und trank einen kleinen Schluck frisch gepressten Orangensaft, nur um sich anschließend mit der Zunge zuerst über die Ober- und dann über die Unterlippe zu lecken. Aber ich ignorierte es, ließ mich nicht ablenken.

»Pfff«, schnaubte ich und aß ein großes Stück Ei, um dann mit vollem Mund zu sprechen und sie dazu zu bringen, die Augen zu verdrehen … »Kitzler reiben, dich dabei vögeln UND Dirty Talk in einem!« Dann lehnte ich mich mit vor der Brust verschränkten Armen zurück und beobachtete zufrieden das Schauspiel, wie die Hitze ihre Wangen heraufkroch, ihr Atem sich beschleunigte und sie schließlich das Besteck beiseitelegte. »HA!«, rief ich aus und erschreckte sie damit.

»Was?«, fragte sie ertappt und biss sich auf die Lippe. Sie rutschte sogar ein bisschen auf ihrem Platz rum. Ich grinste süffisant und schob meinen Stuhl ein Stück zurück.

»Erwischt, Miss Obermeier! Sie sind erregt. Am Tag! Sie böse kleine Anstandsdame …«, antwortete ich mit leiser, verführerischer Stimme und zeigte ihr mit dem Zeigefinger, dass sie gefälligst diesen kleinen wunderbaren Arsch zu mir schwingen sollte.

Sofort merkte ich, wie ihre Röte sich vertiefte und sie auf Beutemodus schaltete. Oh, sie war berauschend, wenn sie so schüchtern war und sich gleichzeitig doch nach mir verzehrte. Langsam schob sie ihren Stuhl zurück, erhob sich und kam auf mich zu … um dann vor mir stehen zu bleiben und mit großen aufgeregten Augen auf mich herabzublicken wie auf ein achtes Weltwunder.

Ich lächelte breiter und schob erst mal in aller Ruhe den Teller und mein Glas beiseite, um ihr Platz zu machen. Ihre Augen wurden größer, ihr Atem schneller. Ich wusste, dass schon jetzt die Bilder in ihrem sehr aktiven Kopf tanzten. Also glitt ich mit einer Hand über ihren Oberschenkel nach oben, legte sie auf ihren Hüftknochen und strich dann unter das Oberteil. Fühlte ihre seidenweiche, warme Haut unter meinen Fingern, bevor ich sie nach links zog und dann mit beiden Händen vor mich auf den Tisch setzte. Sie keuchte auf, schmolz aber unter meiner Berührung dahin.

Bestimmend spreizte ich ihre Beine, schaute ihr dabei in die Augen und genoss die kleinen Reaktionen ihres Körpers auf mich. Die Gänsehaut, die sich ausbreitete. Den Biss auf ihre Lippe, der dazu diente, das Verlangen in Schach zu halten, das in ihr tobte. Die nicht gerade subtile Beschleunigung ihres Atems, als ich sie auf den rechten Innenschenkel küsste.

»Du hast mich heute Nacht ganz schön geärgert, Babe«, summte ich gegen ihre duftende Haut und hielt ihre straffen Unterschenkel in meinen Händen.

»Nicht dass ich wüsste …«, erwiderte sie süffisant grinsend und wand sich unter meinen Lippen. Ihr Arsch rutschte ganz unauffällig ein Stück weiter vor an die Tischkante. *Kleines Luder! Ich weiß, wo du meinen Mund willst,* dachte ich und ignorierte ihre stumme Aufforderung komplett. Stattdessen wartete ich gespannt darauf, dass sie mutiger und forscher wurde, so wie immer, wenn ich sie zappeln ließ.

»Oh doch, das hast du. Daher werde ich dich auch ein wenig … *ärgern*. Natürlich auf eine andere Art als du. Wir werden heute den Tag für meine Zwecke nutzen … und das so lange ich will. Alles andere wird auch nach meinen Spielregeln ablaufen!« Sie erschauerte. Ich legte meine Wange auf ihrem Bein ab, rieb mit meinen Bartstoppeln über ihre zarte Haut.

»Du magst es, wenn ich dich so behandle wie vorhin … Wenn ich dich durchs Haus jage und dich dann mitten auf der Treppe ficke.« OH SHIT … sie wurde NOCH dunkler.

»Ja, das mag ich …«, gab sie kleinlaut zu und ergänzte ihre Worte mit einem sanft gehauchten »Sehr …«. Mein steifer Schwanz zuckte als Antwort in der Shorts.

»Das ist … PERFEKT. Du bist perfekt.« Ruckartig stand ich auf, packte ihren Arsch und drückte ihren heißen Unterkörper gegen den Beweis meiner Erregung. »Und du wirst heute mein sein! Völlig!« Sie keuchte und schaute mit großen Augen zu mir hoch. Ihr Atem strömte heftiger gegen mein Gesicht, als sie mit viel Nachdruck und sehr hektisch nickte. Ich kreiste mit meinen Hüften lasziv an ihrem Becken, massierte sie direkt durch ihr dünnes Höschen mit meinem Schwanz. »Du wirst ALLES tun, was ich dir sage!« Sie stöhnte, als ich den Druck verstärkte, und ließ den Kopf nach hinten fallen.

»JA, Mason …«

»Du willst das Monster, du kannst es haben!« Grinsend beugte ich mich vor, um sie sanft zu küssen, was im absoluten Widerspruch zu meinen Bewegungen und vor allem meinen Worten stand.

»Ich will das Monster!«, murmelte sie gegen meine Lippen und vergrub ihre kleinen Finger in meinen Haaren. Sie zog daran und neigte damit meinen Kopf, um mich zurückküssen zu können. Alles andere als sanft, sondern schon wieder verflucht verlangend und so heiß, dass sich meine Augen nach oben verdrehten und ich ein kehliges Stöhnen von mir gab. Wie gern hätte ich einfach ihr Höschen zur Seite geschoben, meine Shorts nach unten gezerrt und wäre in ihr versunken … Ich tat es nicht. *Spannung.* Das ist der Schlüssel zur ultimativen Erotik. Also ließ ich erst mal wieder von ihr ab und lehnte meine Stirn an ihre.

»Okay, Blowjob-Girl, weißt du, was ich jetzt von dir will?«, hauchte ich gegen ihr Gesicht.

»WAS?«, fragte sie voll sexueller Erwartung. Ihre Augen waren geschlossen. Sie genoss das Pulsieren und Flimmern zwischen uns und das Gefühl meines Schwanzes, der an ihrem Schlitz lehnte.

»Wasch. Ab«, erwiderte ich grinsend, lehnte mich auf meinem Stuhl zurück, schnappte mir meinen Teller und fing an zu essen. Erstarrt öffnete sie die Augen, schaute mich ein paar Sekunden an, bevor sich ihr Blick wieder fokussierte und sich ihre Unterlippe nach vorne schob, um klar zu machen, dass sie jetzt schmollte. Ich konnte nicht anders, als zu lachen.

»Was denn?«

»PFFFF!«, antwortete sie. Dann warf sie ihre Haare zurück, sprang vom Tisch, nahm affektiert ihren Teller und ging ihre Hüfte schwingend in die Kochnische. Ich lachte immer noch, als sie Wasser einlaufen ließ und anfing, aggressiv den Teller zu schrubben, während sie ihren *Ich-werde-dich-langsam-und-qualvoll-töten*-Blick nicht von mir nahm.

»Hey, lass das Motiv drauf. Die Teller hab ich extra auf ›ner Messe geholt und die waren schweineteuer. Ich sag dir jetzt lieber nicht, von wem die Titten sind …«

Ihre Augen verengten sich sofort und sie stockte in ihrer Tellervergewaltigung. »Von der Pornofrau!« Irre grinsend nahm sie den feuchten Teller mit spitzen Fingern und hielt ihn provokativ hoch.

»Wag es nicht, Weibsstück«, knurrte ich förmlich.

»Als du ihre Brüste geküsst hast«, säuselte sie, »hat es da zufällig *Klirr* gemacht?«

»Hä? Wie meinst du das?«

Sie grinste breiter und ließ den Teller los. »Na so!« Er zerschellte mit einem lauten Klirren auf dem Küchenboden. Eine einsame Scherbe mit einer Brustwarze drauf schlitterte über den Boden und landete direkt neben meinen Füßen. Mit großen Augen starrte ich sie an, verengte die Lider und hob schließlich wieder meinen Blick, um Hannah dunkel ins Visier zu nehmen.

»Das hast du nicht getan«, presste ich zwischen den Zähnen hervor.

Hannah schlug die Hand vor den Mund und machte ganz große Rehaugen. »Meine Finger waren so nass … Er ist mir einfach entglitten … So mir nichts dir nichts. Das tut mir jetzt aber leid!« *Kleines, heißes Miststück!*

Ich blieb cool und lehnte mich zurück, atmete tief durch und sagte: »Das wird dir auch noch leidtun, Hannah – wenn wir gleich in meinem Keller sind –, und jetzt sammel die Scherben auf!«

»Keller?«

»Japp! Es hat sich ausgecoucht. Der Kuschelscheiß ist vorbei. Spätestens nachdem du meinen Tittenteller kaputt gemacht hast!«

»Ich kann dir einen Neuen kaufen«, lenkte sie ein und nahm den Besen, um die Scherben zusammenzukehren.

»Klar, mit Oma-Blümchenmotiv drauf … oder mit den zehn Geboten«, erwiderte ich, aß in aller Ruhe ein weiteres Stück Ei und klatschte ihr auf den Arsch, als sie die einsame Scherbe zu meinen Füßen aufhob. »Schön gründlich, Babe. Da liegt noch ›ne Scherbe!« Sie schnaufte und fegte brav alles auf.

Als die Scherben auf meiner Anrichte lagen, denn ich hatte ihr verboten, sie wegzuschmeißen, und sie meinen Teller auch abgewaschen hatte, rauchte ich erst mal eine.

Sie wartete auf mich auf der Couch und telefonierte mit ihren Schwestern. Wobei telefonieren nicht das richtige

Wort war. Sie ließ sich von ihren Schwestern übers Telefon anschreien und sagte eigentlich nichts weiter als: »Ja, Magda. Ja, Magda. Rosi, sei still! Ist gut, Magda. NEIN, Magda!« Ich grinste. Irgendwann legte sie auf, genau in dem Moment, als ich mit einer Ladung kalter Luft ins Wohnzimmer kam, denn draußen war es eisig und es pisste wie aus Kübeln.

»Was los?«, fragte ich locker und lehnte mich mit vor der Brust verschränkten Armen an die Couchlehne. Sie antwortete nicht, sondern stürmte an mir vorbei nach draußen, um mit einer nassen Zeitung wiederzukommen. Ich wusste schon, was jetzt passieren würde, und seufzte theatralisch. Schnaufend knallte sie das Teil auf den Tisch und stach mit dem Finger auf die erste Seite. »DAS!«

Natürlich … schön groß … auf dem Titelblatt prangte mir ein Foto entgegen.

»Ein ziemlich heißes Foto«, kommentierte ich natürlich sofort. »Schau mal, wie ich deine Arschbacken hochhebe. Du kommst da richtig gut zur Geltung, Babe. Genau der richtige Winkel … Deine Beine wirken meterlang, und in dem Kleid siehst du einfach nur aus wie eine Sexbombe!« OHHH … jetzt wurde sie wütend.

»Ich würde jetzt gerne mit Sie und Mister Hunter anfangen, aber … es bringt sowieso nichts …«, zischte sie förmlich und brachte mich wieder mal zum Lachen. »Ich kann immer noch nicht glauben, dass du DAS mit mir gemacht hast!«

»Dass ich was mit dir gemacht habe? Dass ich der ganzen Welt gezeigt habe, dass ich für keine mehr, außer für dich, zu haben bin? Dass ich dein und dir völlig verfallen bin?« Ihr klappte der Mund auf. »Jetzt schau mich nicht an wie ein Fahrrad! Ich musste mein Revier abstecken und hab deins gleichzeitig mitbearbeitet!«

»Aber ich hab gesagt, ich will das nicht!«

»Und mir war es scheißegal. Dir übrigens auch – in dem Moment«, antwortete ich süffisant grinsend und sie schnaubte. »Yeah, diese sexy Wildkatzenstimmung ist genau richtig, wenn wir gleich runtergehen, aber lass die Finger von meinem Geschirr!«

»Mason Hunter. Ich habe einen Ruf zu verlieren. Du kannst so etwas nicht einfach mit mir machen! Du weißt, dass ich die Kontrolle verliere, wenn du mich einfach küsst, und das darf mir nun mal nicht passieren als Anstandsdame!«

»Als Anstandsdame nicht, aber als meine Freundin schon! Verflucht noch mal!« Somit zog ich sie an den Hüften an mich. »Entweder ganz oder gar nicht. Wir sind zusammen, da kann ich dich küssen, wo, wie und wann ich will. Und das werde ich auch tun … Immer und überall! Es gibt kein dämliches Gesieze und auch kein Tag und Nacht mehr! Es gibt nur noch uns! Punkt!«

Sie schnaufte ein wenig, schaute aber nicht mehr ganz so wütend, sondern eher verletzt aus. »Es war mir unangenehm, dass du danach die Brüste … von dieser … zwielichtigen Dame geküsst hast!« *WAR JA KLAR, DASS SIE DAMIT ANFÄNGT*, dachte ich und atmete einmal tief durch.

»Babe, das war nur angedeutet … Na ja, war's eigentlich nicht … ABER es war vorher so abgesprochen. Ich musste das tun … uuuund …« Zärtlich nahm ich ihre Titten in die Hände und knetete sie sanft, woraufhin sie sich sofort auf die Lippe biss. »Deine Titten sind tausendmal besser, schöner, fester, knuddeliger, schmackhafter, einfach perfekt – so wie du eben! Keine wird jemals mit dir mithalten können! Keiner werde ich jemals sagen, dass sie alles für mich ist! Außer dir? Okay?!« Ich sah ihr eindringlich in die Augen, hob die Hand und streichelte ihre Wange. Meine Stimme war zum Schluss hin verschissen sanft geworden, aber es war die Wahrheit. Sie musste das verstehen und sie verstand. Bei ihr ließ ich die Maske fallen, bei ihr war ich ich. Bei ihr überrollten mich die Gefühle, ihr war ich völlig verfallen. Mit einem leisen »Okay …« nickte sie und ich grinste.

»Gut! Jetzt komm!« Ich ergriff ihre Hand und führte sie kurzerhand in mein Reich, absolut ungeduldig, denn ich hatte nun wirklich lange genug gewartet! Vor der Tür im Keller, die in meinen Spielraum führte, blieben wir stehen und ich zeigte auf das Schild.

»Betreten auf eigene Gefahr, Miss Obermeier!«, stellte ich klar und wackelte dabei anzüglich mit den Augenbrauen.

»Ja, ich kann lesen, Mason. Was, wenn ich da jetzt nicht rein will?«, fragte sie und provozierte mich damit ganz offen. Mir blieb nichts anderes übrig, als die Augen zu verdrehen.

»Oh Mann … Ich hab echt noch einen Haufen Arbeit vor mir, was dich betrifft.« Ich nahm ihr Kinn zwischen Zeigefinger und Daumen und beugte mich nach unten, sodass ich ihr direkt in die herausfordernden Augen sah, und stellte klar: »Du hast ab jetzt gar nichts mehr zu wollen. Ich weiß ab jetzt für dich, was du willst. Klar?« Sie bekam einen kleinen Kuss.

»Ganz toll!«, murmelte sie nur, bevor ich ihr den Arm um die Hüfte schlang und sie mit einer Drehung einfach durch die Tür zog.

Mitten in meinem Club-Fick-Keller-Zimmer ließ ich sie stehen. Sobald ich hier war, merkte ich selber, wie sich meine gesamte Haltung änderte … Als Erstes machte ich das rote Nuttendeckenlicht an und dimmte es etwas, sodass es nur leicht den Raum erhellte. Ich grinste sie bloß an, als sie fragend eine Augenbraue hob, und schlenderte lässig auf sie zu. Ihr Blick glitt über meinen lediglich von einer engen schwarzen Shorts bedeckten Körper und sie fing beinahe an zu sabbern, als er sehnsuchtsvoll auf meinem Schwanz verweilte, nur um einige Zeit später an meinen Augen hängen zu bleiben.

»Weißt du, Babe …«, hauchte ich direkt in ihr Gesicht, nachdem ich einen Millimeter vor ihr stehen geblieben war, nahm ihre linke Hand und zog sie über ihrem Kopf hoch. »Ich mag deine Prüdella-Seite.« Gemächlich schlang ich ein Tuch, das in meiner Reichweite hing, um ihren Unterarm. »Sie ist so dermaßen stur. Dabei eine richtige Lady, wie es sie nur noch selten gibt …« Ich knotete es fest zusammen. Sie ächzte leise. Ihre Blicke verfolgten etwas schockiert mein Tun, aber sie protestierte nicht oder hielt mich auf. Ich zwinkerte ihr zu, denn sie sollte wissen, dass sich ihr Vertrauen auszahlte, und redete lässig weiter. »Aber Blowjob Girl, oh shit …« Ich stöhnte leise, so wie das erste Mal auf der Bühne … »Sie ist so hingebungsvoll und mir vollkommen verfallen. Eine richtige kleine *Lo-li-ta*.« Damit sie völlig dahinschmolz, betonte ich die letzten drei Silben mit spanischem Akzent, und nahm dann ihre andere Hand. Ihre Augen wurden geradezu riesig, als ich sie weit über ihren Kopf streckte. »Du hast zwei völlig unterschiedliche Persönlichkeiten in dir, so wie jeder Mensch«, erklärte ich und schlang ein weiteres Tuch um ihre Haut. »Ich brauche sie beide …« Darauf zog ich den Knoten fest, sodass sie mit gestreckten Armen festgebunden und wunderschön vor mir stand, nahm ihr Gesicht zwischen meine Hände und gab ihr einen kleinen Kuss. »Denn nur so ist meine Traumfrau komplett!«

Sie lächelte etwas verschämt, aber sie glaubte mir … Schließlich hatte ich ihr oft genug gezeigt und gesagt, wie sehr ich SIE vergötterte, deswegen war es mittlerweile nicht mehr so schwer für sie, meine Komplimente anzunehmen. Ich küsste sie noch einmal kurz auf die vollen, leicht bebenden Lippen und trat dann einen Schritt zurück. Denn ich wollte dieses Bild vollkommen auf mich wirken lassen und NIE wieder vergessen.

Wie sie hier vor mir stand … Mit aufgeregtem Gesichtsausdruck … lustverschleierten Augen … mit langen tiefschwarzen Wimpern … bebenden, perfekt geformten Beinen … Die Arme weit über den Kopf nach oben gestreckt, sodass sich ihre heftig hebende und senkende Brust nach oben drückte … Ihre dunkelbraunen Brustwarzen waren steif … Über ihnen kringelten sich ihre glänzenden wallenden Haare. Die sanfte Form ihrer Taille, an der ich sie so gerne hielt … Ihr kleiner schöner Bauchnabel, der durch ihr Top nicht mehr bedeckt wurde, weil es nach oben gerutscht war … SHIT! Ihr Höschen, das sich wie eine zweite Haut um ihren Intimbereich schmiegte. Der nasse Fleck zwischen ihren Beinen, der immer dunkler wurde, weil sich ihre süße Feuchtigkeit durch den Stoff fraß.

Es war mehr als ein tiefer Atemzug nötig, um diesen Anblick zu verarbeiten, denn er war schöner als jeder noch so rot leuchtende Sonnenuntergang oder jeder teure Sportschlitten mit fünf nackten Weibern darin.

Vorsichtig horchte ich in mich hinein und überlegte, was ich jetzt gern mit ihr tun würde. Erleichtert stellte ich fest, dass es in keinster Weise so war wie bei anderen Frauen. Ich wollte ihr nicht die Kleider vom Leib reißen und sie erst mal auspeitschen, um sie mir zu unterwerfen und ihr zu zeigen, wo ihr verfluchter Platz auf dieser Welt war. Ich wollte nicht über ihr stehen und ihr dabei zusehen, wie sie sich in Schmerzen wand. Ich wollte GAR NICHT über ihr stehen. Stattdessen wollte ich gleichauf mit ihr sein. Ich wollte lieber miterleben, wie sich ihr wunderschönes Gesicht vor Lust verzerrte und sie vor Erregung stöhnte, nicht vor Schmerz. Immer und immer wieder. Die ganze Nacht.

Ich würde uns beide an unsere Grenzen treiben, bis ans Limit gehen, sie aber nicht überschreiten. Niemals würde ich ihr ernsthaft wehtun oder es so weit treiben, dass ich sie brach. Sie war sicher bei mir – nur bei mir. Denn sie war die Frau, die ich liebte … Jeden verfluchten Zentimeter cremefarbener Haut, die leicht im roten Schein des Lichts schimmerte. Jedes Muttermal … jeden Muskel … Jedes Haar … Jedes Geräusch … jeden genialen Gedanken, der durch ihren erregten Verstand rauschte.

»Ich bete dich an, Babe«, sagte ich schlicht, als ich ihr wieder in die Augen blickte. Ihr Gesichtsausdruck wurde weich – mitfühlend und auch gerührt.

»Ich liebe dich, Mason«, erwiderte sie so leise, dass es kaum zu verstehen war, und ich schloss kurz die Lider, denn diese Worte zu hören, tat immer noch weh … Es riss immer noch alte eiternde Wunden in mir auf. Scham und Schuld überrollten mich für einen Moment. Aber Hannah war nicht *sie* und Hannah würde nichts geschehen, solange ich auf sie aufpasste. Sie war mein und ich würde auf sie achten, sie ehren … und sie lieben … Letztendlich würde ich es schaffen, meine Gefühle für diese Frau zuzulassen. Sie machte aus mir einen neuen Menschen. Einen, der es endlich schaffte, mit seiner Vergangenheit abzuschließen, denn die Gegenwart mit ihr war viel zu einnehmend, viel zu berauschend und zu schön, um sich mit Vergangenem zu beschäftigen.

Ich hatte gerade eine verdammte Erleuchtung!

»Shit …« Mit diesem Wort war ich schon wieder bei ihr, riss sie an der schmalen Taille in meine Arme und küsste sie, als wäre das hier meine letzte Chance von ihren Lippen zu kosten. Sie sank gegen mich – weich, anschmiegsam, absolut vertrauensvoll. Als ich mich von ihr löste, waren wir beide komplett außer Atem und mein Schwanz tat schon fast weh, so steif war er.

»Die Trainingszeit ist hiermit beendet. Lassen wir die *richtigen* Spiele beginnen«, hauchte ich und konnte die Vorfreude in meiner Stimme nicht verbergen.

CUT!

1. Personal Jesus

(Depeche Mode)**

Da stand er also – direkt vor mir … Dieser wundervolle Mann, der von so vielen Frauen auf dieser Welt nicht umsonst begehrt wurde. Doch er gehörte mir, genauso wie ich ihm gehörte – so viel war mittlerweile klar.

Er besaß die vollkommene Macht über mich. Mein Körper war festgebunden … und auch mein Geist hing unwiderruflich an ihm. Ich war ihm völlig verfallen … Er war mein persönlicher Gott.

In dem Moment, als ich mit einem leichten Seufzen seine halb nackte muskulöse Gestalt optisch in mich aufnahm, grinste er absolut diabolisch, drehte sich um und schlenderte zur Bar. Oh, dieser Rücken … mit der schwarzen Tinte, die sich über die Muskeln schlängelte … dieser ansehnliche kleine Hintern. *Oh Herrgott im Himmel, steh mir bei, dass ich nicht zerlaufe!*

Ich schluckte trocken, als er die Bar umrundete und eine Fernbedienung nahm, auf der er ein paar Knöpfe drückte. Verschiedene Lieder dröhnten aus den Boxen, doch mit keinem war er zufrieden. Mit geschürzten Lippen massierte er sich mit einer Hand den eleganten langen Nacken, während er passende Musik aussuchte, und ignorierte mich dabei komplett. Als würde ich hier nicht hilflos mitten in seinem Kellerzimmer hängen und schon jetzt vor Erregung vergehen.

Allein ihn anzusehen, mit dem Wissen, dass er mich gleich wieder in seine Welt der Lust entführen würde, war fast schon zu viel des Guten. Meine Atmung beschleunigte sich, mein Höschen wurde immer feuchter und meine Gedanken immer zusammenhangloser.

Und er wusste das. Ganz genau.

Plötzlich stockte er bei einem Lied und schaute wieder zu mir, als eine kräftige männliche Stimme zu singen begann.

Reach out to touch faith ...

Ein langsames, sinnliches *Ich-bin-das-heiße-Raubtier-und-du-meine-hilflose-Beute*-Lächeln breitete sich auf seinen vollen Lippen aus, während er ein wenig lauter machte. Lässig griff er unter die Bar und holte eine Packung Zigaretten hervor. Er steckte eine in seinen Mundwinkel, sodass sie locker runterhing, schnappte sich ein silbernes Zippo sowie eine Flasche Baileys und schlenderte in all seiner Pracht auf mich zu.

Direkt vor mir blieb er stehen, sodass die lustvolle, flimmernde Energie in einem Schwung über mich hinweg rollte. Er beugte sich vor ... Jetzt roch ich ihn so intensiv, dass ich Probleme damit hatte, meine Gedanken beisammenzuhalten. Die wurden aber endgültig gesprengt, als er mit seiner einmaligen, unwiderstehlichen Stimme hauchte:

»Your own personal Jesus«

Dann richtete er sich wieder auf und grinste mich lüstern an. Ohne Umschweife stellte er die Flasche auf den Boden und seine Hand wanderte an meinem Tanktop nach oben, über meinen Bauch, zwischen meine Brüste … Dort packte er den Stoff plötzlich und riss ihn mir mit einer einzigen Bewegung vom Körper.

WOW!

Ich keuchte schockiert auf.

Er verdrehte die Augen und ließ seine Hand wieder nach unten gleiten. Seine Hüften begannen, sich im rhythmischen Takt des Liedes zu bewegen – nur ganz leicht. Ich starrte an, was er da mit seinem Unterkörper tat, der nur in schwarzen Shorts steckte, und musste mir ein Stöhnen verkneifen, das ungehemmt von meinen Lippen brechen wollte. Denn sein trainierter Bauch und sein V … waren so sexy beim Tanzen … und dann auch noch seine steife Härte, die sich verlangend gegen den dünnen Stoff der Shorts drückte und sie zu sprengen drohte.

OH MEIN GOTT.

Ich schloss lieber die Augen und schluckte mühsam, um nicht verrückt zu werden. Seine Finger hatten mein Höschen erreicht und spielten kurz mit dem Saum, glitten jedoch ungeniert weiter zwischen meine Beine. Er zischte, als er fühlte, wie feucht ich schon war. Kurzerhand riss er mir auch das letzte Stückchen Stoff barbarisch vom Körper und meine Lider flogen mit einem Keuchen schockiert auf. Noch ehe ich mich versah, hatte er die offene Flasche Baileys in den Händen. Ich schaute ihn mit großen Augen an … Er starrte zurück – brennend, begehrend, verlangend. Er war so HEISS.

Fasziniert und voller Spannung beobachtete ich seine Hand mit der Flasche, die er langsam hob und dann leicht kippte. Die kühle braune Flüssigkeit ergoss sich über meine rechte Brust, und ich zuckte zusammen. Sie floss in dicken Strömen über meinen Bauch, zwischen meine Schenkel und immer weiter hinab. Ich keuchte lautstark. Dann umrundete er mich langsam und goss etwas von der Flüssigkeit über meine andere Brust, meine Schulter, meinen Rücken und wieder bis nach vorne.

»Mhhmmm«, summte er, als er das Bild von mir in sich aufnahm. Über und über mit süßem Alkohol. Er berührte meinen Bauch mit der ganzen Hand. Fuhr wieder nach oben, verschmierte die kalte, cremige Flüssigkeit auf mir … bis zu meinem Hals und sogar über meine Wange und in meine Haare. Sein intensiver, lodernder, aber so beherrschter Blick verließ meinen nicht einen Moment, als würde er keinen einzigen erregten Gedankengang von mir verpassen wollen. Er zog mit einem Finger meine Unterlippe nach unten. Ich erschauerte. Automatisch kam meine gierige Zunge hervor und berührte seine Fingerspitze. Er schnaubte und schob mir den Finger in den Mund, mit der anderen Hand schmiss er die unangezündete Zigarette weg. Ich saugte fest an ihm und schmeckte den süßen und doch leicht bitteren Alkohol gemischt mit seinem typischen leckeren Mason-Aroma. Genüsslich schloss ich meine Augen und meine Geschmacksknospen explodierten. Das war so gut. Als meine Zunge seinen Finger umrundete, entzog er ihn mir plötzlich und seine Lippen krachten stattdessen auf meine. Eine seiner Hände fuhr in meinen Nacken, hielt mich an Ort und Stelle gefangen, während er meinen Mund förmlich mit seiner Zunge vergewaltigte. Wie gern ich das doch hatte … Ich wimmerte leise, weil er den Kuss noch intensivierte, und warf meinen Kopf endgültig nach hinten, als er plötzlich an meinem Hals hinab wanderte – meinen nassen, klebrigen Körper ableckte, küsste, in meine empfindliche Haut biss und mich immer lauter stöhnen und wimmern ließ.

Im Klartext: Er machte mich fertig.

Jede meiner Brustwarzen wurde saubergeleckt und saubergenuckelt. Sie wurden gezwickt und zwischen den Musiker-Fingerspitzen gezwirbelt. Diese Berührungen schossen in Höchstgeschwindigkeit direkt zwischen meine Beine, wo sich alles zusammenzog und die Flüssigkeit genauso strömte wie vorhin der Alkohol über meinen ganzen Körper. Aber das war noch lange nicht alles.

Der Sexrocker vor mir ging noch weiter nach unten, beschäftigte sich nun ausgiebig mit meinem Bauchnabel. Umkreiste ihn mit seiner Zunge. Ich wand mich, zog an den weichen Tüchern, die mich an Ort und Stelle hielten, und biss die Zähne fest zusammen, um ihn nicht anzuflehen, mich sofort zu erlösen. Als seine göttlichen Lippen zwischen meinen Beinen ankamen und seine talentierte Zunge meine Klitoris antippte, fühlte ich, dass es nicht lange dauern würde, bis ich in einem phänomenalen Orgasmus zerspringen würde. Er leckte direkt über meinen Kitzler und schaute dabei mit verschleierten Augen zu mir hoch. Ich starb fast, als er plötzlich zwei Finger in mich einführte … Es brannte ein wenig, aufgrund des Alkohols, was er wohl beabsichtigt hatte, aber tat nicht allzu weh. Ihn in mir zu fühlen, war ohnehin viel zu angenehm, als dass ich mich von einem kleinen Schmerz hätte ablenken lassen. Er bewegte die langen Finger nicht … ließ sie einfach in mir, was wirklich die reinste Folter war! Er machte dem Titel ›Sadist‹ alle Ehre!

Ich begann, mich mehr zu winden, mich an ihm zu reiben, versuchte mich selber mit seinen Fingern in mir zu befriedigen, während er seine vollen, nun böse grinsenden Lippen um meinen Kitzler legte und sanft daran saugte. Er war wirklich ein Meister der lustvollen Folter und natürlich erlöste er mich nicht … Nein! Warum auch?

Meine Feuchtigkeit lief förmlich über seine Hand und über seinen muskulösen tätowierten Unterarm hinab und ich war kurz davor zu fliegen, da löste er sich plötzlich von mir und stand auf. Irritiert und sehr laut keuchend schaute ich zu ihm hoch.

Er atmete auch heftig. Seine Lippen schimmerten von meiner Feuchtigkeit. Seine Augen loderten dunkel und wild, und er grinste – sadistisch, wunderschön. Besonders als er die Finger komplett aus mir zog und dann mit diesen über seine Unterlippe strich, um sie anschließend abzulecken. Ich stöhnte hilflos und Tränen traten in meine Augen. Mittlerweile war ich so erregt, so neben mir, so viele intensive Gefühle durchrasten mein Inneres. Lust, Gier, Verlangen, demütige Liebe zu ihm und alles verzehrende Sehnsucht nach seinem Körper.

ICH wollte seine Haut berühren!

Als hätte er meine Gedanken gehört, strich er nun mit den zwei Fingern, die soeben in mir gewesen waren, über seinen Hals, sagte weiterhin kein einziges Wort, ließ mich nur seine Bewegungen und seinen schönen Körper sehen. Langsam zog er eine feuchte Spur mit meiner Flüssigkeit zwischen seinen Brustmuskeln entlang und auch zwischen allen sechs Bauchmuskeln. Göttlich …

»Mason …«, wimmerte ich, als er mit der anderen Hand plötzlich seine Shorts runterzog, sodass seine harte, kerzengerade Erregung an die frische Luft sprang. Ohne auf mich zu achten, machte er etwas, was mich fast auf der Stelle ausknockte. Er verteilte mit jenen zwei Fingern, die soeben noch in mir gesteckt hatten, MEINE Flüssigkeit auf seiner

Eichel, umschloss seine Härte fest mit der Hand und fing an, sich selbst zu befriedigen.

»Ja? Babe, was ist? Ach? Du willst meinen SCHWANZ?«, fragte er nonchalant und betonte das letzte Wort, sodass es wie eine Symphonie klang. »Ich hab dir doch gesagt, du kannst ihn jederzeit berühren«, ergänzte er mit heiserer Stimme und zwinkerte mir zu.

OH GOOOTT!

»Ahh … Du …«, stöhnte ich lang gezogen und biss mir gequält auf die Lippe, als er mich lüstern angrinste und seinen Blick über meinen Körper wandern ließ, während er langsam und in aller Ruhe an sich auf und ab strich. »Bitte …«, flehte ich und zerrte an den Tüchern, doch er gluckste nur diabolisch und stellte sich plötzlich hinter mich.

Ich fühlte, wie er mir mit seinem Penis auf den Hintern klatschte und keuchte, während er mir heiser ins Ohr lachte. Seine feuchte Eichel ließ er auf meinem Steißbein liegen, während er sich weiter befriedigte und seine andere Hand um mich herum griff, nachdem er mir die Haare vom Nacken gestrichen hatte. Gekonnt spielte er mit meiner Brustwarze und küsste meinen Hals. Ich erschauerte, als seine Lippen nach oben wanderten und er an meinem Ohrläppchen knabberte. Seine Hand glitt nach unten und wir stöhnten beiden vollkommen im Einklang, als er begann, über meinen Kitzler zu reiben, sodass ich am ganzen Körper zuckte.

Sein Atem rauschte schnell und heiser in meinem Ohr

und immer öfter stöhnte er kehlig. Das war so erotisch … Seine Bewegungen wurden schneller und intensiver. Ich wusste, er würde bald kommen, als er lauter stöhnte und sein Gesicht an meiner Halsbeuge vergrub. Er drängte sich immer mehr an mich, sodass ich dachte, er würde am liebsten in mich reinkriechen wollen, um mich von innen her aufzufressen.

DAS war so intensiv. Ich fühlte ihn mit jeder Faser meines überempfindlichen Körpers, streckte ihm schamlos meinen Hintern entgegen, wünschte, er würde mich einfach von hinten nehmen, doch er tat es nicht … Dabei spürte ich genau, dass auch ich nur noch ein paar Berührungen brauchte, um die Erlösung zu finden. Doch mit einem Mal biss er mir in den Hals, sodass ich quietschte und sofort von meinem Fast-Orgasmus-Hoch runterkam.

»AUA!« Da fühlte ich ihn auch schon direkt an meinem Hintern zucken und heiße Flüssigkeit, die gegen mein Steißbein schoss. Leise stöhnte er, versuchte noch, es zu unterdrücken, aber das machte es nur noch erotischer.

»Mason, du hast mich GEBISSEN«, zischte ich atemlos.

»Hmmmhhmm, ich weiß …«, summte er und küsste sanft und entschuldigend die malträtierte Stelle. Sein Atem kam immer noch heftig, aber das war nichts im Gegensatz zu meinem – GAR NICHTS!

Er verteilte mit seiner Spitze noch ein bisschen sein Sperma auf mir, gluckste, als ich frustriert an den Tüchern zerrte, und machte mich dann mit zwei einfachen Bewegungen los. Sofort schwang ich zu ihm herum, denn ich war wirklich nicht mehr ganz zurechnungsfähig, und stürzte mich mit vollem Lippen- und Körpereinsatz auf ihn. Küsste ihn verlangend. Rieb meinen klebrigen Körper an ihm und wäre am liebsten auf ihn gekrochen, um ihn sofort IRGENDWIE zu begatten.

»Blowjob-Girl im Übereifer … » Er lachte aufgrund meinen lächerlichen Bemühungen gegen meine Lippen, hielt meinen Körper spielerisch von sich ab und schob mich bestimmt nach hinten. So lange, bis ich die Bar im Rücken fühlte und zusammenzuckte. Mason mochte es eindeutig, mich zu erschrecken. Er hob mich nach oben, sodass ich auf dem kühlen Tresen landete, und stellte sich zwischen meine Beine, umfasste mit seinen großen Händen meine Wangen und küsste mich. Ich hingegen glitt über seinen harten Körper, wollte ihn überall berühren. Diese glatte perfekte Haut unter den Fingerspitzen fühlen. Aber vor allem wollte ich ERLÖSUNG! Die hatte im Moment absoluten Vorrang. Also ließ ich meinen Händen freien Lauf und wollte das umfassen, was langsam, aber sicher zu meinem heimlichen Lieblingskörperteil wurde.

»So schnell geht das nicht, Babe. Ich bin nicht aus Stein«, murmelte er belustigt, packte plötzlich meine Arme an beiden Handgelenken und hielt sie hinter meinem Rücken fest, während er mich küsste – leidenschaftlich, ungezügelt und so vielversprechend. Eine halbe Ewigkeit fixierte er mich so und beschäftigte sich nur mit meiner Zunge. Und ich schwöre, ich hätte fast allein von seinen Kussfertigkeiten einen Orgasmus gehabt, denn die waren wirklich phänomenal. Ich fühlte an meiner unbefriedigten Hitze, wie er wieder anfing zu zucken und sich aufrichtete, und wollte mich gerade beschweren, als er meine Handgelenke losließ und an meinen geschwollenen Lippen flüsterte: »Leg dich hin!« Er ließ diese drei Worte klingen wie ein erotisches Lied … Einen Fluch, der mich betörte …

Ich folgte automatisch und legte mich mit dem Rücken unsicher auf die Bar. Mein Kopf hing an der anderen Seite des Tresens hinab, sodass ich die ganzen Flaschen verkehrt herum sehen konnte, die in den Regalen an der Wand standen. Ich versuchte, die Namen zu entziffern, aber die Buchstaben sahen so russisch aus.

»Was für ein herausragender Anblick!« Er packte mich an den Hüften und zog mich ein Stück über die Kante … presste mich gegen seine Härte … kreiste ein wenig mit seinem Becken, sodass sich seine Erektion genau zwischen meine Falten legte und über meinen obersten kirschkerngroßen Punkt rieb.

»Ohhh, bitte …« Ich wollte ihn in mir. Jetzt! Sofort!

»Halt dich fest!« Er nahm meine Hände und positionierte sie am Ende der Bar rechts und links neben meinen bebenden Schenkeln. »Du wirst morgen so was von wund sein und dich nicht bewegen können«, warnte er noch und legte sich plötzlich meine Beine über die starken Schultern und schaute mich verschmitzt grinsend an. »Das gefällt mir!« Mit einem harten Stoß drang er in mich ein. Er nahm sofort ein konstantes Tempo auf, das perfekt zum Rhythmus der Musik passte, die uns mitreißend und aphrodisierend beschallte.

Reach out touch faith
Your own personal Jesus
Someone to hear your prayer
*Someone who care***

Oh ja … Er war mein persönlicher Jesus!

Ich bog meinen Rücken durch, schloss die Augen, krallte mich mit den Händen am Rand der Bar fest, als ich ihn *so* tief und unnachgiebig in mir fühlte. Er stieß hart und verlangend zu, hielt meine Beine fest und stöhnte dabei wie ein Gott … SAH dabei aus wie ein Gott … Mein Blick wanderte über seinen faszinierenden Körper. Über die Schweißperlen, die über seine Muskeln liefen – ich wollte sie alle ablecken, jede einzelne davon. Über meine Beine, die an ihm lehnten, über sein perfektes, wunderschönes, angestrengtes Gesicht. Seine Lippen … Ich wollte sie auf meinen, wollte seine Zunge schmecken und seinen Atem in meinen Mund strömen fühlen. Unsere Blicke verwoben sich und mit einem lauten Stöhnen stützte er sich neben mir auf dem Tresen ab und gab meinem stummen Verlangen nach, indem er mich küsste. Eines meiner Beine fiel von seiner Schulter und baumelte jetzt nutzlos über seinem ausgestreckten Arm, als er sich über mich lehnte und mich heißhungrig überfiel. Sein exquisiter Geschmack zu dem berauschenden Gefühl von ihm in mir war mehr, als ich ertragen konnte. Ich fing an, mich unkontrolliert um ihn herum zusammenzuziehen, kniff die Lider aufeinander und liebte es … Liebte alles … liebte ihn. SO SEHR!

SAG ES JETZT BLOSS NICHT!

Doch plötzlich zog er sich aus mir zurück und verteilte heute zum zweiten Mal seinen Samen über meinem Körper, warf seinen Kopf nach hinten, sodass ich genau die Sehnen und seinen Adamsapfel an seinem Hals sehen konnte. Bis zu meinen Brüsten schoss die weiße Flüssigkeit, der letzte Tropfen landete auf meinem Venushügel.

Schockiert starrte ich ihn an.

Er besaß die bodenlose Frechheit, so zu tun, als hätte er keine Ahnung, wieso ich ihm jetzt am liebsten den Kopf abreißen wollte, und grinste mich an. UND DANN zuckte er mit den Schultern! Ich hätte ihn mit einem stumpfen Messer köpfen können, als er mich von der Bar hob und auf meine absolut zittrigen schwachen Beine stellte. Aber ich hatte keine Kraft.

»Das ist nicht dein Ernst …«, nuschelte ich schwach und war froh, dass er mich an der Hüfte aufrecht hielt, sonst wäre ich wohl zusammengebrochen. Absolut scheinheilig strich die Hand des Scherzkekses über meinen Rücken, wollte mich wohl beruhigen … Er drückte mich so lange an seinen Körper, bis ich einigermaßen selbst stehen konnte, setzte sich dann lässig auf einen Barhocker, lehnte einen

Arm auf den Tresen und zündete sich mit schief gelegtem Kopf eine Zigarette an.

»Mach mir einen Cocktail!«

»Wie bitte?«, fragte ich viel zu hoch und überlegte gerade, ihm ein paar verschwitzte Haare auszureißen.

»Einen Cocktail, Babe. Jetzt! Zu kommen macht mich immer so schrecklich durstig!« Somit schob er mich weiter von sich, um mir die Richtung hinter die Bar zu weisen.

»Du folterst mich, und ich soll dir auch noch alkoholische Mixgetränke zubereiten?!«, nörgelte ich, nahm aber ein großes Glas.

»Ja, sollst du!« Grinsend zählte er mir auf, was alles in das Glas hinein sollte. Klar, er war absolut entspannt, denn er hatte ja mittlerweile zwei Orgasmen hinter sich. Im Gegensatz zu mir. Alles, was ich spürte, waren meine bleischweren Gliedmaßen und ein schmerzhaftes Pochen zwischen meinen Beinen. Doch ich gehorchte …

Als ich das Getränk fertig hatte – sogar mit Schirmchen –, umrundete ich wieder die Bar und hielt es ihm mit beiden Händen hin wie den Kelch der Erkenntnis. Er zog eine Augenbraue nach oben. Ich presste die Lippen aufeinander.

»Knie dich hin!«, forderte er nur autoritär und ich erschauerte.

»Nein!«, schoss es aus mir heraus.

Er blieb absolut ernst, verdrehte nicht die Augen, grinste nicht, sagte nur betont: »Babe … knie dich … BITTE hin!« HA! Ich grinste innerlich und äußerlich … kam sofort seinem Befehl nach und landete auf dem weichen Samtfußboden. Er drehte sich etwas auf seinem Hocker, sodass sein mittlerweile schon wieder steinharter, ziemlich ausdauernder Penis mit mir auf einer Höhe war, und lächelte glücklich und wunderschön auf mich herab. Ihm gefiel das Bild, das sich ihm bot, eindeutig. Zärtlich strich er mir eine Strähne hinters Ohr und nahm meine Hand, in der ich den Cocktail hielt, am Gelenk. Er zog sie über seine Härte und drehte sie leicht, um etwas Flüssigkeit über seinen Penis zu kippen, ehe er den Cocktail wegstellte. Ich keuchte, aber er lachte nur leise und streckte seine Hüften vor, nahm ihn am Ansatz und strich dann mit seiner Eichel über meine Unterlippe.

»Wie gern würde ich …«, murmelte er verträumt, biss aber die Zähne aufeinander und sprach nicht weiter.

»Sag es!« Dunkel funkelte ich ihn an und stöhnte ganz leise, als er mit seiner samtigen Haut erneut meinen Mund entlang glitt. Ich schloss die Augen. »Stell die elementarste Frage …«, murmelte ich gegen seine Spitze.

»Schluckst du oder spuckst du?«, presste er amüsiert hervor und vergrub eine Hand in meinen Haaren. Ich grinste mit geschlossenen Lidern und ließ meine Zungenspitze zwischen meinen Lippen hervorschnellen, leckte an ihm, umrundete seine pralle Eichel. Er stöhnte rau, wild, während ich den süßen Cocktail Namens »Erregung à la Mason« schmeckte und meine Augen hinter den gesenkten Lidern vor Genuss verdrehte. Im nächsten Moment hatte mich seine Hand schon gebieterisch in den Haaren gepackt und er war mit seinem Unterkörper vor mir zurückgewichen.

»Nein!« Anmutig ging er vor mir auf die Knie und lehnte seine Stirn gegen meine, umfasste mein Gesicht und streichelte mich mit beiden Daumen.

»Was ist?«, fragte ich atemlos und öffnete die Augen.

»Nicht heute Abend«, wisperte er, dann küsste er mich. Sanft … Ohhh … SO hatte er mich nicht mehr geküsst, seit wir den Keller betreten hatten, und ich lächelte gegen seine Lippen, denn ich wusste, er schaltete jetzt eine Stufe runter … Oder besser gesagt eine Stufe rauf, wenn es um meine Erlösung, und eine runter, wenn es um das Ausleben seiner sadistischen Ader ging. »Ich liebe es, zu beobachten, wie du fast kommst, wie du mit dir kämpfst …« Er küsste meine Stirn, stand auf, zog mich mit beiden Händen auf die Beine und fasste dann unter meinen Rücken und meine Knie, um mich auf seine Arme zu heben. »Und ich liebe es, wenn dein zierlicher Körper vor unerfüllter Lust nach mir – NUR nach mir – zittert!«

»Du … bist … komisch mit deinen Vorlieben. Aber ich liebe es, dass du es liebst!« Keuchend vergrub ich mein Gesicht an seinem Hals. Fühlte mich mit einem Mal geborgen. Auch, als er mit mir in den Wellnessbereich trat und mich unter einen großen Duschkopf stellte, der offen an einer Wand befestigt war.

»Wenn ich ein Arschloch wäre, würde ich dich jetzt kalt abduschen!« Er stellte das Wasser an und es war sofort angenehm warm.

»Das bist du aber nicht … Zumindest nicht jetzt!« Ich lächelte, bevor er zu mir unter den Strahl trat und mit seinen Fingern durch meine Haare fuhr, um den Restalkohol rauszuwaschen. Tja … andere hatten es im Blut. Ich hatte es am Körper kleben. Nicht nur das. Und alles wurde von Masons großen Händen beseitigt.

»Duschgel?«, fragte ich, als ich sauber war, doch er beugte sich nur herab und schnüffelte unter meinem Ohr herum.

»Kein Duschgel. Hannah pur!« Ich kicherte und begann nun, ihn zu waschen. Dabei war ich einfach nur froh, jetzt seine Haut berühren zu dürfen, und fand mich schon bald mit meinen Lippen an seinem Nippelpiercing wieder. Umspielte seine Brustwarze mit der Zunge und reizte ihn, bis ALLES an ihm erneut steinhart war. Er zischte und stöhnte leise, ließ mich aber vollkommen gewähren. Sein Körper ergab sich mir, so wie es meiner vorhin getan hatte. Ich sammelte meine letzten Kraftreserven und setzte alles daran, noch einmal voll einsatzfähig zu sein. Aufgrund seiner zweimaligen Befriedigung konnte ich mich schön lange mit seiner elektrisierenden Haut beschäftigen und jeden einzelnen Wassertropfen von seinem Adoniskörper lecken und saugen, ohne dass er zu sehr mit seiner Kontrolle kämpfen musste. Ich durfte mich an ihm austoben, so wie er sich an mir ausgetobt hatte. Doch ich konnte es nicht ordentlich genießen, weil das Ziehen zwischen meinen Beinen mich fast verrückt machte, also zog ich schon bald sein Gesicht zu mir herab und küsste ihn – fordernd!

Mit einem Grinsen drückte er mich gegen die kalte Duschwand. Die Kälte durchströmte mich, wurde aber gleichzeitig von der Hitze seines Körpers und dem warmen Wasser verschlungen.

»Hier? Jetzt? Also wirklich! Wie war das mit dem: *Man bekommt nicht immer das, was man will*?«, empörte er sich, packte plötzlich meine Backen und hob mich hoch. Ich stöhnte vor Schmerz, als ich mich ein letztes Mal mit meinen schweren Beinen an ihm festklammerte, und fühlte jeden einzelnen ausgepowerten Muskel in mir, schluchzte allerdings vor Lust auf, als er mit einer Bewegung tief in mich stieß.

»Bitte keine Spiele mehr …«, wimmerte ich schwach und krallte mich an seinem nassen Rücken fest.

»Nein … keine Spiele … Nur das epische Finale!« Mit seiner Nase strich er über meine. Dann änderte er den Winkel seiner Hüfte und ließ sie kreisen. Er berührte genau diesen einen Punkt in meinem Inneren, von dem er wusste, dass mir dessen Reizung den absoluten Lustrausch brachte. Ich fand meine Erlösung sofort und doch endlich. Ich konnte nicht mal schreien oder überhaupt einen Ton von mir geben. Aber mir wurde schwarz vor Augen und ich hatte noch nie einen intensiveren Orgasmus gehabt, was auch nicht sonderlich schwer war, denn bisher gab es ja nicht besonders viele.

Oh Himmel, das war wieder mal der absolute Wahnsinn gewesen!

Danach hielt er mich gefühlte Stunden auf seinen Armen und küsste jeden Millimeter meines Gesichtes.

Ich war offiziell geschmolzen.

Irgendwann stellte er das Wasser ab und holte ein großes, weißes, flauschiges Handtuch, mit dem er mich abrubbelte, bis mein ganzer Körper leicht gerötet war. Dasselbe Handtuch nutzte er anschließend auch für sich und ich konnte nicht umhin, ihn ausgiebig anzustarren. Als wir beide trocken waren, jagte er mich mit dem schnalzenden Handtuch auch noch durch das riesengroße Superbad und ich schrie das ganze Haus zusammen. Eigentlich war ich jetzt fertig und wollte nur noch ein bisschen Schlaf, aber er hetzte mich bis in den zweiten Stock, fing mich dort ein und schmiss mich über seine Schulter.

Ich zog scharf den Atem ein, als er die Tür zu einem Zimmer öffnete.

Masons ZIMMER!

Und CUT!

2. Feeling Good

(Muse)

»Meinst du das ernst?«, fragte ich nur, sobald die Tür offen war. Mason Hunter hielt mich immer noch nackt und frisch geduscht auf den Armen und schaute mit liebevollem Ausdruck auf mich herab. Sein Mundwinkel zog sich zu einem umwerfenden Lächeln nach oben.

»Auf jeden Fall!« Dann gab er mir einen kleinen Kuss, bevor er mit einem Schritt über die Schwelle trat. »Hier war noch nie jemand … Nicht mal Friedl oder Max. Das hier ist mein Reich und du bist meine Göttin, also fühl dich wie daheim.«

Er ließ mich während seiner kleinen Ansprache hinunter, klatschte mir mit den letzten Worten auf den Hintern, und schlenderte erst mal zu seiner Anlage, die Ähnlichkeiten mit einem futuristischen Monster besaß, das vermutlich sogar Pizza backen konnte. Als er leise Musik anmachte, schaute ich mich um.

Die Sonne schien durch die bodenhohen Fenster und Staubflocken tanzten durch den ziemlich großen Raum. Brauner Samtteppich erstreckte sich unter mir, der sich schön flauschig unter meinen Füßen anfühlte. Auf den ersten Blick sah das hier aus wie ein ganz normales Zimmer von einem Mann. Durchgestylt, modern, kühl und sauber. Absolut sauber! Ich konnte es nicht fassen und dachte einen Moment, dass ich im falschen Film, im falschen Haus oder im falschen Universum sei. Er lachte nur, als ich eine Augenbraue hochzog, und schlenderte zu seinem beigefarbenen hochglänzenden Schrank rechts neben dem bodentiefen Fenster, wo sich ein Schreibtisch befand, daneben ein schwarzer Sitzsack und ein *sehr* großes Bücherregal. Ich kam gar nicht mehr aus dem Staunen raus.

Mein Blick wanderte weiter zu dem großen massiven Bett, das sozusagen den Raum dominierte, schon allein, weil es auf einem Podest stand. Mein Mund klappte endgültig auf, als ich die sehr große Fotografie entdeckte, die unmittelbar darüber hing. Auf dem gekörnten Schwarz-Weiß-Foto war das Gesicht einer Frau zu sehen. Sie erinnerte an eine starke mächtige Löwin, die ihre Beute anvisiert. Die Züge wirkten edel, beinahe aristokratisch, die Wangenknochen hoch. Dunkle, dichte Wimpern ähnelten langen Fächern. Glänzende Haare fielen in großen Locken um ihr ovales Gesicht. Die Nase war kerzengerade und führte meine Aufmerksamkeit zu einem vollen Kussmund, den man so nur von Postkarten oder Magazinen kannte. Ein leuchtendes Auge wurde teilweise von ein paar Strähnen verdeckt, das andere durchbohrte mich aber dafür mit seinem stechenden Blick und erinnerte aufgrund dessen an Mason.

Das ganze Bild drückte absolute Erhabenheit aus.

Sie war perfekt …

Und mir sofort sympathisch, auch wenn sie aussah wie ein Supermodel und deswegen eher einschüchternd wirkte. Ich war mir sicher, noch nie eine so schöne Person gesehen zu haben. Mein Bauch zog sich zusammen. Denn mit so jemand Herausragendem konnte ich niemals mithalten.

Plötzlich fühlte ich mich hier fehl am Platz. Ich fühlte mich, als würde ich in Masons intimste Privatsphäre eindringen. Als würde ich seine Seele aufbrechen, indem ich mir das Bild ansah.

Das Bild dieser Schönheit im Zimmer des Mannes, den ich über alles liebte.

Wer war sie?

Ein dicker Kloß bildete sich in meinem Hals und meine beanspruchten Gliedmaßen begannen zu zittern.

»Ich sollte gehen«, murmelte ich und wollte mich umdrehen, um zur Tür zu gelangen, denn meine Augen wurden langsam feucht, und ich wollte auf keinen Fall, dass er meine Tränen sah.

»Nein!« Wie aus dem Nichts schlangen sich seine Arme um meinen Bauch, hielten mich fest und zogen mich nach hinten gegen seinen Körper. Ich fühlte den Stoff seiner Shorts, aber überwiegend drückte sich seine nackte Brust beruhigend an meinen Rücken, während er mich auf die Schläfe küsste. »Geh nicht«, hauchte er und unterstrich seine Worte mit einem kaum zu hörenden »Bitte«.

Ich versuchte, mit meinen Emotionen klarzukommen. Seine liebevollen Berührungen machten alles nur noch schlimmer. Berührte er sie auch so? Redete er auch so hingebungsvoll mit ihr?

»Wer ist das?«, fragte ich und fühlte mich kindisch dabei, wegen eines Fotos über seinem Bett so auszurasten.

»Das ist Tanja«, antwortete er zögerlich und wir beide schauten in die strahlenden riesengroßen Augen, die mit einem kaum merklichen Schmunzeln auf uns herabblickten, als würde sie uns verhöhnen.

Ein paar Sekunden war es still.

»Sie ist tot«, fuhr er eiskalt fort und ein Gänsehautschauer rieselte meinen Rücken herab.

»OH!« Meine Augen wurden groß und ich sah diese ganze Szene plötzlich in einem komplett anderen Licht. Sie war tot! Und sie hatte ihm viel bedeutet! Sonst hätte er sie nicht über seinem Bett hängen. Sein Schmerz floss förmlich auf mich über. Ich musste ihn nicht ansehen, um von seinem gequälten Gesichtsausdruck zu wissen, als er seine Nase in meinen Haaren vergrub und an mir roch. Ohne zu zögern, drehte ich mich zu ihm um und legte meine Hände an seine Wangen, streichelte sanft seine bekümmerten Züge. Gab ihm Trost. Gab ihm Geborgenheit. Die Traurigkeit in seinen schönen Augen brachte mich fast um, aber sie verschwand, als er meinen Ausdruck bemerkte. Darin sah er meine Liebe für ihn, fühlte sie aber auch in meinen Gesten. Er zog einen Mundwinkel nach oben und schenkte mir ein wunderschönes, fast schon scheues Lächeln. Mein Herzschlag beschleunigte sich, nur weil er mich anlächelte.

»Danke, Hannah«, sagte er plötzlich und strich mit seinen Händen, die locker auf meinen nackten Hüften geruht hatten, über meinen Rücken. Ich erschauerte, als er die Finger in meinen Haaren vergrub und sanft meinen Kopf zurückzog.

»Für was?«, fragte ich etwas verwirrt und er lächelte breiter.

»Für das, wie du mich fühlen lässt«, wiederholte er meine Worte von vor einer Ewigkeit, dann küsste er mich. Sanft. Langsam. Zärtlich. OH MEIN GOTT.

Viel zu früh löste er sich von mir und zog mich an der Hand zu seinem Schrank. »Normalerweise würde ich das NIEMALS zu dir sagen, ABER … Hier … Wenn du in diesem Zimmer bist, solltest du DAS hier anziehen!« Schmunzelnd holte er ein schwarzes enges Frauenshirt hervor und schon, als ich es golden blitzen sah, konnte ich mir denken, was darauf stand.

Er faltete es breit grinsend auseinander und Worte darauf bestätigten meine Vermutung: ›I Blow Good‹. Sofort wurde ich knallrot und er lachte ausgelassen.

»Woher hast du das?« Ich riss es ihm aus den Fingern, und er lachte nur noch lauter, als ich es von beiden Seiten betrachtete.

»Aus einem Kleiderschrank.«

»Mason! Hast du das aus einem oder MEINEM Kleiderschrank geklaut?« Ich stemmte eine Hand in die Hüfte und tippte mit der Fußspitze auf den Boden.

»Ich habe es nicht geklaut; ich habe es *genommen*. Es gehört jetzt mir. Du bekommst es nicht mehr zurück!« Jetzt schmollte er fast wie ein kleiner Junge und war dabei mehr als anziehend. »Außerdem bist du hier in meinem Zimmer, hier habe ich das Sagen und ich sage, du sollst es jetzt anziehen!« Ich musterte das unheilvolle Shirt skeptisch.

»Es sieht so zerknittert aus.« Er zuckte ertappt zusammen. Ich grinste. »Kuschelst du etwa heimlich damit?« Und stellte ihn mir in seinem Bett vor, wie er sich an den Stoff klammerte und ausgiebig daran schnupperte – wie die weiblichen Fans an seinen Sachen.

»Ich bin ein Mann! Männer kuscheln nicht! Und jetzt diskutier hier nicht rum, sondern zieh den Fummel an, Weib!« Ich tat ihm den Gefallen, ließ ihn aber mit meiner hochgezogenen Augenbraue wissen, dass ich ihm kein Wort glaubte.

»OH SHIT!«, hörte ich, sobald ich es mir über den Körper gezogen hatte. Ehrfürchtig berührte er mein Schlüsselbein, strich darüber und dann über den obersten Rand des Stoffes. »Du siehst immer noch heiß darin aus! Weißt du mittlerweile, was *I Blow Good* heißt?«, fragte er anzüglich und ich verdrehte die Augen.

»Ich liebe Gott!«, sagte ich aufsässig und erntete ein Lachen. Er packte mich plötzlich an den Hüften und zog mich in eine Umarmung.

»Ich werde dir zeigen, was es heißt und dabei wirst du auf jeden Fall dieses Shirt anhaben! Aber erst später«, flüsterte er in mein Ohr und ich konnte das leise Seufzen nicht unterdrücken, das von meinen Lippen fiel, denn er war einfach sexy.

»Krieg ich in deinem Reich auch eine Unterhose?«, fragte ich, weil es sich komisch anfühlte, obenherum bekleidet und untenherum komplett nackt zu sein.

»AUF KEINEN FALL!«, stieß er sofort aus und packte meine blanken Backen mit beiden Händen. Knetete sie sanft, sodass mir schon wieder viel zu heiß wurde.

»Mason!«, empörte ich mich und wich vor ihm zurück, denn ich war so fertig, dass ich keine weitere Runde ertragen würde.

»Ja, ja, schon klar, Prüdella. Ich geh mal schnell für kleine Rocker. Lauf nicht weg!« Er gab mir einen Kuss auf die Wange und verschwand aus dem Zimmer. Ließ mich allein mitten in seinem Reich stehen.

Was machte ich jetzt? Ich schlenderte natürlich zum Buchregal und schaute mir an, was er so las. Behutsam strich ich über die Buchrücken und las leise die Titel, aber keines war mir bekannt.

»The unholy Book of Tristan Wrangler, Immer wieder Verführung, Immer wieder samstags, Master of the Universe, Buried amongst the Begonias, Emanzipations Proklamation, Wide Awake, The Red Line, The University of Mason

Masen, Mason Wallbanger, Clippend Winks and Inket Armor, The Dominant, The Submissive, The Training, Bonnie Foi, Lux et Veritas, Bohemien Rhapsodie, Stockholm meets Lima, Erstens kommt es anders, The Plaza Manhattan, Honigfarben, Rock oder Liebe …« Mit verengten Augen nahm ich ein Buch heraus, das »Immer wieder Verführung« hieß und blätterte neugierig darin herum. Las laut vor.

›Ich wurde noch feuchter, als ich die Frau in dem weißen Tanktop, der engen schwarzen Jeans sah, die mit verbundenen Händen hilflos am Boden kniete, den steinharten Schwanz von einem Sexgott mit zurückgeworfenem Kopf im Mund hatte und von ihm dominant an den Haaren gehalten wurde.

Meine Augen verdrehten sich nach oben, als er anfing, sich zwischen meinen Lippen zu bewegen. Als er sich nahm, was er brauchte … Doch ich merkte, dass er darauf achtete, mich nicht zum Würgen zu bringen. Seine Finger massierten meine Kopfhaut und jagten einen Schauer nach dem anderen über meinen Rücken, während ich mit geschlossenen Augen saugte, als würde es kein Morgen geben.‹

OH MEIN GOTT! Ich rieb die Schenkel aneinander und fühlte, wie mir selber ganz heiß wurde. Die Schimpfwörter vermied ich laut vorzulesen, dennoch wurden meine Augen mit jedem Wort immer größer und ungläubiger … und ich immer erregter.

›Fuck... Fuck... Fuck ... Ich werde dich vollspritzen und ich will, dass du es dir ansiehst. Mach die Augen auf!‹ Er klatschte mir leicht gegen die Wange und ich stöhnte, als ich an seinem muskulösen Körper nach oben blickte und sah, wie er mich anschaute. Allein von seinem dunklen, erregten Blick musste ich erneut stöhnen und fühlte eine Vorwelle des Orgasmus´ durch meinen Körper rauschen.

›Nein, nein, lass die Augen offen! Vergiss es, Baby‹, presste er zwischen den Zähnen hervor und fickte meinen Mund jetzt eine Stufe tiefer.‹

»DAS nennt man Blasen!«

Ich schrie auf und schmiss das Buch panisch in die Luft, als Mason mir direkt ins Ohr flüsterte. Er fing es ohne Probleme auf und schob es zurück in sein penibel sortiertes Regal. Dann strich er über meine knallrote Wange.

»Kein Grund für falsche Scham, Babe«, erwiderte er grinsend und ich verdrehte die Augen. Versuchte, zu Atem zu kommen und mich von dem Schock zu erholen.

»So was liest du?«

»Jupp!« Er schämte sich nicht dafür, funkelte mich nur an und lachte sich vermutlich gerade innerlich über mich kaputt.

»Das ist abartig!«

»Das ist Kunst, wer sie und den höheren Sinn dahinter nicht versteht, ist selber Schuld …«

»Na ja … Hier ist es ganz schön aufgeräumt«, stellte ich nach einem weiteren Blick fest, um ihn abzulenken.

»Ja, ist es«, antwortete er nur schlicht und lehnte sich gegen seine Bücherwand, während er lässig mit einer Strähne meiner feuchten Haare spielte. »Ich sage doch, der ganze Rockscheiß ist ein Image, eine Maske, wenn du so willst. Alles, was ich nach außen hin preisgebe, ist nur ein kleiner Teil von mir, ein Gebilde, um die Menschen zu entertainen.«

»Und hier in diesem Zimmer bist du einfach nur du?«, erkundigte ich mich neugierig.

»Genau!« Ich merkte, dass meine Beine wirklich zitterten, einfach, weil sie überbeansprucht waren, und es schmerzte, meinen Arm zu heben, als ich die schwarze Tinte auf seinem Körper nachstreichen wollte, er merkte es natürlich auch.

»Du bist totgefickt«, stellte er sachlich fest und schob mich zu seinem Bett. Sanft stupste er mich an, sodass ich auf dem weichen weißen Überwurf landete. Mason zog beide Decken unter mir hervor und folgte mir auf sein Bett.

Vorsichtig legte er sich auf die Seite neben mich und zog mich an der Hüfte gegen seinen Traumkörper. Als Nächstes deckte er uns zu.

In dem Moment, als ich mich an seine nackte Brust kuschelte und die Augen schloss, spürte ich, wie erschöpft ich tatsächlich war. Die letzten Tage waren anstrengend gewesen, aber im Keller hatte er mir noch wirklich den Rest gegeben. Und viel mehr.

Ich lächelte, als ich an den Moment zurückdachte, an dem er mir gesagt hatte, dass er mich vergötterte. Vielleicht liebte er mich nicht. Aber seine Göttin zu sein, reichte auf jeden Fall erst mal aus. Immerhin lag ich als allererste Frau in Mason Hunters Bett, nur mit einem dünnen T-Shirt bekleidet, auf dem ›I Blow Good‹ stand. Das war eindeutig ein Privileg.

Sanft strich seine Hand über meinen Rücken. Massierte mich ein wenig. Liebkoste jeden Zentimeter Haut, während wir gegenseitig dem Atem des anderen lauschten und einfach nur die vertraute Nähe genossen.

Immer berührte er mich irgendwie. Immer spielte er mit seinen langen verführerischen Fingern an mir herum. Es war wie eine Droge für mich, seine sanften Streicheleinheiten zu genießen. Ich konnte nicht genug davon bekommen.

Es war schön. Ich fühlte mich gut.

Und es war nicht einfach so dahin gesagt. Man sucht ständig das Glück im Leben und ist sich dabei nur selten bewusst, wenn man es berührt. Ich berührte es gerade, denn ich war glücklich, wenn ich in Masons Armen lag, und machte es mir bewusst. Aalte mich in dem schönen Gefühl der vollkommenen Zufriedenheit und der wohligen Wärme in meinem Bauch.

Wir brauchten keine Worte. Nur die Nähe des anderen. Das war das Wichtigste. Dass wir zusammen waren.

Ich fragte mich nicht, wie das passieren konnte. Wie aus der strengen steifen Anstandsdame ein kleines verliebtes Mädchen werden konnte, denn es tat mir gut. Und ich wusste, dass ich ihm guttat. Also hinterfragte ich nicht, sondern nahm es so hin, wie es war.

»Fühlst du es?«, fragte er nach einer gefühlten Ewigkeit, als ich schon fast schlief.

»Was?«, summte ich und strich mit meiner Nase träge über seine Brust.

»Die Ruhe«, antwortete er und vergrub seine Nase in meinen Haaren.

»Ja!«

»Ich habe sie schon seit zehn Jahren nicht mehr empfunden. Dieses Gefühl, genau am richtigen Ort zur richtigen Zeit zu sein.«

»Ich auch nicht.« Ich strich mit meinen Fingerspitzen über seine Bauchmuskeln kleine Kreise. Wie immer teilten wir die Gedanken des anderen. Es war schon fast gruslig. Als könnte er in meinen Kopf sehen.

»Hättest du am Anfang zu unseren Kriegszeiten gedacht, dass wir uns mal gegenseitig Frieden geben werden?«, fragte er belustigt und fing an, meinen Nacken zu massieren. Ich seufzte tief und schloss meine Augen.

»Ganz sicher nicht«, antwortete ich leise kichernd. »So wie du mich manchmal auf die Palme bringst, hätte ich eher damit gerechnet, in der Nervenheilanstalt zu landen.«

Ich fühlte das Lachen, das durch seine Brust vibrierte, und grinste breiter.

»Aber du hast angenommen.«

»Es war das Geld«, erwiderte ich trocken.

»Ach ja?« Ihm war mit Sicherheit klar, dass ich knallrot wurde, denn er hatte mich gerade beim Lügen erwischt. Also vergrub ich mein Gesicht an seiner Brust und nuschelte: »Na gut, vielleicht warst auch du der Grund und deine unwiderstehlichen Lippen – zumindest ein winzig kleines bisschen.« Ich zeigte ihm das *winzig kleine bisschen* mit Daumen und Zeigefinger.

»Siehst du … Ist doch nicht so schwer.« Als er mir den Kopf tätschelte, verdrehte ich die Augen und konnte mir die nächsten Worte einfach nicht verkneifen.

»Was willst du eigentlich von mir? Ich habe dir schon zwei Mal gesagt, dass ich dich liebe …« Schockiert riss ich die Augen auf, denn ich hatte es ihm schon wieder gesagt, und fühlte, wie sein gesamter Körper sich versteifte.

Die Stimmung kippte wieder mal abrupt. *Mist! Mist! Mist!* Ich bewegte mich auch nicht, wartete nur darauf, wie er reagieren würde, doch er entspannte sich nach ein paar Sekunden wieder ein wenig.

»Ich weiß«, antwortete er nur flach.

»Und du bist ausgeflippt«, flüsterte ich heiser. *Und du hast es nicht erwidert.*

»Ja.« Ich wusste, dass er sich wieder vor mir verschloss. Aber das würde ich jetzt nicht zulassen.

»Hat es was mit … Tanja … zu tun?« OH! OH! Jetzt versteifte er sich erneut und rückte mit einem Mal von mir ab. Als ich auf seinen Blick traf, wusste ich, dass ich zu tief gebohrt hatte, denn Wut loderte in seinen Augen auf.

»Das geht dich nichts an, verflucht noch mal!« *WAS?* Abrupt richtete ich mich auf.

»Es ist okay, wenn du es mir nicht erzählen kannst, aber sag nicht, dass es mich nichts angeht. Denn fühle ich mich wie eins von deinen Groupies!«, zischte ich zurück.

Er verengte die Augen. Ich wusste, ich durfte ihn nicht drängen, aber diese wirren Gefühle in mir, die durch meinen Bauch flatterten, ließen mich nicht klar denken. Eifersucht ist immer schlecht. Sie lässt einen unrationell handeln.

»Hast du sie geliebt?«, fragte ich geradeaus und er zuckte förmlich zusammen. Kämpferisch sah ich auf ihn herab, als er die Zähne hörbar aufeinanderbiss und die Augen schloss.

»Zwing mich nicht dazu, Hannah«, flüsterte er warnend.

OH NEIN! Es war noch schlimmer, als ich befürchtet hatte!

»Du liebst sie noch!«, stellte ich schockiert fest. Er liebte sie noch, deswegen konnte er mich nicht lieben, auch wenn er es womöglich gerne wollte!

Die Erkenntnis tat weh! Schnürte meine Brust zusammen und ließ ein Gefühlschaos in mir explodieren.

»Hannah«, presste er gequält zwischen den Zähnen hervor, flehte mich förmlich an, diese Gedanken nicht weiter zuzulassen, doch es war längst zu spät. Er öffnete die Augen erst wieder, als ich aufstand. »Hey!«, empörte er sich und griff nach meinem Arm, als ich an dem Bett vorbeiging.

»Ich brauch frische Luft!«, antwortete ich nur kühl und entzog ihm meinen Arm. Mit einem lauten Knall schmiss ich seine Tür hinter mir zu und hechtete in mein Zimmer, sperrte ab, warf mich auf mein Bett, umklammerte das Kissen und starrte aus dem Fenster raus in den schönen Sonnenschein und den hellblauen Himmel.

Ich war völlig verwirrt, verletzt und wütend, aber vor allem eifersüchtig. Es machte mir Angst. Sie war tot! Was brachte es ihm, wenn er sie noch liebte? Konnte er jemals Gefühle für mich entwickeln, wenn er noch an einer anderen Frau hing? Warum ließ er es dann zu, dass ich so fühlte? Wieso ließ er mich dann so nah an sich heran? Obwohl ich ihn ja doch nie ganz bekommen würde?

Er war wirklich ein Sadist.

Ich wurde nur noch wütender, als sich Tränen in meinen Augen sammelten. NEIN! Ganz sicher würde ich deswegen nicht heulen. Niemals! Nein! Nein! Nein!

Ich fing an zu heulen.

»Hannah!« Mason hämmerte gegen die Tür. »Komm schon, Babe. Mach auf!« Er hämmerte fester. Schnell schlug ich die Hände vor dem Mund, damit er den Schluchzer nicht hören konnte, der aus mir herausschoss. Dann versteckte ich mein Gesicht in dem Kissen, schrie stumm hinein, denn es war frustrierend, dass ich ständig die Kontrolle verlor.

»Ich habe einen Zweitschlüssel«, schrie er durch die dünne Tür, als ich nicht reagierte.

»Wage es nicht, ungebeten in meine Privatsphäre einzudringen!«, rief ich zurück und hätte mir am liebsten in den Hintern getreten, denn er hatte sicher gehört, wie kratzig meine Stimme klang und bei »einzudringen« war sie auch noch weggebrochen.

»Weinst du?«

»JA, UND JETZT LASS MICH IN RUHE!«, kreischte ich aus vollem Halse. Ein paar Sekunden hörte ich nichts. Dann seine Schritte, die sich entfernten.

Ich wandte mich wieder meinem Kissen zu. Meine Gedanken rasten. Das ganze Tanja-Thema warf ein völlig neues Licht auf unsere Beziehung, wenn man denn das, was zwischen uns passierte, so nennen konnte.

Ein Teil von mir wusste, dass ich mich dumm verhielt, denn sie war tot und demnach keine wirkliche Konkurrenz für mich, aber einem anderen Teil von mir war klar, dass sie noch in seinem Kopf herumspukte.

Ob er sie wohl mit mir verglich?

Ich fühlte mich schwach, geradezu minderwertig, und dieses Gefühl kannte ich zu gut.

***

Mason kam nicht noch einmal, was mir nur noch einen zusätzlichen Stich versetzte. Die Gedanken drohten mich aufzufressen und es gelang mir einfach nicht, sie aus meinem Kopf zu vertreiben.

Mittlerweile war es schon zehn Uhr abends und stockfinster, als ich nach dem Telefon, das zum Glück auf meinem Nachttisch lag, griff und eine vertraute Nummer wählte.

Ich hoffte, dass weder mein Vater noch Magda rangehen würden, denn sie wären jetzt ganz sicher die falschen Gesprächspartner. Mein Vater würde mir nur was von Verhütung erzählen und Magda würde wissen wollen, wie Mason im Bett war. Doch zum Glück antwortete eine tiefe Engelsstimme, die am Telefon so sehr wie meine Mutter klang, dass ich nur noch mehr weinte und erst mal nichts sagen konnte.

»Hannah? Hey, Süße, beruhige dich«, forderte Rosi sofort mit sanfter Stimme, und ich biss die Zähne zusammen. Sog tief Luft durch die Nase, um mich wieder unter Kontrolle zu bekommen.

»Ja. Hey, Rosi. Bin beruhigt.« Zumindest konnte ich wieder atmen.

»Was ist los?«, schoss es sofort aus ihr heraus und alle Sanftheit war verschwunden. »Muss ich ihn kastrieren? Mit wem hat er gefickt?«

Ich schüttelte den Kopf. »Gott … bitte … Nein … er hat … mich nicht … betrogen. Aber gut zu wissen, was für eine Meinung du von ihm hast!« Ich wischte mir mit dem Ärmel über die laufende Nase.

Rosi schnaubte abfällig. »Ich bitte dich, Magda und ich haben ihn bis ins kleinste Detail studiert. Wir wissen über ihn Bescheid. Ich wollte mit dir sowieso noch mal über euch beide reden.«

OH NEIN! Ich schnaufte durch und strich mir übers Gesicht. Zum ersten Mal in meinem Leben fühlte ich mich wie ein Teenager, der keine Ahnung vom Leben und der Liebe hat.

»Hannah, jetzt ernsthaft, du bist mit dem Casanova und Rüpel Spank Ransom zusammen? DU?«, kreischte sie leise und das Teenagergefühl wurde nur noch stärker.

»Irgendwie schon«, antwortete ich und presste die Lider aufeinander. Zusammen? Das war zu wenig. Wir waren nicht zusammen. Wir waren … *Eins.*

»Wie ist das denn passiert? Wie hat er dich, die Prüderie in Person, ohne Trauschein rumbekommen?«, fragte sie neugierig und ich öffnete die Augen wieder und setzte mich auf.

»Hör auf, so davon zu reden, als würde er mich nur fürs Bett wollen, denn so ist es nicht. Wir lieben uns!« Als ich die Worte sagte, wusste ich, dass sie wahr waren, und ich wollte einfach nur in seine Arme.

»Süße …«, begann Rosi vorsichtig, denn vermutlich wollte sie mich nicht noch mehr reizen. »Mir ist klar, dass er charmant ist und dass es schwer ist, in seiner Gegenwart einen klaren Kopf zu behalten. Schließlich ist er Sex auf zwei Beinen. Aaaber … du bist nicht gerade sehr erfahren mit Männern, und er weiß, wie er eine Frau das denken lassen kann, was sie denken soll und …«

»NEIN! Er spielt nicht mit mir, und hör sofort auf, mit mir zu reden wie mit einem Kleinkind!«, unterbrach ich sie aggressiv. »Er manipuliert mich nicht!« Nicht mal in meinen Träumen hätte ich gedacht, dass dieses Gespräch so eine Richtung einschlagen würde. Müssten Magda und Rosi nicht eigentlich hin und weg sein, weil ich mit ihrem Sexsymbol zusammen war? Schließlich profitierten sie auch davon, könnten ihn weiter anschmachten und seine Nähe genießen. Rosi schnaubte. Ich ebenfalls. »Ich dachte, du wärst begeistert, weil wir zusammen sind. Kannst du dich nicht für mich freuen?«, murmelte ich fast schon eingeschnappt.

Meine Schwester atmete tief durch. »Na ja …«

»Bist du eifersüchtig?« Sofort hatte ich ein schlechtes Gewissen, als ich diese Worte ausstieß.

»Gott, NEIN! Also, eigentlich schon.« Garantiert wurde

sie gerade rot und verdrehte die Augen. »Aber das ist es nicht. Wirklich nicht. Du bist meine Schwester und ich würde ihn dir schweren Herzens überlassen, wenn ich wüsste, dass er der Richtige für dich ist. Aber er ist NICHT der Richtige und ich liebe dich und ich will nicht, dass er dir wehtut!«

»Es tut mir leid, Rosi«, murmelte ich kleinlaut.

»Das ist okay! Es ist ja nicht so, als würde ich mich nicht blind auf ihn stürzen, wenn ich könnte und wenn ihr nichts am Laufen hättet.« Sie lachte leise, und nun war es an mir, die Augen zu verdrehen. »Aber, Hannah, ich wünschte, du wärst mit jemanden zusammen, der dir nicht das Herz brechen wird«, flüsterte sie dann ernst und ich schluckte laut.

»Das geht nicht«, wisperte ich nur und schloss kurz meine Augen. Sah sein wunderschönes Gesicht vor mir und hörte, wie sie stockte.

»Wieso nicht?«, fragte sie sehr leise und ich antwortete ebenso leise.

»Weil ich ihn WIRKLICH liebe!«

Stille! Gefühlte Stunden sagte sie kein Wort mehr. Ich machte mir langsam Sorgen, bis sie schließlich tief Luft holte.

»Scheiße!«, erklang es durch den Hörer.

»Tolle Antwort, Rosi«, erwiderte ich sarkastisch und schüttelte den Kopf, um ihn freizubekommen und nicht mehr Masons schönes Gesicht zu sehen, denn es lenkte mich zu sehr ab.

»Echt?«

»Ja, echt!«, meinte ich lauter als gewollt. »Und ich bin KEIN Groupie für ihn. Und er IST genau der Richtige für mich, auf seine eigene Art und Weise. Er ist das, was ich brauche … um … um … mich glücklich zu fühlen. Um ein wenig lockerer zu werden … um das Leben genießen zu können. Glaub mir einfach.«

Sie seufzte tief. »Ich weiß, dass nichts deine Meinung ändern wird, wenn du ihn so vehement verteidigst, und ich werde darauf vertrauen, dass du recht hast«, sagte sie schlicht, aber ich konnte immer noch hören, dass sie baff war. »Aber wieso weinst du dann?«, fragte sie nach einiger Zeit.

Jetzt fühlte ich mich blöd. »Weil er eine andere liebt«, murmelte ich kaum hörbar.

Rosi wusste jetzt gar nicht mehr, was sie sagen sollte, war vollkommen verwirrt, also sprach ich schnell weiter.

»Aber sie ist tot und ich bin deswegen gerade ziemlich wütend und verwirrt und weiß nicht, was ich tun soll, denn ich will, dass er MICH liebt und keine Tote!«

»Süße, seit wann regst DU dich über so etwas auf? Seit wann kannst du nicht mehr klar denken?«

»Rosi, er hat ein RIESENGROSSES Bild von ihr über seinem Bett hängen.«

»Also im Klartext: Du bist verletzt und eifersüchtig, weil er den Gedanken an einen Menschen liebt? Ehrlich? DU? Hannah Obermeier?«

»JA!« Oh mein Gott! Ich war ein irrationales Kind!

»Hannah, du weißt, dass sie nicht aus dem Grab kriechen und ihn dir wegnehmen wird? Du weißt, dass sie wahrscheinlich ein wichtiger Teil seiner Vergangenheit war und dass es sein gutes Recht ist, sie zu lieben und in Ehren zu halten, dass es aber nichts für eure Zukunft bedeuten muss?«

»Ja«, murmelte ich absolut kleinlaut und fühlte mich dumm. Ich wollte zu ihm. *Jetzt.*

Wie war ich eigentlich von dem *Ich-bin-so-glücklich-weil-ich-in-seinen Armen-liege*-Modus in den *Ich-hasse-ihn-weil-er-eine-Frau-liebt-die-er-nie-wiedersehen-wird*-Modus gekommen? Das war doch dämlich! Ich schob meine Dämlichkeit einfach auf meine Hormone. Die klassische Ausrede einer Frau.

»Rosi, ich bin einfach ein pubertierender Teenie, oder so. Ich muss jetzt aufhören.«

»Ähm, okay. Ruf mich an, wenn du wieder mal dumm bist. Aber wir werden dich sowieso bald besuchen!«

»Ihr wollt ihm doch nur an die Wäsche«, zischte ich halb lachend, halb ernst, und sie lachte ihr dunkles erotisches Lachen.

»NIEMALS«, antwortete sie gespielt entsetzt und ich verdrehte die Augen.

»Danke, Rosi. Äh, also nicht dafür, dass du dem Mann, den ich liebe, an die Wäsche willst, sondern weil du immer weißt, was du sagen musst.«

»Geht klar!«

»Grüß Magda und Dad!«

»Geht klar!« Ich verdrehte erneut die Augen.

»Geht klar!«, sagte ich also auch grinsend, worauf sie erwiderte:

»Sag ich doch!« Dann legten wir auf. Manchmal war es witzig, mit meinen Schwestern zu telefonieren.

Ich atmete noch mal tief durch und schloss gequält die Augen. Ich war offiziell bescheuert geworden. Wie war es überhaupt so weit gekommen, dass ich mich so von meinen Gefühlen mitreißen ließ? Gerade eben hatte ich noch in seinem Bett gelegen und mir gedacht, dass wir uns liebten, und dann machte ich so einen Aufstand.

Ich kämpfte tatsächlich gegen eine Tote!

Mit schmerzenden Gliedmaßen stand ich auf und zog mir erst mal ein Höschen an, denn so unten ohne fühlte ich mich wirklich unwohl.

Ohne einen Blick zurück, ging ich aus dem Zimmer und über den dunklen Flur. Vor seiner Tür blieb ich stehen und klopfte vorsichtig. Nichts. MIST! Entweder er schlief, er war nicht da oder er wollte mich, die Dämlichkeit in Person, nicht sehen.

Ich atmete tief durch und drückte die Klinke einfach nach unten. Leise trat ich ein und sah um die Ecke.

Ich wurde geblendet, als würde mich jemand mit einer Taschenlampe anleuchten, obwohl das Zimmer ansonsten in absoluter Dunkelheit lag. Ich schirmte meine Augen mit einer Hand ab und ging auf das Bett zu, wo auch das mysteriöse Licht herkam, und erkannte Mason mit einer Leselampe auf dem Kopf.

Ich schlug beide Hände vor den Mund, um nicht laut loszulachen.

Er lag in seinem Bett auf den Rücken. Ein Buch aufgeschlagen auf seinem Schoß – nichts Geringeres als Tolstoi – und schnarchte leise vor sich hin. Vorsichtig näherte ich mich ihm, nahm ihm die Lampe vom Kopf und machte sie aus, bevor ich sie auf dem Nachttisch verstaute. Er schmatzte ein wenig, als ich das Buch unter seinen schönen Händen hervorzog und auch weglegte. Bis auf das ruhige Heben und Senken seiner glatten Brust bewegte er sich nicht. Der Mond spendete genug Licht, um seine schöne Gestalt zu erhellen. Jede silbrig wirkende Linie von ihm fesselte mich, und ich konnte mir ein sehnsüchtiges Seufzen nicht verkneifen, bevor ich mit Abstand zu ihm unter die Decke in die Wärme kroch.

Ich betrachtete ihn eingehend und zwang meine Finger dazu, ihn NICHT zu berühren.

Das reichte vollkommen. Ich hätte die ganze Nacht daliegen und sein friedliches Gesicht ansehen können. Doch irgendwann runzelte er die glatte Stirn, presste die vollen rosa Lippen aufeinander.

»Nein … Bitte, Gott im Himmel …«, schluchzte er plötzlich flehend. »Tu das nicht …« Ich erschrak, als er sein Gesicht verzog und die Bettdecke mit beiden Händen packte – so fest, dass seine Knöchel weiß hervortraten.

OH NEIN! Er hatte einen Albtraum. Vorsichtig berührte ich seine Schulter.

»Mason, du träumst.« Er zuckte automatisch vor mir zurück, und ein trauriger schmerzerfüllter Ausdruck erschien auf seinem wunderschönen Gesicht, doch er wachte nicht auf.

»Nein … ich kann das nicht … NEIN!« Und mit dem letzten Schrei hoben sich seine Hände. Er vergrub sie in seinen Haaren, öffnete mit einem Mal die wirren Augen und schreckte zurück, als er mich in der Dunkelheit erblickte. Einige Sekunden starrte er mich mit verträntem, flackerndem Blick an, der sich erst nach einiger Zeit auf mich fokussierte. Sein Atem kam hektisch. Sein Körper bebte und war mit Schweißperlen bedeckt.

Oh Gott! Was war nur mit ihm los?

Ich strich ihm beruhigend über die feuchte Wange.

»Du hast schlecht geträumt. Es war nicht real«, wisperte ich in die stille Nacht, denn tief in mir wusste ich es.

»Hannah …«, flüsterte er, als wäre ich der letzte Schluck Wasser auf Erden. Langsam hob er eine Hand, legte sie an meine Wange, als müsste er sich vergewissern, dass er nicht mehr träumte. Ich umfing seinen Handrücken und streichelte ihn mit dem Daumen. Und dann plötzlich fluchte er: »Scheiße, Mann!«

Im nächsten Moment krachten seine Lippen auf meine. Er beugte sich über mich, drängte mich zurück in die Kissen und überfiel mich, als würde der Kuss jeden Albtraum ungeschehen machen und sein Unterbewusstsein reinigen. Ich küsste ihn natürlich zurück und merkte, dass er etwas auf den Zähnen hatte – dünne Drähte. Eine Zahnspange!

Ich lachte trotz der Umstände. »Du hast eine Zahnspange!«

»Ich weiß!« Er küsste mich gieriger und so leidenschaftlich, dass ich leise aufstöhnte. Zahnspange oder nicht Zahnspange. Das war doch jetzt egal! Hauptsache seine Zähne waren PERFEKT und DAS waren sie. ER war perfekt.

Wild vergrub ich meine Hände in seinen Haaren und spreizte willig, wenn auch vor Schmerzen wimmernd, die Beine, als er sich mit dem Unterkörper zwischen meine Schenkel drängte und mit beiden Händen meinen Hintern packte. Er drückte mich nach oben gegen seine Härte und ich zuckte zusammen, weil es brannte wie die Hölle.

»OH!« Er löste seine Lippen atemlos von mir und hob seinen Körper an, sodass er mich nicht mehr berührte. »Shit, das hatte ich vergessen«, murmelte er nur und küsste mich noch mal entschuldigend.

»Was?«, fragte ich schon jetzt atemlos und wusste nicht, ob ich sauer sein sollte oder nicht, weil er aufgehört hatte.

»Du bist ja totgefickt!« Er grinste und strich mit seiner Nase über meine. Ich verdrehte die Augen. Aber er hatte recht. Ich war wirklich wund und Muskelkater bahnte sich bereits langsam, dafür aber sehr schmerzhaft an. »Und du bist wieder hier«, flüsterte er sanft und ich strich über seinen Rücken.

Es gab nur eins zu sagen und es war die Wahrheit.

»Ich werde immer da sein, wenn du mich brauchst. Ob du mich liebst oder nicht!« Somit hob ich meinen Kopf und küsste ihn sanft.

»Das ist äußerst beruhigend!«, wisperte er in unseren Kuss, rollte sich auf die Seite und zog mich gegen seine Brust, dahin, wo ich hingehörte.

So verbrachten wir einen Teil der Nacht mit sanften Berührungen und Küssen, die tatsächlich alle Albträume und Bedenken beiderseits wegwischten, bevor wir Arm in Arm einschliefen.

CUT

3. No Name

Shit!

Ich hatte sie gefickt! ENDLICH GEFICKT!

Nicht nur einmal, nein öfter – immer und immer wieder. Und ich hatte sie für meine Zwecke benutzt. Hatte sie mir unterworfen, aber nicht so, dass sie es nicht verkraften konnte. Nicht so sehr, dass sie daran zerbrechen würde. Ich war hart gewesen, aber nicht zu hart.

Ich hatte mein Monster unter Kontrolle.

Ich hatte sie mit in meinem Keller genommen und wir hatten gespielt – richtig gespielt.

Trotzdem war sie noch hier.

Trotzdem vertraute sie mir noch!

Sogar jetzt lag sie vertrauensvoll in meinen Armen – an mich gekuschelt und tief schlafend.

Ich konnte also tatsächlich einen Mittelweg gehen. Konnte es schaffen, meine Bedürfnisse auszuleben, *ohne* sie zu brechen. Das gestern war der Beweis gewesen, den ich gebraucht hatte, um mir sicher sein zu können, sie wirklich nie zu verletzen.

Okay, *nicht verletzen* lag im Auge des Betrachters. Sie würde mich heute sicher verfluchen, sobald sie ihre hübschen Glupscher aufmachte, denn ich hatte ihren eleganten Körper schon ziemlich verrenkt und sie in den unmöglichsten Posen gehalten. Das hieß, dass sie den spektakulärsten Muskelkater ihres Lebens haben würde und ganz sicher ein paar blaue Flecke.

Ein kleines Kichern entwich meinen Lippen, als ich sie mir als Prüdella vorstellte, wie sie mit ihrem schmerzenden Körper kämpfte, während sie versuchte, graziös Frühstück zuzubereiten. Sie räkelte sich leicht, von meiner Schadenfreude gestört, schmatzte ein bisschen, öffnete aber nicht die Augen, um mich wütend anzufunkeln. Noch nicht!

Ich war echt ein Arsch. Sie brauchte ihren Schlaf – wirklich dringend. So wie ich sie rangenommen und anschließend durch Knutschen die halbe Nacht vom Schlafen abgehalten hatte, sollte ich ihr wirklich die Möglichkeit geben, sich ein wenig zu regenerieren.

Aber Gott im verfluchten Himmel Blowjob-Girl hatte das »*I Blow Good*« Superwoman-Kostüm an!

Ihre untere Körperhälfte war nur durch dünnen Stoff bedeckt und sie presste sich gegen meinen Hüftknochen, sodass ich genau ihre Hitze fühlen konnte. Ich überlegte kurz, einfach ihr Knie zu packen, mich etwas zu drehen und sie LANGSAM über mich zu ziehen, um mit einem exquisiten anmutigen Flutsch in ihren immer bereiten feuchten Spalt zu gleiten. Doch das wäre nicht sehr angebracht gewesen, und ich war doch ein verfluchtes Weichei geworden, das ihr in jeder Lebenslage gefallen wollte, damit ich ihr in Zukunft so oft wie möglich den Schwanz irgendwo reinstecken konnte.

Irgendwie war das alles unlogisch. Mich davon abzuhalten, sie zu ficken, um sie so oft wie möglich ficken zu können.

Jetzt hatte ich mich mit meinen Gedanken verzettelt und mir fiel auf, dass meine Finger auch noch geistesabwesend über die seidig glatte Haut ihres Rückens strichen. Schließlich begann sie, sich mehr zu bewegen. Dabei presste sie genüsslich ihren Unterkörper gegen meine Hüfte, rieb sich systematisch an meinem wirklichen Knochen und seufzte leise, weil sich der Scheiß anscheinend gut für sie anfühlte.

Ich verdrehte die Augen, denn auf solche Ideen, während sie schlief, konnte wirklich nur Blowjob Girl im patentierten Blowjob Girl Superwoman-Kostüm kommen.

»Meine kleine notgeile Anstandsdame. Shhh, jetzt wird sich ausgeruht«, murmelte ich grinsend, drückte sie enger gegen mich und gab ihr einen kleinen Kuss auf die Haare. Sie seufzte tief und zufrieden, hörte auf, sich an mir zu reiben und atmete ruhig weiter. Als sie anfing, leise vor sich hin zu schnarchen, wusste ich, dass sie erneut tief und fest schlief. Also schloss ich entspannt meine Lider, um den Moment zu genießen.

Leider schlich sich ein Bild in meinem Kopf, das sämtliche Entspannung zunichtemachte. Ein Bild des Grauens, welches ich jahrelang gut unterdrückt hatte. Braune flehende Augen in einem ausgezehrten, aber dennoch wunderschönen Gesicht. Delikate zerbrechliche Finger, die sich an mir festkrallen. Eine bebende Stimme, die ihre letzten Worte spricht: »Liebe mich, Mason! Bitte liebe mich!« Ein lauter Schuss, der, obwohl er mich nicht trifft, alles in mir zerfetzt. Den eigentlichen Mason Hunter komplett zerstört.

OH SHIT! Die Bilder meines Albtraums, Bilder meiner Vergangenheit, strömten auf mich ein. Und es war klar, wieso. Allein schon IHREN Namen zu nennen, bedeutete Anstrengung für mich. Mitzuteilen, dass sie tatsächlich nicht mehr lebte, bedeutete, mir einzugestehen, dass es wirklich passiert war und die Tatsache ihres Todes sich nicht mehr länger verdrängen ließ.

Ich war ehrlich gesagt immer gut darin gewesen, mit viel Alkohol, Frauen und Drogen jegliche Gedanken an meine Vergangenheit von mir zu schieben. Aber wenn ich mit Hannah über so etwas redete, dann war ich immer ehrlich. Ihr sagte ich immer knallhart die Wahrheit. Dann gab es kein Verdrängen und Verstecken mehr. Wozu auch? Sie konnte die Wahrheit ohnehin in meinen Augen erkennen. Es war beängstigend.

Ich fragte mich, ob das der Preis war? Meine Vergangenheit überrollte mich, damit Hannah Obermeier zu meiner Zukunft wurde? Doch konnte ich dem Druck standhalten? War ich bereit dazu, mich dem zu stellen, was passiert war und vielleicht endlich damit abzuschließen?

Nein! Definitiv nicht. Ich fragte mich, wie schon so oft, ob ich jemals bereit dazu wäre. Allein, wenn ich daran dachte, schnürte sich mir die Kehle zu und kalter Schweiß bildete sich schlagartig auf meiner Stirn. Mein Herz begann zu rasen, während mir abwechselnd heiß und kalt wurde. Also verdrängte ich systematisch den ganzen Scheiß wieder ins hinterste Eck, bevor ich hier noch anfing rumzukreischen wie eine verfluchte Tussi beim ersten Waxing. Ich wollte mich nicht damit auseinandersetzen. Denn diese ganze Scheiße hatte bereits einmal zu oft meinen Kopf gefickt und völlig verwüstet. Allerdings war mir klar, dass ich das musste. Früher oder später würde Hannah wissen wollen, was … *sie* … Tanja mir genau bedeutet hatte. Irgendwann würde ich ihr sagen müssen, dass sie neben meiner Mutter die einzige Frau in meinem Leben gewesen war, die ich je geliebt hatte. Dass sie darüber hinaus meine zweite Hälfte gewesen war. Und dass ich sie verloren hatte, weil ich ein egoistischer Bastard und sie ein krankes verlorenes Mädchen gewesen war, die genau deshalb unweigerlich zusammengehört hatten wie Tag und Nacht.

Aber jetzt noch nicht!

Jetzt schlief Hannah und stellte keine Fragen, also versuchte ich mich wieder zu entspannen und ebenfalls ein wenig auszuruhen. Und es gelang mir sogar, weil ich mich nur auf die kleine Frau in meinen Armen konzentrierte, die ich liebte. Der Frau, der ich nicht wehtun wollte. Der Frau, die mein Ein und Alles war und sich dessen noch nicht mal bewusst war.

***

Als ich aufwachte, lag ich allein im Bett.

NA TOLL!

Ich drehte meinen Kopf und wischte mir mit einer Hand übers verschlafene Gesicht. Im Augenwinkel sah, dass es schon elf Uhr war. Scheiße. Warum hatte sie mich ausschlafen lassen? Normalerweise wurde ich um acht Uhr vom Drill Sergeant persönlich aus den Federn geworfen.

Zwar war ich noch müde, aber ohne sie war es im Bett alles andere als kuschlig und verdammt kalt, also schwang ich meine Beine über den Rand und stand auf. Ich zog mir etwas an, sogar obenrum, auch wenn es nur ein schwarzes Muskelshirt war, und ging ins Bad. Dort pinkelte ich erst mal ausgiebig, bevor ich mir die Zahnspange rausnahm, Zähne putzte und Wasser ins Gesicht schmiss, um wach zu werden. Als Nächstes kontrollierte ich wie jeden Morgen, ob sich ein graues Haar eingeschlichen hatte oder ein Pickel meine Schönheit störte. Alles perfekt. Keine Nasenhaare. Keine Haare an den Achseln und der Brust. Und nach einem kurzen Blick in meine Shorts wusste ich, dass auch unten rum noch alles schön glatt und gepflegt war. Obwohl! Ein Ficker-Haar prangte über meinem Schwanz und ich zupfte es mit einem leisen »Aua« aus. Schließlich wollte ich nicht wie ein Affe aussehen.

Keine Ahnung, was meine sexy Furie mit mir vorhatte, aber mir war klar, DASS sie etwas plante, also ging ich runter, denn ich hatte auch schon ein paar Ideen – zum Beispiel, sie sobald wie möglich wieder zu ficken, aber ich musste etwas umsichtig sein, weil sie sicher immer noch wund war. Apropos, wo hatte ich eigentlich meine Arschcreme versteckt? Ich war kurz versucht, wieder hochzugehen und sie zu suchen, beschloss aber vorerst, meinen Schwanz bei mir zu behalten – schließlich war ich kein Vollarsch –, auch wenn er schon wieder zuckte, wenn ich daran dachte, tief in ihr zu stecken und mich von ihr abmelken zu lassen.

Unten angekommen, war ich verwundert, keine Hannah vorzufinden. Auch keine Prüdella. Keine Furie. Kein Blowjob-Girl. Niemand.

Aber jemand hatte Kaffee gekocht und ein Teller stand auch auf der Anrichte. Erst, als mich ein kalter Luftzug erfasste, merkte ich, dass die Terrassentür offen stand, und ging raus.

Als ich das Bild sah, das sich mir bot, schmiss ich alle Nichtfickpläne sofort über Bord.

Es regnete nicht nur. Es schüttete – aus Eimern. Doch das hielt Hannah nicht davon ab, auf allen Vieren und nur in ihrem tollen Shirt und einer schwarzen Shorts von mir durch die Büsche zu krabbeln und ihren Arsch in den Himmel zu strecken.

Was zum Teufel machte sie da?

»Domi Domi, komm her! Dom Dom, hier ist ein Salatblättchen. Komm schon. Hier ist Mami!« OKAY! Dom Dom hatte sich anscheinend mal wieder aus dem Staub ge macht. Nichts Neues … Aber seit wann war sie seine MAMI?

Ich war *doch* ein Vollarsch, denn das Bild von ihrem Arsch und ihren Schamlippen, die sich gegen den dünnen Stoff MEINER Shorts, die verdammt heiß an ihr aussah, pressten, war einfach zu reizend.

Anstatt sie also von ihrer Rumkriecherei zu erlösen, genoss ich diese einzigartige Aussicht – obwohl in regelmäßigen Abständen »Au … Aua … Au! Oh ich hasse dich Mason Hunter … Au!« erklang, was sicher an ihrem Muskelkater lag. Doch sie gab nicht auf und krabbelte fleißig am Gartenzaun entlang, drehte jeden Grashalm und jedes Blättchen um. Währenddessen lehnte ich mich breit grinsend mit der Schulter gegen einen Balken, zündete mir eine Zigarette an und blieb trocken unter dem Vordach stehen. Ich wollte schließlich nicht nass werden.

Es war sexy, wie ihr die nassen Haare im Gesicht klebten und die Klamotten sich wie eine zweite Haut immer feuchter und enger an ihren Körper schmiegten. Aber vor allem, wie sich ihr Gesicht vor Schmerzen verzerrte, weil sie ihre Gliedmaßen nicht ordentlich bewegen konnte. Dieser Ausdruck erinnerte mich sofort an das typische Hannah-Orgasmus-Gesicht, was sich natürlich gleich vor meinem inneren Auge spiegelte, sodass ich, ohne es verhindern zu können, kehlig aufstöhnte.

»AHA! Was sind wir doch wieder für ein Gentleman«, rief sie mir prompt durch den laut plätschernden Regen zu.

Ich legte die Hand hinters Ohr, tat, als könnte ich sie nicht verstehen, und war mir sicher, dass sie noch nie so kurz davor gewesen war, mir einen Ficker zu zeigen. Mich beeindruckte ihre Selbstbeherrschung, ich lachte aber, als sie ihre pitschnassen Haare über die Schulter warf, um mit einem Schnauben weiterzusuchen.

Erst als ich in aller Ruhe fertig geraucht hatte, erbarmte ich mich, ihr zu helfen, und ging rein, um Sub Sub zu holen. Es war einfach, Dom Dom wieder anzulocken, wenn er draußen war. Man musste ihm nur die keifende Frau vorsetzen und schon kam er wie ein geölter Blitz angekrochen.

Ich setzte Sub Sub mitten in den Garten und schlenderte trotz des Regens gemächlich zu Hannah.

»Hey!«, rief ich zu ihr runter und blieb grinsend hinter ihr stehen. Dabei wäre ich fast schon von dem Anblick ihrer engen Taille gekommen, die in diesen phänomenalen Arsch mündete.

»Selber hey!«, zischte sie nur durch die Zähne und wollte tatsächlich *in* einen Busch reinkriechen. Sie war sowieso schon voller Schlamm und in ihren Haaren klebte neben Blättern sogar ein Regenwurm. Also beugte ich mich vor, nahm sie um den Bauch und stellte sie auf die Beine. Na ja, im Grunde presste ich sie an mich und fischte das Teil aus ihren Haaren.

»OH SHIT!« JETZT fühlte ich sie! Sie war wach und ihre Unterlippe war nass und sie bebte leicht und ich wollte sie immer noch um meinen gottverdammten Schwanz spüren – wie nichts anderes auf der Welt. Die Regentropfen, die von ihren Lippen wie Kristalle fielen, erinnerten mich an andere Flüssigkeiten dort. Verdammtes Kopfkino!

Ohne mich dagegen wehren zu können, beugte ich mich vor und küsste sie. Mitten im Garten. Mitten im Regen. Wieder mal.

»Ah, Mason … Was? Ich … Du … Dom … Uhhh … Gott im Himmel …«, verklang ihr schwacher Protest, als ich an ihrer Unterlippe saugte und sie in meinen Armen erschauerte. Ich presste sie enger an meine Brust. Fühlte ihren weichen nassen Körper und rieb ein wenig meinen Schwanz an ihrem Bauch. Verzweifelt stöhnend küsste sie mich zurück. Doch dann fiel ihr wohl meine Schildkröte wieder ein.

»Dom Dom!«, rief sie tadelnd, als sie sah, wie er neben Sub Sub auf dem Rasen saß – so, als wäre er nie weg gewesen. Ich kicherte an ihren vollen Lippen und verdrehte die Augen, als sie mich von sich schob und mir auftrug, die Schildkröten aufzusammeln.

»Man muss nur wissen wie«, klugscheißerte ich natürlich, nahm meine zwei Babys und brachte sie ins Warme. Hannah holte sich ein Handtuch, mit dem sie sich abrubbelte, entschied sich aber dann doch, duschen zu gehen, um ihre halb erfrorenen Glieder zu wärmen.

»Ich komme mit!«, rief ich sofort und verfrachtete meine Schildkröten schleunigst in ihr Häuschen. Wie ein kleiner Junge auf der Jagd nach dem Weihnachtsmann rannte ich ihr die Treppen hinterher, doch ich wurde abrupt mit der flachen Hand auf meiner Brust gestoppt, sobald sie vor der Badtür stand.

»Oh nein, Mister Hunter!« MISTER HUNTER? Ich runzelte ungehalten die Stirn.

»Hey, sind wir immer noch bei Scheiß Mister Hunter, nachdem ich dir des Öfteren dein Hirn aus dem Schädel gefickt habe, oder was?«, beschwerte ich mich und nahm ihre Hand, um zur Ablenkung ihre kleinen Finger zu küssen und sie ein bisschen lockerer zu machen. Sie zog nur eine Augenbraue hoch, konnte aber ihre Belustigung nicht gänzlich vor mir verbergen.

»Dass ich Sie liebe und Ihnen verfallen bin, heißt noch lange nicht, dass ich nicht mehr Ihre Anstandsdame bin! Des Weiteren brauchen Sie gar nicht glauben, dass Sie mit mir machen können, was Sie wollen, besonders wenn ich wegen Ihnen einen tierischen Muskelkater in jeder einzelnen Faser meines Körpers habe!«, säuselte sie auch noch, und ehe ich mich versah, hatte sie ihre vollen Lippen, die ich so gerne um meinen Schwanz fühlen wollte, auf meine gedrückt und mir dann eiskalt die Badtür vor der Nase zugeknallt.

MISTSTÜCK!

Geiles, kleines, intelligentes, wunderbar zu mir passendes, göttliches Miststück.

Ich schmunzelte über meine bescheuerten Gedanken und ging wortlos nach unten, um Dom Dom abzutrocknen und ihn genauestens zu untersuchen. Zum Glück war ihm nichts passiert. Tief durchatmend setzte ich mich mal wieder auf meinen Sessel und spielte ein bisschen vor mich hin.

Ich ließ meine Fantasie schweifen und stellte mir vor, mein Leben wäre perfekt.

Natürlich war ich in meinem perfekten Leben immer noch Rockstar, denn ich liebte es, auf der Bühne zu stehen und mich von Tausenden Menschen bejubeln zu lassen. Wem hätte das bitte nicht gefallen? Doch hinter der Bühne wartete eine immer fickbereite Hannah auf mich, die ihre Widerworte nie ernst meinte und ein ganz braver Wau-Wau war. Obwohl … ich liebte ihre spitze Zunge und ihr schlaues Köpfchen, also konnte sie ruhig noch ein bisschen Prüdella-mäßig bleiben. So im Verhältnis: 30 Prozent Prüdella zu 70 Prozent Blowjob-Girl. Ich stellte mir vor, dass sie sich super mit Tanja verstand, die auch auf mich wartete. Lebendig und wunderschön, so wie sie sein sollte, und nicht kalt, bleich, mit Blut und Gehirnmasse beschmiert.

Shit!

»Mason?« Hannahs Stimme riss mich aus meinen abdriftenden Gedanken und ich war unendlich froh darüber. Ich erschauerte, als ihre Finger von hinten durch meine Haare strichen, und musste einfach grinsen, als sie mich umrundete und sich vor mich stellte. Mit Pferdeschwanz, weißer Bluse sowie passendem weißem Rock, der ihr bis zu den Knien reichte. Er war ziemlich flattrig, also könnte ich ihn gut nach oben schieben und …

»Denken Sie nicht mal daran, Mister Hunter!« Sie ließ sich mir gegenüber auf der Couch nieder, strich ihren Rock glatt, überschlug ihre Beine und schaute auf die elegante Armbanduhr an ihrem Handgelenk. »Wir müssen weiter arbeiten. Heute werden wir keine direkte Lektion absolvieren, stattdessen möchte ich nur mal wieder etwas mit Ihnen reden«, stellte sie klar, und jetzt war ich es, der die Augenbraue hochzog. Ich drehte mich mit meinem Sessel im Kreis und klimperte weiter auf meiner Gitarre.

»Und das, während wir uns siezen?«

»Ja, Mister Hunter«, antwortete sie sachlich und machte tatsächlich ihr Diktiergerät an. Ich konnte es nicht fassen!

»Wieso, Miss Obermeier? Beim Ficken darf ich Sie doch auch duzen!«, bohrte ich weiter, doch sie ließ sich nicht aus der Ruhe bringen. Hannah kannte mich schon zu gut und zog die Augenbrauen nach oben. Dann drückte sie seelenruhig auf Stopp und spulte zurück, um meine letzten Worte zu löschen. Ich schmunzelte vor mich hin.

»Ich werde Sie siezen, um professionell und vor allem sachlich zu bleiben, und ich werde dieses Gespräch nicht fünfhundertmal wiederholen, nur weil Sie es nicht akzeptieren wollen.«

»Pah, professionell und sachlich! Du bist schon wieder scharf auf mich wie Nachbars Lumpi!«, stellte ich fest, denn ich sah es an der Art, wie sie auf meine Brust starrte und errötete, als ich sie dabei ertappte.

»Ja, das bin ich. Aber das tut jetzt hier nichts zur Sache, denn ich kann mich beherrschen. Im Übrigen habe ich fürs Erste genug Muskelkater. Also versuchen Sie es erst gar nicht und sehen Sie mich nicht *so* an!«

»Okay, nur kurz zum Verständnis: Wenn ich versuchen würde, meine Angel auszuschmeißen, würdest du tatsächlich anbeißen? Jetzt hier und sofort?«, fragte ich geradeaus und ihre Röte vertiefte sich. Sie wurde für einen kleinen Moment zu meinem süßen Blowjob-Girl, als sie die Augen verdrehte und sich auf die Unterlippe biss.

»Ja, ich würde wahrscheinlich jederzeit anbeißen und das weißt du auch ganz genau! Aber können wir jetzt bitte trotzdem weitermachen, Mason?«

»Oh Shit! Du bist so verflucht süß, wenn du mich plötzlich Mason nennst, Babe!« Sie lächelte ein wenig – ganz kurz. Dann straffte sie sich, kleisterte wieder diesen speziellen Ausdruck in ihr Gesicht – perfekt, leicht arrogant, neutral – und machte das Diktiergerät an.

»Also, ich werde Ihnen ein paar Fragen stellen und Sie werden mit Ja oder Nein beantworten. Nichts weiter, okay?!«

Ich grinste und wir wussten beide, dass es sowieso nicht klappen würde. Dennoch sagte ich »Okay«.

Sie ließ gleich als Allerersten die ultimative Bombe platzen. Mit Sicherheit interessierte sie diese Frage *nicht* als Prüdella.

»Waren Sie schon einmal verliebt?«

»WAS? Shit, du bist so ein kleines raffiniertes … Schiebst einfach Prüdella für Themen vor, an die sich Blowjob-Girl nie wagen würde!« Ich war baff!

»Nur Ja oder Nein, Mister Hunter!« Ihre Augen waren eiskalt, aber ihre Wangen knallrot. Witzig.

»Ja«, antwortete ich augenrollend.

»In Tanja?«, platzte sie raus, und ich lachte, denn mir war klar, worauf sie hinauswollte. Sie wollte wissen, für wen ich mehr empfand. Kleines dummes Mädchen. *Ich durchschaue dich!*

»Nein«, erwiderte ich wahrheitsgemäß und absolut gelassen.

»Was?« Offenbar brachte sie das jetzt aus dem Konzept, denn sie schaute mich mit verengten Augen an. »Aber gestern hast du gesagt, dass du …« Erneut begann sie, mich zu duzen.

»Dass ich sie liebe, aber nicht, dass ich in sie verliebt war. Das ist ein Unterschied, Babe«, stellte ich klar und spielte eine, wie mir schien, sehr einleuchtende Melodie.

»Aber Sie haben doch gerade eben gesagt, dass Sie schon mal verliebt waren. In wen dann? In einen Ihrer Fans?« Sie war wieder beim Sie angelangt, weil sie versuchte, ihre Emotionen zu kontrollieren.

»Nein!« Ich schnaufte ironisch und drehte mich ein wenig mit meinem Stuhl.

»In eine Schulfreundin?«

»Nein!« Ich fragte mich, wann sie darauf kommen würde.

»In jemanden aus Ihrem Bekanntenkreis?« Abschätzend blickte ich sie von oben bis unten an.

»Nicht wirklich«, antwortete ich schulterzuckend und drehte mich eine Runde weiter. NEIN! Ich lachte nicht, als sie frustriert schnaufte. Doch ich erbarmte mich, als ich mich wieder zu ihr drehte und schaute ihr in die Augen – tief. »Die einzige Frau, in die ich mich jemals verliebt habe, bist du, Babe!« Dann drehte ich mich erneut von ihr weg und lachte mir wegen ihres nun offenen Mundes insgeheim ins Fäustchen. Als ich mich wieder ihr zuwandte, lächelte sie zufrieden, auch wenn die anziehende Röte in ihrem Gesicht noch stärker geworden war, während ihre Augen verträumt glänzten. Ich wollte sie gerne küssen und vögeln. Jetzt, hier. Auf der Couch. Doch sie riss sich sofort wieder zusammen und straffte sich. Ich hasste es, wenn sie das tat.

»Wie auch immer … Hatten Sie schon mal eine richtige Beziehung?« WIE BITTE?

Völlig perplex sah ich sie an, denn mal im Ernst. Ich hatte ihr gerade gesagt, dass ich mich in sie verliebt hatte. Da konnte man doch ein paar Tränen erwarten. Viele Tränen! Und Küsse! Und Umarmungen! Sie allerdings schaute mich nur ungerührt an, anstatt zu heulen. Manchmal war sie so verflucht kontrolliert, dass es schon nicht mehr schön war.

»Nein«, schnaubte ich.

»Nie?«

»Du warst ja nicht da!«

»Nur Ja oder Nein, Mister Hunter!«

»Ja, ja.«

»Sie wissen, was das heißt?«

»Nö! Was'n?«

Sie verdrehte die Augen und machte weiter.

»Mit wie vielen Frauen hatten Sie bis jetzt Geschlechtsverkehr?«

»Bist du irre?«, blaffte ich sie an.

»Wieso?«, fragte sie unschuldig.

»Das kann ich dir niemals sagen. Ich bin weder ein Alien, dass ich 50 Arme zum Abzählen habe, noch ein Genie mit fotografischem Gedächtnis. Außerdem wolltest du doch nur verfluchte *Ja- oder Nein*-Antworten!«

Sie schmunzelte und es war süß. »Sie sind ein Rüpel!«

»Du bist eine Furie!« Und eine äußerst hinreißende noch dazu.

Sie schnaufte tief durch und machte dann weiter, als wäre nichts geschehen. Oh Shit! Mich kotzte es immer mehr an.

»Was sind Ihre Lieblingspraktiken beim Geschlechtsverkehr?«

»WAS? Willst du mir jetzt eine Anleitung dazu geben, wie ich die Damen der feinen Gesellschaft galant per Knigge ficke?« Hätte ich was getrunken, hätte ich mich wohl verschluckt. Ich konnte nicht glauben, dass sie mich *das* fragte. Vor allen Dingen jetzt und nicht in der Nacht. Ganz ehrlich, wie kam man nur auf so was?

»Antworten Sie einfach!« Heftig auf ihrer Unterlippe kauend schauten ihre Augen verletzlich und voller Fragen zu mir auf.

»Ich dachte, ich darf nur Ja oder Nein sagen«, erwiderte ich langsam und grinste schief.

»Sie mögen doch keine Regeln!« Sie lächelte süffisant und wusste, dass mir diese Aussage gefallen würde.

»Okay …«, antwortete ich lang gezogen und fuhr mir mit einer Hand durch die wirren Haare. »Also, ich weiß auch nicht, wieso wir dieses Gespräch unter solchen Umständen führen, aber du willst es wissen. Deswegen sag ich es dir natürlich, schließlich geht es dich ja wohl verflucht noch mal was an, was meine Lieblingsdisziplin im Bettsport ist.« Für einen Moment tat ich so, als müsste ich überlegen, was sie sichtbar in den Wahnsinn trieb, auch wenn sie sich gut unter Kontrolle hatte. »Ich stehe am meisten auf Blasen!« Dabei schaute ich ihr direkt auf den Mund, während ihre Augen sichtbar größer wurden und sie sich nicht einen Millimeter rührte. Offenbar hatte sie sogar das Atmen eingestellt. »Verflucht. Ich werde sterben, wenn du das erste Mal an mir saugst. So richtig!« Wie unter Schmerzen stöhnte ich auf. »Gleich darauf kommt wohl ein ordentlicher Fick. Stellung egal! Hauptsache hart und tief!« Sie stieß die Luft geräuschvoll aus und ich zuckte die Schultern. »Is so.«

»Was verstehen Sie unter … hm-hm …« Sie räusperte sich und versuchte, ihre Mimik wieder zu kontrollieren, was ihr sogar etwas gelang. Ich hingegen legte die Gitarre weg, sah sie intensiv an, während ich mich bewusst geschmeidig erhob. Ihre Augen weiteten sich erneut, als ich mich neben sie setzte und einen Arm auf die Lehne hinter ihr ausstreckte. Zart fing ich an, ihren Nacken zu kraulen, denn sie war mir viel zu verspannt und sollte über so etwas Intimes nicht so verkackt professionell mit mir reden. Schließlich war sie die Frau, die ich liebte, verflucht! Hannah erschauerte. »Wieso fragst du mich das alles so? Traust du dich sonst nicht? Versteckst du dich hinter Prüdella? Das musst du nicht, Babe«, flüsterte ich und beugte mich vor, um mit meiner Nase über ihren Kiefer zu streichen.

»Lenken Sie mich jetzt nicht ab, Mister Hunter, und ja, Sie könnten recht haben. Also, weiter!« Sie wartete gespannt, während ich ihren Mundwinkel küsste.

»Du willst wissen, was für mich ein ordentlicher Fick ist?«, fragte ich noch mal nach. Sie nickte und schloss die Augen, als ich die Berührungen ihres zarten Nackens intensivierte.

»Hm …«, summte ich träge und tief an ihrer weichen Haut. »Alles, was ich mit dir in der Hinsicht mache, ist ein ordentlicher Fick, Babe«, war das Einzige, was es zu sagen gab, denn es war die Wahrheit. Nur bei ihr fühlte es sich richtig an, wenn ich mit ihr vereint war.

»Ich verstehe«, hauchte sie als Antwort, ließ sich von meinen Berührungen davontragen und lehnte sich mit dem gesamten zerbrechlichen Körper gegen mich. Ha! Ihr Kopfkino und meine Finger gaben ihr den Rest und kickten Prüdella völlig aus ihrem hübschen Köpfchen.

»Du weißt schon, dass du zwei völlig unterschiedliche Seiten in dir hast«, murmelte sie plötzlich und strich mit der Nasenspitze über meinen Hals.

Ich schluckte hart, denn die eine Seite war ein Monster, und ich wünschte, sie hätte sie nie kennengelernt. »Ja, ich weiß«, erwiderte ich unwillig.

»Ich mag sie beide, also werd hier mal nicht gleich so miesepetrig!« Ich schaute verwundert runter in ihre hübschen Augen und in ihr wunderbar lächelndes Gesicht. Sie zog meinen Mundwinkel mit dem Zeigefinger nach oben. »Du bist nicht so schlecht, wie du denkst. Im Grunde bist du auch kein echter Sadist. Zumindest nicht, wenn es um mich geht. Du machst dich viel kleiner und böser, als du bist, Mason«, sagte sie mit sanfter Stimme. OH SHIT! Ich starrte sie an und meine Finger erfroren an ihrem Hals. Doch sie redete leise weiter und ihr Zeigefinger umspielte wie von selbst den Umriss meiner halb offenen Lippen. »Außerdem hat jeder Mensch mehrere Seiten. Bevor ich dich kennengelernt habe, konnte ich es nicht glauben, aber jetzt weiß ich, dass es so ist. In jedem von uns steckt ein Draufgänger, genauso wie ein Angsthase. Ein Gott und ein Teufel. Ein Liebender und ein Hassender. Ein Mensch mit und ohne Gewissen. Es kommt nur darauf an, wie man sich mit seinen verschiedenen Seiten arrangiert und welche Eigenschaften man sich herauspickt. Wir haben die Wahl, das Beste aus uns zu machen. Es liegt an dir, dich von deiner … sagen wir mal … bösen Seite nicht unterkriegen zu lassen, auch wenn ich nichts wirklich Böses in dir erkennen kann. Absolut nicht.«

»Du bist geblendet«, war alles, was ich rausbrachte. Mein Mund war auf einmal wie ausgedörrt.

»*Ich* bin die Einzige, die noch *nie* wirklich von dir geblendet war, Mister Hunter!« Plötzlich grinste sie mich überheblich an, als würde ich da eine sehr wichtige Tatsache übersehen. »*Ich* wusste schon immer, wer du bist und wer du vorgibst zu sein. *Ich* habe schon immer genau hinter die Maske und genau auf *das* geschaut, was sich hier drinnen befindet!« Somit legte sie ihre Hand auf den dünnen Stoff meines Shirts und fühlte, wie mein Herz unter ihrer Berührung einen Aussetzer hatte. Ich starrte sie nur an.

»Was ist denn da?«, fragte ich auch noch blöd und sie lächelte breiter, hob die andere Hand und strich mir ein paar Strähnen aus der Stirn.

»Da bist du, Mason!«

»Ach ne.«

Sie kicherte und es war eins der schönsten Geräusche auf Erden. Nach ihrem Stöhnen natürlich. »Ach doch!« Und dann beugte sie sich einfach vor, nahm mein Gesicht in ihre kleinen Hände und küsste mich. Meine Arme umschlangen sie sofort. Eine Hand die Hüfte, die andere den Nacken.

»Oh, oh, oh«, summte sie auch noch warnend und drückte sich bestimmt von mir weg. Atemlos ließ ich von ihr ab und ließ mich nach vorne fallen, hämmerte mit meiner Stirn gegen ihre Schulter. Denn ich wollte sie schon wieder dringend ficken, doch es war unmöglich. Sie lachte leise und tätschelte mir mitleidig den Kopf.

»Später. Jetzt bin ich dran.«

»Ich benehme mich doch«, grummelte ich nur gegen ihre verfluchte Bluse.

»Ja, das tust du. Du bist wirklich ein gelehriger Schüler geworden«, wiederholte sie meine Worte von vor einiger Zeit und ich grinste.

»Nur, weil ich dich nicht verärgern will – dich und deinen Rohrstock!« Ich entlockte ihr ein Lachen und freute mich darüber wie ein verfluchtes Schnitzel. »Auf was stehst *du* denn so beim Sex?«, schoss ich gleich hinterher, denn ehrlich gesagt sah ich sie gerade breitbeinig in einem Eins A Domina Kostüm mit ihrem Rohrstock über mir stehen und fies grinsen.

»Ähm …«, stammelte sie sofort, fing sich aber recht schnell und erwiderte mit einem Schulterzucken: »Auf alles, solange es mit dir ist!« Somit ließ sie die Bilder in meinem Kopf explodieren. BÄHM! Abrupt lehnte ich mich zurück und schaute sie an.

»Das hättest du nicht sagen sollen!« Meine Stimme klang heiser.

»Es ist aber so, Mister Hunter!« Sie beugte sich noch einmal vor, küsste mich auf die Nasenspitze und ging in die Küche, um sich noch einen Kaffee einzuschenken.

SHIT!

***

Den restlichen Tag verbrachten wir damit, ein wenig über uns zu reden. Über ihre Vergangenheit und über meine. Ich war gnadenlos offen und erzählte ihr, was ich gerne mit den Frauen machte. Erzählte von der Erniedrigung und Unterdrückung. Von der Macht, die ich brauchte. Sie ließ sich davon nicht aus der Ruhe bringen, weil sie gerade als Prüdella vor mir saß, auch wenn Blowjob-Girl in ihrem Inneren wahrscheinlich gerade kreischend im Kreis lief und panisch nach einem Ausweg suchte.

Natürlich fiel mir auf, dass es ihr immer schwerer fiel, Prüdella und Blowjob-Girl auseinanderzuhalten, und darüber freute ich mich insgeheim sehr, denn das bedeutete, dass ich ihr immer wichtiger wurde. Wichtiger als ihre verfluchte Kontrolle.

Wir sprachen darüber, dass ich nun bald anfangen würde, mich auf die Tour vorzubereiten. Das hieß, dass ich wieder öfter ins Fitnessstudio gehen und mich in die Öffentlichkeit wagen musste.

Alles in allem war es allerdings ein ruhiger Tag. Dafür hatte ich gesorgt, indem ich das Telefon ausgesteckt hatte, denn ich wollte, ganz ehrlich, nur mein Muskelkatermädchen in den Armen halten und mit ihr reden.

In den Armen hielt ich sie zwar nicht, aber wir redeten dennoch.

Hannah erzählte mir davon, dass sie ihre eigene Anstandsschule eröffnen wollte und dass sie kurz davor war, ihren Traum zu verwirklichen. Ihr fehlten noch fünf Klienten, dann könnte sie sich selbstständig machen. In meinem Hinterkopf reifte ein Plan heran, um ihr unauffällig ihre Wünsche zu erfüllen, ohne dass sie es merkte. Allerdings war ich alles andere als scharf darauf, dass Hannah Obermeier einen Fuß zu einem anderen ins Haus setzte. Womöglich noch zu einem Rüpel. Denn ich wusste aus eigener Erfahrung, wie die sich benahmen. Ich wollte ihr letzter Klient sein. Sie war MEIN. Das alles drückte ich ihr natürlich nicht rein, als sie von ihren Träumen sprach. Stattdessen saß ich auf meinem Sessel, spielte Gitarre und hielt Abstand zu der Frau, die ich liebte.

Liebe …

Verflucht, ich war zuvor noch nie verliebt gewesen und hatte ehrlich gesagt echt Respekt vor den Gefühlen, die in mir tobten, wenn ich sie ansah oder sie berührte. Aber sie war es wert, über meinen Schatten und meine Angst zu springen. Sie war ALLES Wert.

Irgendwann ging die Sonne unter und Hannah kochte uns ein fünf Sterne Menü. Dabei ächzte und auate sie rum, weil ihr Körper anscheinend wirklich wehtat, während sie versuchte, mich mit Blicken zu erdolchen, die ich aber gekonnt ignorierte.

Als ich das Telefon wieder eingesteckt hatte, zeigte der AB einen Anruf von Paul, unserem Manager. Als ich mich bei ihm meldete, sagte er nur, ich solle sofort meinen rockigen Arsch zu ihm bewegen. Er klang not amused. Also kam ich nach dem Essen seinem Befehl nach und fuhr zu ihm. Ich mochte es überhaupt nicht, sie allein zu lassen, aber wenn der Job rief, musste ich springen.

Kurz küsste ich sie und versuchte, mir ihr wunderschönes Lächeln einzuprägen, bevor sie mir sagte, dass sie sich schon auf die Nacht freute.

Tja …

***

Paul schiss mich zusammen. So richtig. Wenn er nicht schon von Anfang an dabei gewesen wäre, hätte ich seinen verfluchten Arsch schon längst gefeuert, aber irgendwie hatte er recht. Er fragte mich, wie ich die Verkaufszahlen, die sowieso schon sanken, aufrechterhalten wollte, wenn mir eine Keule an der Backe klebte. Er fragte mich, wie ich weiterhin die Hallen füllen wollte, wenn die Fans wussten, dass ich vergeben war. Okay. Genau genommen fragte er nicht. Er grölte und bekam trotz seiner dunklen Haut einen roten Kopf, was bedenklich aussah. Angeblich wäre er fast von seinem Balkon gefallen, als er das Foto von Hannah und mir auf der Verleihung gesehen hatte, und legte mir ans

Herz, diese Beziehung umgehend zu beenden, woraufhin ich ihm sagte, er könne mich kreuzweise und mit viel Schmackes an meinem blanken Arsch lecken. Als er Hannah jedoch beleidigte – sie wäre wie jede x-beliebige Bitch –, fing er sich eine Faust. Das würde ein schönes Veilchen geben. Daraufhin wurde er kleinlaut … blieb ihm ja auch nichts anderes übrig, denn ich drückte ihm die Luft ab … und meinte nur, ich solle wenigstens versuchen, sie von der Öffentlichkeit fernzuhalten.

WUNDERBAR!

Problem gelöst!

Scheiße, ich war so angepisst, als ich sein Büro verließ. Mindestens genauso wie er. Auf seine letzte Forderung hatte ich nicht mehr großartig reagiert, sondern war einfach rausgestürmt – nicht, ohne ihm an den Kopf zu werfen, dass er sich abregen sollte, bevor ihm seine verdammten Rastalocken abfielen, und dass ich ihm morgen sagen würde, wie ich mich entschieden hätte.

Ich hatte keine Ahnung, was ich tun sollte. Es kam mir falsch vor, Hannah wegen meiner Karriere zu verleugnen, aber es kam mir auch nicht richtig vor, alles, was ich mir mit Max und Friedl aufgebaut hatte, zu gefährden, weil ich mich wie ein kleiner Schuljunge verliebt hatte. Das wäre den beiden gegenüber nicht fair, denn sie führten auch keine Beziehung.

Fluchend stieg ich aus dem Auto und wunderte mich, dass im ganzen Haus kein Licht brannte. Der Wind peitschte und es regnete ohne Ende, vielleicht war der Strom ausgefallen? Trotzdem breitete sich ein ungutes Gefühl in meinem Magen aus, als ich – mittlerweile nass – durch die Tür ging, die nicht abgesperrt war.

»Babe?«, rief ich, sobald ich den Flur betreten hatte, und machte das Licht an. Also kein Stromausfall.

Kein Babe, das mir antwortete.

»Shit!« Eilig streifte ich mir die Boots ab und ging ins Wohnzimmer. Hier war sie nicht. Es war sauber.

Nichts.

Mit immer schneller klopfendem Herzen sprintete ich die Treppen nach oben. Tausend Bilder jagten durch meinen Kopf, aber eines dominierte: Hannah mit ihren Koffern, wie sie mich verließ. Deswegen stürmte ich wie ein Irrer in ihr Zimmer. Es war … keine Ahnung … sauber wie immer. Also machte ich den Schrank auf und atmete erleichtert durch, als ich ihre Kleidung dort hängen sah.

»Hannah?« Wo war sie verflucht noch mal?

Da hörte ich es! Ein leises Wimmern aus meinem Zimmer. Sofort drehte ich mich um und rannte in die Richtung des Klagelautes.

Schnell öffnete ich die Tür, um die Situation zu erfassen, und erstarrte.

Denn Hannah lag zusammengerollt auf meinem Bett und weinte aus vollem Hals. Mein Herz wollte zersplittern bei dem elenden Anblick, den sie mir bot. In Lichtgeschwindigkeit war ich bei ihr und hatte sie auf meinen

Schoß gehoben.

»Was ist los, Babe?«, fragte ich voller Sorge und strich ihr mit beiden Händen die Strähnen aus dem verweinten Gesicht.

Das, was sie sagte, ließ das Blut in meinen Adern gleichzeitig erfrieren und überkochen.

»Ein Fan von dir war hier und hat mich mit einer Pistole bedroht.«

WAS?

CUT!

4. GIVE ME LOVE

(ED SHEERAN)

Mason war zu seinem Manager gefahren und hatte irgendwelche außerirdischen Schimpfwörter vor sich hingemurmelt, als er durch die Tür verschwunden war.

Seufzend sammelte ich das dreckige Geschirr vom Tisch zusammen und ließ Wasser in der Spüle ein. Mason besaß zwar eine Spülmaschine, aber von so einem modernen Quatsch hielt ich nichts, also wusch ich gutbürgerlich mit der Hand ab.

Draußen war es schon dunkel und ich hatte mir nur das kleine Licht in der Küche angemacht, was alles in eine etwas gruslige Atmosphäre tauchte, solange Mister Hunter nicht da war. Doch ich war ein großes Mädchen und ließ mich von ein paar Ästen, die gegen die Fensterscheibe schlugen, dem heftigen Regen oder dem Wind, der durch die Ritzen pfiff, nicht verunsichern. Allerdings konnte ich das kühle Gefühl, das langsam von meinen Zehen bis zu meinem Nacken herauf kroch und sich dort festsetzte, nicht ignorieren.

Dom Dom und Sub Sub randalierten auch noch in ihrem Häuschen rum. Das machten sie öfter. Vermutlich war Dom Dom Choleriker, denn jeden Morgen war die Wasserschüssel umgeschmissen.

Immer wieder kamen von draußen komische Geräusche, und als es plötzlich blitzte, zuckte ich erschrocken zusammen. Beim sofort folgenden Donnergrollen schoss der Schweiß aus jeder Pore. Ich versuchte, mich nicht in meine Angst hineinzusteigern, aber irgendwann hielt ich es nicht mehr aus.

Gerade war ich dabei, mit aller Kraft die Brüste von einem Teller zu schrubben, als ich dem Drang, zur Balkontür zu blicken, um zu sehen, ob sie wirklich geschlossen war, nicht mehr widerstehen konnte.

In dem Moment, als ich durch das dünne Glas blickte, erhellte ein Blitz den durch den Wind verwüsteten Garten und ich ließ den Teller in die Spüle fallen.

Denn vor der Tür stand jemand.

Innerhalb von Millisekunden rauschte Adrenalin durch meinen Körper, signalisierte Gefahr, sodass sich alles in mir anspannte und Panik sich breitmachte. Unbewegt, aber doch ganz klar erkennbar, stand dort eine Frau. Eindeutig. Denn sie hatte lange dünne Beine, eine schmale Figur und war ganz in Schwarz gekleidet, nur ›Spank Sexgott Ransom‹ prangte in weißen Buchstaben auf der großen Brust. Sie trug ein Cappy auf dem Kopf, sodass nur ihr Mund er hellt wurde, der zu einer schmalen Linie zusammengepresst war.

Das alles wäre nicht zu angsteinflößend gewesen, wenn diese Person trotz des starken Regens nicht komplett bewegungslos und mit starrem, auf mich gerichtetem Blick verharrt hätte. Und wenn da nicht etwas schwarz und bedrohlich in ihrer Hand aufgeblinkt hätte, als der nächste Blitz die Szenerie erhellte und der Donner anscheinend direkt über dem Haus grollte.

Eine Pistole.

Als sich die Frau schließlich bewegte, entleerte sich meine Blase vor Schreck fast ein wenig.

Denn sie hob langsam die Hand mit der Waffe und richtete sie direkt auf mich. Ich war zu schockiert, um wegzulaufen oder anderweitig zu reagieren. Die klassischen drei Sekunden Bedenkzeit – Flucht oder Angriff – waren schon vorbei; mein lahmer Körper hatte sich für nichts von beidem entschieden und gehorchte mir nicht länger.

So würde ich nun also sterben?!

Doch sie drückte nicht ab, sondern deutete es nur an. Als hätte sie einen Rückschlag von der Waffe bekommen, ehe sie den Lauf vor den Mund hielt und den imaginären Rauch wegblies. Dann senkte sie die Pistole – beinahe emotionslos und sehr langsam –, legte den Kopf schief, bis ein Schütteln durch ihren Körper ging.

Sie lachte!

Anschließend drehte sie sich um und verschwand im wütenden Sturm.

Sobald sie aus meinem Blickfeld verschwunden war, rannte ich endlich. Wie eine Gehetzte. Geradewegs in Masons Zimmer und in sein Bett, wo ich vollends zusammenbrach, weil das Adrenalin meine Blutbahn verließ. Schluchzend und zitternd klammerte ich mich an einem Kopfkissen fest und versuchte, mit den Geschehnissen klarzukommen. Verzweifelt biss ich in eine Ecke des Kissens, um den Schrei zu unterdrücken, der nachträglich noch von meinen Lippen fallen wollte. Ich hatte noch niemals in meinem Leben in den Lauf einer Waffe geblickt und es war wirklich beängstigend gewesen. Der Gedanke, dass ich aufgrund einer Fingerbewegung durch einen anderen Menschen sterben könnte, war schrecklich.

Obwohl ich die Person nicht kannte, so hatte ich doch den unbändigen Hass in den minimalen Regungen und den Drohungen gespürt. Instinktiv wusste ich, dass sie wirklich gerne abgedrückt hätte. Doch sie hatte es nicht getan. Ich war gesund und am Leben. Vermutlich sollte ich erleichtert sein, aber die Angst, dass diese skurrile Gestalt Mason auflauern könnte, lähmte mich. Dabei müsste ich sofort ins Untergeschoss, um die Polizei anzurufen oder irgendwas anderes zu tun. Und dazu kam, dass ich mich in Masons Zimmer am sichersten fühlte. Er würde jeden Moment da sein und dann wäre alles gut.

Dann wäre dieser Horror nicht mehr als ein schlechter Traum gewesen. Hoffentlich!

***

Der erlösende Klang von Masons Stimme, die »Hannah!« durch den Gang rief, werde ich wohl nie vergessen. Sofort fühlte ich mich besser. Nervlich am Ende, aber besser.

Er öffnete die Tür mit voller Wucht, sodass sie gegen die daneben liegende Wand krachte, und stürmte ins Zimmer wie ein Wahnsinniger. Im ersten Moment sah er erleichtert aus, als er mich auf seinem Bett erblickte. Dann verdunkelte sich sein Gesicht und sein Körper spannte sich an. Er sah mir sofort meinen Zustand an. Durch meine verweinten Augen nahm ich alles verschwommen wahr. Aber das war mir egal. Genauso egal, wie die Tatsache, dass ich so ein jämmerliches Bild vor ihm abgab. Ich konnte mich weder schämen noch ihn zurückweisen, als er mich auf seinen Schoß hob. Das wollte ich auch überhaupt nicht. Denn seine Anwesenheit und seine Berührungen entspannten mich sofort. Das Wissen, dass mir nichts passieren würde, solange diese Arme um mich lagen, beruhigte jede Faser in meinem Körper. Langsam ließ das Zittern nach und ich holte tief Luft – roch an ihm. Erst als ich mich an seinem Kragen festkrallte und die Augen schloss, merkte ich, dass er nass vom Regen war. Doch auch das spielte keine Rolle, ich würde ihn um nichts in der Welt jetzt loslassen.

»Ein Fan von dir war hier und hat mich mit einer Pistole bedroht!«

»Ein Fan HAT WAS?« Mit einem Ruck hatte er mich zurückgezogen, sodass ich aufkeuchte, damit er mir direkt in die Augen sehen konnte. Sein Blick war stechend und loderte gefährlich.

»Wo?«, fragte er knapp, immer noch mit kühlem Gesichtsausdruck.

»Draußen«, flüsterte ich und machte mich ganz klein.

»Wo genau?«

»Vor der Terrassentür!«

»Wann?« Währenddessen suchte er in seiner Tasche schon nach seinem Handy. Mit der freien Hand hielt er mich am Oberarm fest, als könnte ich ihm sonst weglaufen oder würde einfach in mich zusammenbrechen.

»Ich weiß es nicht«, hauchte ich kaum hörbar.

»Woher weißt du, dass es ein Fan war?« Er wählte eine Nummer, ließ mich aber keine Sekunde aus den Augen.

»Sie hatte deinen Namen auf ihre Brust gedruckt. Ich glaube, es war eines dieser schrecklichen Merchandise-Objekte.« Es tat mir gut, dass er so sachlich mit mir sprach. So durchkreuzte er sofort meine Mitleidstour, in die ich mich reingesteigert hatte.

»Woher weißt du, dass sie eine Brust hatte? Welche Körbchengröße?«

»Mason!« Somit schlug ich ihm zittrig lächelnd gegen die Schulter. Er lachte leise und fing meine Hand ab, küsste meine Fingerknöchel und hielt dabei das schmale Handy an sein Ohr. Sein Gesicht wurde wieder ernst, dennoch sah er mich weiterhin an – mit besorgten, unterschwellig brodelnden Augen.

»Hey, ich bin es. Die Kacke ist am Dampfen. Ich hab wieder mal 'ne Stalkerin. Sie hat Hannah mit einer Knarre bedroht. JA, VERFLUCHTE SCHEISSE! Ich brauche drei Securitys und zwar dalli! Morgen! Ja … Bis dann!« Schon hatte er wieder aufgelegt und sein Handy über die Schulter geschmissen, bevor er mich unverhofft an sich presste. Plötzlich landete mein Gesicht an seiner Brust und meine Arme wurden zwischen unseren Körpern eingeklemmt. Ich ächzte, denn der Muskelkater war immer noch vorhanden.

»Was machst du nur für Scheiße?«, fragte er plötzlich rau und wiegte mich sanft hin und her, während er sein Gesicht in meine Haare presste.

»Ich hab gar nichts gemacht«, nuschelte ich gegen seine Brust und wollte einen Finger heben, doch das ging nicht.

»Du hast mir einen verfluchten Schrecken eingejagt.«

Ich verdrehte die Augen und schwieg. Er seufzte nach einiger Zeit und begann mit einer Hand, meinen Nacken zu massieren.

»Ich hätte wissen müssen, dass so eine Scheiße passiert, wenn ich dich mit ins Rampenlicht zerre.« Und dann entschuldigte er sich – einfach so! »Es tut mir so leid, Babe!« Jedes Wort spiegelte die Wahrheit und Ernsthaftigkeit wider. »Ich wollte nicht, dass dir irgendjemand Angst einjagt!« Ich seufzte und strich mit meinen Fingern über den Rand seines Hosenbundes.

»In dem Moment hatte ich Angst. Aber … aber jetzt bist du da«, flüsterte ich gerührt und hob mein Gesicht ein wenig. Meine Lippen strichen von selbst über seinen Kiefer. Er fühlte sich zu gut an. »An die Sache mit dem Rampenlicht könnte man sich unter gewissen Umständen gewöhnen. Mach dir keine Sorgen um mich!« Ich lächelte schwach und er schnaubte nur.

»An so etwas Verrücktes wie die Welt des Showbizz kann man sich nicht gewöhnen, und außerdem hat mir mein Scheißmanager ironischerweise auch noch genau heute mitgeteilt, dass ich offiziell keine Freundin haben darf!«, grummelte er sichtlich genervt davon.

»Oh …« OH! Na ja … Eigentlich … »Wir müssen es nicht öffentlich machen. Hauptsache ich weiß, was ich dir bedeute«, versicherte ich ihm ruhig, denn so war es auch. Außerdem hatte ich wirklich keine Lust, von Paparazzi oder noch mehr verrückten Fans verfolgt zu werden. »Nach der Sache heute Abend wäre es mir sogar recht«, murmelte ich dazu. Aber eine Frage beschäftige mich noch. »Wie denkst du, hat sie überhaupt herausgefunden, dass du hier wohnst? Du hältst doch dein Privatleben sonst so gut unter Verschluss!«

»Ich habe keine verfluchte Ahnung. Der Scheiß ist eigentlich streng geheim, aber es gibt immer Leute, die zu viel reden, um Aufmerksamkeit zu bekommen«, antwortete er schulterzuckend.

»Ich hoffe, dass so etwas Verrücktes nicht noch mal passieren wird!« Bei dem Gedanken an die fest zusammengepressten Lippen der Frau überkam mich ein Gänsehautschauer. Aber Masons Finger in meinem Nacken massierten weiter, seine Lippen strichen über meine Wange und mein Verstand schaltete sich einfach aus. Wie machte dieser Mann das? In einem Moment zitterte ich vor Angst und im nächsten fühlte ich mich so sicher wie in einem Luftschutzbunker mit eigener Stadt unter der Erde.

»Die Bodyguards werden dafür sorgen, dass keiner in die Nähe des Hauses oder von uns beiden kommt. Normalerweise brauche ich sie nur für Auslandsbesuche. Im beschaulichen Bayern ist das eigentlich was anderes. Hier kommt höchstens mal 'ne Kuh vorbei und nervt mich, weil sie Dom Doms Salat frisst. Ich hab sie wie die Obertussi der AFD genannt, obwohl die Kuh viel hübscher und intelligenter ist als sie.« Er seufzte und strich sich durch die Haare. »Ich rede hier so eine Scheiße und frage dich gar nicht, wie es dir geh. Shit, Babe! Wie geht´s dir?«

Jetzt musste ich lachen, als er mich mit beiden Händen an den Oberarmen von sich riss, um mir prüfend ins Gesicht zu sehen.

»Ich würde gerne schlafen«, sagte ich einfach.

Er sprang sofort auf und ging rückwärts auf die Tür zu.

»Eh ja, okay, alles klar. Du kannst in meinem Bett bleiben. Ich geh dann mal rüber in Prüdellas Zimmer!« Er blieb stehen und tief in seinen Augen leuchtete der Schalk.

Ich schnaubte nur und schlenderte zu Masons Schrank. Dort öffnete ich meinen Rock, zog ihn aus und faltete ihn auf dem Hocker daneben zusammen. Mason zischte. Ohne ihn anzusehen, streifte ich mir auch mein Höschen ab, schmiss es in seine Richtung. Mason keuchte, während er es automatisch auffing. Jetzt konnte ich mir ein selbstzufriedenes Lächeln kaum verkneifen, als ich nach einer seiner gemütlichen schwarzen Männershorts griff und sie mir anzog.

Mason STÖHNTE.

Als Nächstes knöpfte ich meine Bluse auf. Ignorierte mein schnell schlagendes Herz und legte auch diese mit spitzen Fingern zusammen. Mason lehnte sich an den Türrahmen und schaute sich das Schauspiel mit verschränkten Armen an. Ich sah ihn im Augenwinkel. Das Unterhemd folgte ebenfalls schön gefaltet und meine Wangen wurden flammend rot, als ich nach hinten griff, um den Verschluss von meinem BH zu öffnen. Dennoch tat ich es.

Aus Masons Richtung erklang ein röchelndes Geräusch, das sich stark nach akuter Atemnot anhörte, und ich spielte einige Sekunden mit dem Gedanken, ihn wiederzubeleben oder ihm ein Asthmaspray zu reichen. Doch ich überlegte es mir anders und griff stattdessen nach einem weißen T-Shirt mit einem gelben viereckigen Schwamm, dämlichem

Gesicht und riesigen Kulleraugen darauf. Schulterzuckend zog ich es mir über und zwinkerte Mason zu, der so wirkte, als würde er sehr bald an Blutstau sterben, und seine Augen wurden immer dunkler. Na, da konnte ich wohl nichts für ihn tun.

Sein Bett sah schön groß und einladend aus, also schob ich die Decke zurück und ließ mich seufzend auf dem glatten Laken nieder. Als ich auf dem Nachttisch eine Nagelfeile bemerkte, hob ich eine Braue und nahm sie. Daher also die schönen Nägel!

Mason verdrehte nur die Augen.

»Wolltest du nicht rüber in Prüdellas Zimmer gehen?«, fragte ich zuckersüß und zeigte mit der Nagelfeile in Richtung des Zimmers, bevor ich anfing zu feilen. Dabei wartete ich nur auf den großen Knall und fühlte die Spannung in der Luft knistern.

Ich liebte es! Mason war so schön gefährlich. Ich feilte in aller Seelenruhe weiter und zählte geistig rückwärts bis eins.

Drei!

Zwei!

Eins!

Bäng!

Mit einem Knurren stieß er sich von der Tür ab, knöpfte sich beim Näherkommen das Hemd auf und schmiss es auf den Boden. Den Gürtel öffnete er, während er sich auf den Rand des Bettes kniete und die Hose zog er sich aus, als er zu mir krabbelte. Viel zu schnell war er bei mir und packte mich in den Haaren. Bog meinen Kopf zurück und küsste mich hart.

Wow!

Sein Körper landete auf der Decke zwischen meinen Beinen und ich schmiss die Nagelfeile weg, als ich seinen Nacken und seinen Kopf umfing und ihn zurück küsste.

So hart, wie er angefangen hatte, so weich wurde der Kuss nach einiger Zeit, bis er in einem sanften Druck seiner vollen Lippen auf meinen endete.

Wir beide waren zu diesem Zeitpunkt bereits atemlos.

Wortlos hob er die Decke und schlüpfte zu mir in die Wärme seines Bettes. Sein Körper war kalt, nach wie vor noch etwas feucht, aber so schön hart und männlich. Er schlang seine Arme um mich, sodass ich in der Kuhle seiner Schulter zum Liegen kam, und bettete sein Kinn auf meinem Scheitel. Sanft fing er mit seiner göttlichen Stimme an zu summen, die mich schon vom ersten Moment an verzaubert hatte.

Obwohl ich vorhin den Horror meines Lebens durchlitten hatte, schlief ich jetzt innerhalb von Minuten ein und träumte – von Mason, der mir sagte, dass er sich in mich verliebt hatte.

Irgendwann tief in der Nacht schreckte ich aus dem Schlaf hoch, weil mir mit einem Schlag klar wurde, dass er mir das tatsächlich gesagt hatte!

Am Nachmittag hatte ich die Tragweite dieser Worte und deren Bedeutung noch nicht erfasst, dafür aber jetzt!

VERLIEBT!

Mason Hunter WAR VERLIEBT!

IN MICH!

»Mason«, rief ich leise und richtete mich etwas auf. Einer seiner Arme ruhte locker auf meinem Bauch. Ansonsten lag er mit offenem Mund und leise vor sich hin schnarchend auf dem Rücken. Mein Bein bewegte sich ganz von selbst, als es sich über sein Becken schlängelte und ich mich auf ihn setzte. Sofort zuckte es an meinem Schritt!

»Oh«, flüsterte ich und wackelte ein bisschen mit meinen Hüften hin und her. Das nächste Zucken seiner wachsenden Erektion schoss sofort in meinen Unterbauch und ein Schwall Flüssigkeit ergoss sich in Masons Shorts – in jene, die ich anhatte.

Er fühlte sich so gut an, wenn er direkt an meiner Vagina so groß und hart wurde.

»Mhmm!« Ich biss mir auf die Lippe und schloss die Augen, als ich bewusst einmal von vorne nach hinten rutschte, direkt über seine rasant wachsende Erregung, die trotz der Stoffbarriere genau zwischen meinen Falten lag.

»Shit«, murmelte er verschlafen und legte träge seine Hände auf meine Hüften. Seine Daumen begannen mich zu streicheln. Seine Tänzer-Hüfte kam meiner nächsten Bewegungen entgegen und ich warf den Kopf zurück, als er mit seiner Eichel genau auf meine Klitoris drückte.

Das hier war schon wieder die pure Erotik. Mir war nicht klar, wie er es halbschlafend schaffte, mich so schnell und so intensiv zu berauschen. Ich beugte mich vor, strich mit meinen Lippen über seine, während ich meine Hüften langsam nach vor und zurück schob. »Du bist in mich verliebt«, flüsterte ich in seinen Mund.

»Das bin ich. Ja«, wisperte er heiser und hob seinen Kopf, um mich zu küssen. Seine Hände packten meine Hüften fester und drückten mich nach unten, seinen Bewegungen entgegen, sodass ich seine mittlerweile steinharte lange Form genau fühlen konnte.

»Das ist schön«, seufzte ich und hieß seine Zunge herzlich willkommen, die über meine Unterlippe strich.

»Ach ja? UH ... Shit ...«, stöhnte er und warf seinen Kopf zurück, als ich mich enger an ihn presste. Sofort schlängelte er sich mit einer Hand zwischen meine Beine und fuhr mit allen fünf Fingern fest über meine Schamlippen. »Ah, bist du feucht«, stellte er fest, und bevor ich mich versah, nutzte er den Eingriff der Shorts, um mich ohne störenden Stoff zu berühren.

»Oh mein Gott, Mason. Du bist wahnsinnig!«, rief ich stöhnend und bog meine Rücken durch, als Mason durch eine Drehung seiner Hand mit zwei Fingern unverhofft in mich eindrang. Er küsste meinen Hals und hielt mit der anderen Hand meinen Kopf umfangen, während er raus und wieder rein glitt und ich ihm verlangend mein Becken entgegen hob.

»Nein, *du* bist wahnsinnig. Du kannst mich doch nicht mitten in der Nacht so überfallen und erwarten, dass ich dich jetzt nicht ficke, Babe!«

»Du wirst mit mir schlafen?« OH! Damit hatte ich nicht gerechnet! Doch ich war einverstanden! Mehr als das! Der Muskelkater war zu ertragen, zumal ich in meinem jetzigen Zustand sowieso einem willenlosen Zombie glich, solange er mich berührte.

»Nein, *du* wirst mich reiten und ich werde nur faul hier unten rumliegen und es in vollen Zügen genießen!« Somit zog er seine Finger aus mir zurück und schob die Shorts an einem meiner Oberschenkel zur Seite. Seine Knöchel streiften meinen Intimbereich, als er seine Erektion auf kürzestem Weg befreite und ein paar Mal zwischen unseren Körpern auf und ab strich, sodass wir beide etwas davon hatten. Ich pulsierte vor Verlangen, noch bevor er seine Spitze an meinem Eingang ansetzte. Er schaute mir trotz der Dunkelheit glühend in die Augen, fesselte mich mit seinem Blick, als er plötzlich nach oben in mich stieß und wir uns beide heftig auf die Lippen bissen, weil pure Lust uns durchrauschte. Dann schob er sich auf der Matratze ein Stück nach oben, sodass er mit dem Rücken an dem eisernen Gestell des Bettes lehnte, nahm meine Handgelenke und zog meine Hände hinter sich, damit ich mich an den Metallstangen festhalten konnte.

»Benutz mich«, flüsterte er mir rau zu und kreiste verführerisch mit seinem Becken. »Ich bin dein willenloser

Sklave!« Seine Hände kneteten meine Brüste durch den dünnen Stoff des albernen T-Shirts, während ich meine Hüften schamlos auf ihm vor und zurück bewegte, sodass es sich für mich mehr als gut anfühlte und jeder Muskel in meinem Körper anfing zu beben. Masons angespanntes Gesicht dabei zu sehen, wie ich ihn ritt, war wahnsinnig erregend, auch wenn ich leicht beschämt merkte, dass ich Mason trotz der Shorts mit meinen Säften vollschmierte. Er beobachtete mich mit erotisch-düsterem Blick und nahm jede noch so kleine Bewegung meiner Mimik und Gestik in sich auf – konsumierte mich mit jeder Faser –, während mein Stöhnen beängstigend laut wurde.

»OH MY FUCKING GOD! Du bist so wunderschön, Babe. Genau so … Babe. Shit, das fühlt sich genial an. Du bist so verflucht eng!«, flüsterte er rau. Seine dunkle, erregte Stimme sowie seine leisen Worte spannen einen Zauber um mich, der mich in eine andere Welt katapultierte. Ich gab mich ihm voll hin und genoss. Wir beide hielten nichts zurück, als er seine Finger in mein Fleisch bohrte, um mir zu helfen, mich auf ihm zu bewegen.

Er leckte sich über die volle Unterlippe, die daraufhin appetitlich rosa glänzte und schloss gequält die Augen, während er die Nasenflügel blähte, als wir das Tempo beschleunigten. Immer wieder erhöhte er den Druck und presste mich nach unten, sodass mein gefluteter Intimbereich über seinen glatten Unterkörper rieb, ich auf multiple

Arten gereizt wurde und mich dabei wiederholt eng um ihn zusammenzog.

»Fühlst du mich, Babe? Fühlst du, wie du mich immer härter und spritzbereit machst?«, fragte er auch noch und kam nach oben, umfing mich mit beiden Armen und strich mit seinen Lippen über mein Schlüsselbein, bevor er begann, an meiner empfindlichen Haut zu saugen und darüber zu lecken.

»GOTT, JA!« Keuchend warf ich den Kopf nach hinten und krallte mich in seine Schultern anstatt in das kühle Metall.

»Ich werde gleich abspritzen und du wirst gefälligst mit mir kommen!« Seine Stimme klang so sinnlich verbissen, so absolut am Rand seiner Kontrolle.

»OHHH GOOTT!« Das hier war der Wahnsinn. Der wirkliche Wahnsinn! Insbesondere als Mason zählte, so wie ich heute Nachmittag.

»Drei!« Er strich mit seinen Lippen über meine Brustwarze, während er jene Brust mit einer Hand umfasste.

»AHH!« Mein Körper spannte sich an. Bereitete sich auf den großen Knall vor.

»Zwei!« Er fuhr mit seinen Zähnen über meine Brustwarze.

»UHH!« Blitze tanzten vor meinem inneren Auge und meine Bewegungen wurden arrhythmisch.

»Eins!« Er saugte an meinem Nippel und stieß noch ein letztes Mal heftig nach oben, so tief, wie noch nie zuvor.

»SCHEISSEEE!«, schrie ich, explodierte gewaltig um ihn herum und verlor jegliche Kontrolle über mein Denken und mein Sein. Mason folgte mir auf dem Fuß und presste dabei sein Gesicht an meinen Hals.

Als wir uns von diesem einzigartigen Gefühl erholt hatten, uns aber immer noch eng umschlungen hielten, durchbrach Mason den leichten Nebel in meinem Kopf.

»Du hast Scheiße gesagt. Oh mein Gott, Miss Obermeier … Was für ein Benehmen in meinem Bett mit meinem unschuldigen Schwanz in Ihnen. Sie sollten sich was schämen!«

Ich schnaubte nur schwach und hing lasch und halb tot in seinen verschwitzten Armen.

»Sie sind schuld, Mister Hunter. Sie und ihr verdorbenes Mundwerk«, murmelte ich kraftlos und ließ meine Wange auf seinen Haaren liegen.

»Okay, jetzt, da wir ausgefickt haben und ich zugegeben habe, dass ich in dich verliebt bin. Können wir dann weiter schlafen?«

»Meinetwegen«, antwortete ich gähnend, bewegte mich aber keinen Millimeter. Freiwillig würden mich hier keine zehn Pferde runterbekommen. Doch Mason hatte andere Pläne, denn er hob mich jetzt mit beiden Händen von seinen Hüften.

»Nein, das kannst du vergessen. Ich werde nicht wieder die ganze Nacht in dir stecken wie ein Idiot. Ich brauch das

Blut auch in anderen Teilen meines Körpers als in meinem Schwanz!«

Ich kicherte und konnte mich nicht mal drum kümmern, dass sein Sperma über meine Innenschenkel lief, so müde war ich mit einem Mal wieder, sobald ich mich neben ihn gekuschelt hatte.

»Ich weiß nicht, wie du es nie merken konntest, dass ich mich in dich verliebt habe. Ich verhalte mich wie ein 14jähriger Volltrottel, wenn ich in deiner Nähe bin. Wolltest du es nicht sehen oder war es Prüdella, die … Hey, Babe, hab ich dich etwa schon wieder totgefickt?« Nur ganz entfernt vernahm ich seine Stimme, war aber schon mit einem seligen Lächeln halb eingeschlafen und nicht mehr in der Lage, darauf zu reagieren.

***

Am nächsten Morgen war Masons Seite leer, als ich die Augen aufschlug. Erst mal streckte ich mich vorsichtig und testete, ob der Muskelkater schlimmer geworden war, doch es ging mir erstaunlich gut. Langsam stand ich auf und ging ins Bad, um mich zu duschen.

Masons Zahnbürste war nass und sein erfrischendes Aftershave lag noch in der Luft. Er war also noch nicht lange auf. Ich nahm sein Handtuch und roch zunächst ausgiebig daran, obwohl ich seinen wunderbaren Geruch praktisch überall an mir kleben hatte.

Nachdem ich geduscht und mir einen schwarzen Rock und eine leichte weiße Bluse angezogen hatte, ging ich beschwingt nach unten und fand Mason mit seiner Gitarre auf seinem Sessel vor. Wo auch sonst?

Als ich in sein Sichtfeld trat, erhellte sich sein nachdenkliches Gesicht und die Melodie, die er spielte, wurde lieblich und ganz leise. Ich wurde rot, obwohl er noch kein Wort gesagt hatte, und ging in die Küche, wo ich mir Kaffee einschenkte.

»Guten Morgen, Mister Hunter. Haben Sie gut geschlafen?«, säuselte ich und rührte einen Löffel Zucker in das duftende Schwarzgetränk.

»Guten Morgen, Prüdella. Mehr als gut, dank ziemlich angenehmer … ähm … Träume«, antwortete er gewohnt sexy und legte seine Gitarre weg. Dann stand er auf und ich krallte meine Finger in die Kaffeebrusttasse, denn er sah wirklich zum Anbeißen aus und ich wollte ihn berühren, als er mit den Händen in den Hosentaschen locker lässig auf mich zu geschlendert kam. Er hatte nichts weiter an als ein schwarzes Hemd mit der roten Aufschrift ›*Suck my dick*‹ – was auch immer das heißen sollte; vielleicht ›*Meine Socken sind dick*‹ oder so –, dessen obere drei Knöpfe offen waren, sodass man den Ansatz seiner Tätowierung und glatten Brust sehen konnte. Dazu trug er seine dicke silberne Halskette und am Armgelenk ein Lederband. Um die Hüften baumelten locker zwei Ketten, die aneinander klimperten, wenn er sich bewegte. Die schwarze enge Jeans war zerrissen und gab den Blick auf ein paar sehr ansehnliche Muskeln an den Beinen frei. Dazu seine offenen Boots und das dunkle zerzauste Haar, in dem ich noch heute Nacht die Finger vergraben hatte, und ich war wieder feucht. Doch da war ja auch noch sein schönes Gesicht, sein verschmitztes Grinsen und seine anmutigen raubtierhaften Bewegungen. Ich hatte Bedenken, bald an meinem Saft zu ertrinken, der unkontrolliert aus meinem Inneren tröpfelte. Während ich sein übermenschliches Auftreten voller Faszination in mich aufnahm, machte er dasselbe und ließ seinen lodernden Blick unverhohlen über meinen Körper wandern.

»Ah, mit dir habe ich einfach die schärfsten Blickficks«, stellte er leise und sinnlich fest, sobald er vor mir stand, und griff nach hinten, um sich meinen Pferdeschwanz um die Faust zu wickeln und meinen Kopf langsam nach hinten zu beugen.

»Tag, Mason. Es ist Tag!«, warnte ich ihn eher hilflos, doch er schnaubte nur verächtlich und lehnte sich vor, um mit seinen perfekten Lippen über meine zitternden zu streichen.

»Das ist mir so was von scheißkackegal, das glaubst du gar nicht!«

Ah! Offiziell geschmolzen!

Unverhofft stupste mich etwas am Fußknöchel an und kletterte im nächsten Moment auch schon auf meinen Fuß mit den unbeweglichen Vorderbeinen. Als ich nach unten schaute, dachte ich, ich wäre verrückt geworden. Denn da war er wieder mal und begann, langsam und genüsslich meinen besockten Fuß zu vergewaltigen und kleine Luftpumpengeräusche von sich zu geben.

Mason folgte meinem Blick und runzelte ungehalten die Stirn, als er Dom Dom entdeckte, der sich schon wieder mit seinem kleinen Schildkrötenpenis, an mir zu schaffen machte.

»DAS ist meine Frau, du Arschlochschildkröte!« Er wollte sich gerade bücken, da fand ich aus meiner Starre. Aus einem reinen Impuls versuchte ich, Dom Dom loszuwerden, und zwar, indem ich ihn einfach weg kickte.

»OH SHIT!«, rief Mason, während wir dabei zusahen, wie Dom Dom wie in Zeitlupe in hohem Bogen flog und flog und flog und dann zum Glück mit einem Hüpfer sanft auf dem Sessel landete, auf dem eben noch Mason gesessen hatte. Die Hände vor den Mund geschlagen und mit großen Augen schüttelte ich den Kopf und schaute zu Mason.

»Ich wollte deine Schildkröte nicht kicken! Es tut mir leid! Ich weiß gar nicht, was in mich gefahren …«, verteidigte ich mich schnell, denn ich hatte keine Ahnung, wie er reagieren würde. Normalerweise misshandelte ich keine Tiere! Doch er legte mir seinen langen Zeigefinger auf die brabbelnden Lippen.

»Du sollst jedem in die verfluchten Eier treten, der dein Bein fickt!« Er verdrehte die Augen und ging zu seiner Schildkröte. »Und du, Furz, lass die Finger von meiner Frau oder ich lass dich kastrieren. Da drin ist deine Alte,

Mann!« Somit packte er sich seine Panzerechse und setzte ihn zu Sub Sub ins Häuschen. »Pff, pff, pff!« Mason schüttelte den Kopf. Seine Locke baumelte vor seinem Gesicht rum und ich trank erst mal einen großen Schluck Kaffee auf den Schock, während ich mich mit der Hüfte an die Anrichte lehnte.

Langsam zogen sich meine Mundwinkel nach oben, genauso wie seine, und schon fingen wir an zu lachen.

Wie auf Befehl stöhnte die Türklingel und ich schaute Mason stirnrunzelnd an.

»Das sind die Securitys«, beantwortete er meine unausgesprochene Frage und schlenderte an mir vorbei. Ich blieb weiterhin entspannt in der Küche, nahm noch einen Schluck Kaffee, spitzte meine Ohren und hörte, wie Mason die Tür öffnete.

Als Nächstes stieß er ein »BÄH« aus und die Tür knallte wieder zu.

Verwundert stellte ich meine Tasse hin und ging zu ihm in den Flur, wo er mit angeekeltem Gesichtsausdruck vor sich hinstarrte.

»Was ist los? Du kannst doch nicht einfach so den Leuten die Tür vor der Nase zuknallen«, zischte ich verwirrt, als es noch mal klingelte. Er antwortete nicht, also griff ich kurzerhand nach der Klinke, um selber zu öffnen.

Als ich sah, wer davor stand, war ich so schockiert, dass ich die Tür schleunigst wieder schloss.

»Das ist jetzt wohl ein Scherz?«, rief die weibliche grelle Stimme von draußen und ich verengte die Augen.

»Was will sie hier?«, zischte ich die Tür an, ohne Mason anzusehen.

»Mich? Kekse? Aufs Klo? Keine Ahnung!« Er zuckte die Schultern.

»Wir werden sie einfach fragen.« Ich straffte mich und wollte erneut die Tür öffnen, doch seine Hand hielt mich davon ab.

»Nein, mach nicht auf! Wir tun so, als wären wir nicht da«, knurrte er genervt.

Von draußen kam nur ein Nüchternes: »Ich kann euch hören!«

Jetzt riss er selber die Tür auf und legte sofort los. »Weißt du, wie verflucht scheißegal mir das ist? Was willst du hier, Angela?«

Aber erst, als er die Tür komplett offen war, fiel uns beiden auf, dass Angela – nein, nicht Angela Merkel – nicht allein war, sondern zwei sehr gefährlich aussehende Männer in maßgeschneiderten kirschroten Anzügen dabeihatte. Der größere von den beiden, der aussah wie ein umgebauter Schrank, winkte uns fröhlich zu und grinste von einem Ohr zum anderen. »Hallöchen, alle zusammen!«

»What a Fuck?«, murmelte Mason fast lautlos und durchaus schockiert.

»Mason, reg dich nicht auf. Ich gehöre zum Team!« Somit schlüpfte diese Angela mit beängstigender Eleganz an uns vorbei. Ich verengte die Augen, als ich ihr hinterherblickte. Die schwarze Anzughose, die sie trug, war viel zu knapp – sie würde sich noch eine Nierenbeckenentzündung holen –, und das Oberteil bestand lediglich aus knappen, kirschroten Stücken. Ihre rot lackierten Fingernägel schabten über Masons Brust, als sie an ihm vorbeiging, und ich unterdrückte zum ersten Mal in meinem Leben den Impuls, einen anderen Menschen außer meinen Rüpelrocker zu schlagen. Nun ergriff der andere Mann, der mir neben dem großen Schrank gar nicht wirklich aufgefallen war, das Wort. Seine kühlen grauen Augen scannten meinen Körper, sodass ich für eine winzig kleine Sekunde knallrot wurde, bevor er Mason seine Hand entgegenstreckte.

»Ich bin James Levis und das sind meine Kollegen Kevin Maxwell und Angela Frank. Wir sind die angeforderten Personenschützer.« Mason war anscheinend zu verwirrt, um den abschätzenden Blick zu bemerken, mit dem er von seinem Gegenüber gemustert wurde, während er ihm geistesabwesend die Hand schüttelte.

»Verflucht, das kann nicht wahr sein!« Mason fuhr sich mit einer Hand durch die Haare, während er die Karte beäugte, die ihm der blonde kurzhaarige Mann, der mir unheimlich vorkam, zeigte.

»Doch!«, rief Angela von hinten und ich entschied mich dazu, sie nur noch »die Quäkerin« zu nennen, weil ihre Stimme so unangenehm hoch war. Noch höher, als die von Magda. »Hast du denn nicht gewusst, dass ich ausgebildete

Personenschützerin bin, Masonboy?«

Mason schüttelte gerade die Hand des großen muskelbepackten Kerls, namens Kevin, während er Angela angewidert anblickte. »Ach, deswegen so drahtig!«, entkam ihm und ich wusste sofort, was gerade in seinem Kopf vorging! Mit Sicherheit sah er soeben, wie er sie begattete, und dabei grinste er auch noch zufrieden! Sofort fuhr sein Blick ertappt zu mir herum. Ich ignorierte ihn, verschränkte die Arme vor der Brust und verschwand ins Wohnzimmer.

»Ah ja, dann werden wir euch mal die Räumlichkeiten zeigen«, hörte ich Mason, der mir panisch hinterherlief. Die anderen drei folgten wohl.

»ICH werde meinen Kaffee trinken, Mister Hunter«, meinte ich nur nonchalant und nahm erneut meine Tasse. »Sie können unseren Gästen ja gern das Haus zeigen und Miss Frank die Zimmer, die sie noch nicht gesehen hat!« Oh-oh, ich merkte selber, wie ich förmlich vor Eifersucht gelb anlief, denn ich wusste, dass Angela jene Frau von der Party war. Genauso, wie ich wusste, dass er Sex mit ihr gehabt hatte. Und jetzt war sie hier – in unserem ganz persönlichen Reich – und wollte ihn.

»Oh ja, Mason, zeig mir, was ich noch nicht gesehen habe«, wisperte sie. Und das war's!

Sie kannte mich nicht. Denn wenn ich etwas liebte, dann kämpfte ich dafür. Keiner legte sich mit Prüdella an! Den Kampf konnte sie nur verlieren, allerdings würde ich dafür keineswegs meine Würde aufgeben! Ich lächelte sie also lieblich an, als ich mich von der Anrichte abstieß und zu Mason ging – dabei leider rot wurde, denn ich versuchte, meine Hüften zu wiegen, und das konnte ich nicht besonders gut. Aber es wirkte. Er starrte mich an wie eine Offenbarung. Mit diesem lüsternen Blick und dem offenen Mund, den er hatte, wenn ich ihn überraschte.

»Ich trinke meinen Kaffee später. Zeigen wir dem Dreamteam doch *unser* Haus«, säuselte ich und zwinkerte ihr zu, während ich mit meinem Zeigefinger seinen Bauch hinabstrich, an dem sich die Muskeln unter meinen Berührungen zusammenzogen.

Ich hörte ein Zischen hinter mir, als es in Masons Hose – wohl die Antwort auf meine Berührung – zuckte, und klopfte mir im Geiste schon mal auf die Schulter.

Das Zischen kam allerdings von dem Riesen namens Kevin.

CUT

5. Rockstar

Nickelback

SHIT, nicht das alte Fickschnitzel! Was sollte die verfluchte Scheiße? Ich stand verflucht noch mal völlig neben mir, als ich DAS vor meiner Tür stehen sah. Angela! Es war noch gar nicht so lange her, dass ich sie in meinem Keller gefickt und gefloggert hatte, obwohl ich Hannah versprochen hatte, so einen Scheiß nicht mehr zu tun. Und nun tauchte sie hier mit diesen beiden Gorillas auf und erzählte was von Security.

Tja, das kam wohl davon, wenn man sich für die Frauen, die man vögelte, nicht interessierte.

Leider blieb mir nichts anderes übrig, als sie reinzulassen – Höflichkeit und der ganze Mist –, was mir aber auch nicht half, denn mein Babe war angepisst, was wiederum mich anpisste. Ich hatte keinen Bock auf ANGELA. Sie nervte! Ständig musste sie mich antatschen, und in ihren Augen stand die pure Geilheit auf mich. Garantiert lief unser Fick in Endlosschleife in ihrem Schädel ab. In ihrer Gegenwart fühlte ich mich gedanklich vergewaltigt. Allerdings brachte es mich auch dazu, mir diversen Mist vorzustellen, in dem es immer darum ging, ihr klarzumachen, wer der Boss war. Was mittlerweile eine mehr als widerliche Vorstellung war, von der ich mental dauerwürgte.

Angela war zwar an sich eine heiße Trulla, aber im Gegensatz zu meiner Hannah war sie eben nichts weiter als ein altes Stück ausgelutschtes Fickschnitzel. Mittlerweile wusste ich: Das Gesamtpaket zählt.

Ich machte genervte Miene zum entnervenden Spiel. Gelangweilt führte ich meine zukünftigen verfickten Schatten erstmals rum. Der eine war eindeutig schwul – groß und stark, aber schwul … Der andere war augenscheinlich an Hannah interessiert und die Dritte kopffickte mich – immer noch. Was für ein Dreamteam. Ich fühlte mich in beschissener Gesellschaft und nahm mir vor, ein Wörtchen mit Paul zu reden, denn wenn die hier noch länger mein Haus mit ihrer Anwesenheit verpesteten, gäbe es bald einen neuen Amokläufer in der Stadt.

Nur über meine stinkende Luxus-Leiche.

Doch nach einem kurzen Telefonat war klar, vorerst gab es keinen Ersatz! Verfluchte Scheiße!

»So, hier seht ihr also die Küche. Aber vergesst es, ich koche hier nicht. Ich mag Kochen nicht besonders. Wenn ich vorstellen darf, der Kühlschrank«, leierte ich monoton herunter und öffnete ihn, präsentierte all den Inhalt, der dank Prüdella viel zu gesund war. Hannah hielt sich im Hintergrund und verdrehte die Augen. Ich zwinkerte ihr zu. »Der Herd«, auch dieses Gerät zeigte ich von innen.

»Meine Tassen, meine Teller, meine Schüsseln, mein Besteck, meine Töpfe! Seid nett zu ihnen!« Als Prüdella mit der Zunge schnalzte, verzog ich mich ins Wohnzimmer. Meine drei Besucher folgten mir. »Sperrzone Sessel. Keine Sau setzt sich auf den eisernen Thron, verstanden?« Ich deutete auf das besagte Objekt wie die Tussi bei Glücksrad und Hannah kicherte tatsächlich. Angela hing an meinen Lippen. Fleischklops auch, während der Starrer Hannahs Titten anstarrte.

»Kurzfassung für alle: Es wird nicht an meinen Sachen rumgewichst!« Damit meinte ich in erster Linie den Vorbau von meinem Babe. Bei diesen Worten starrte ich dem blonden Penner kühl in die Augen, bis er den stechenden Blick senkte. »Meine Schildkröten gehören auch dazu. Also Finger weg!« Ich zeigte auf das Häuschen und auf Dom Dom, der im Garten chillte und seit einiger Zeit an einem einzigen Salatblatt rumbiss.

»Och mei, sind die putzig!«, kam von dem großen Kerl mit tiefer Stimme, während er den Kopf leicht schief legte. Hannah schnaubte nur abfällig und murmelte irgendwas in ihren nicht vorhandenen Bart. »Beißen die?«, fragte er auch noch und ging in die Hocke, um Dom Dom über den Kopf zu streichen. Doch dieser rammte seinen Finger mit voller Wucht mit der Stirn aus dem Weg – wie ein kleiner Rammbock, der er war.

»Huch!«, rief der der Schildkrötengrapscher aus und zog seine Wurstfinger zurück.

»Ja, ganz schrecklich!« Ich schaute ihn nur einen Moment wortlos an und fragte mich ernsthaft, was bei ihm schiefgelaufen war und womit ich es verdiente, solche Bodyguards zu bekommen, als sich eine grässliche Stimme zu Wort meldete, von der mir immer wieder aufs neue die Ohren bluteten. Das gäbe sicher demnächst Ohrenkrebs.

»Nett hast du's hier, Mason. So viel Platz … Den muss man nutzen!« Ich ließ nur meinen Kopf nach hinten fallen und starrte an die Decke, hoffte darauf, dass der Ton einfach verklingen würde, doch sie *sprach* weiter. »Oder was meinst du? Hm?«

»Der wird ausgiebig genutzt. Keine Sorge«, antwortete ich abweisend – immer noch nach oben schauend. »Prüdella, ich verliere gleich jegliche Manieren und mutiere zum Rüpel«, murmelte ich ihr hilfesuchend durch den Mundwinkel zu. Sie kicherte glockenklar und ließ den angehenden Tumor in meinem Ohr wieder schrumpfen.

»Also, da Mister Hunter bald seinen Anstand vergisst, kommen Sie doch mit mir mit!« Natürlich rettete mich meine Muse und lächelte, während sie losging und über die Schulter zurückrief: »Folgen Sie mir unauffällig!« Ihr Pferdeschwanz schwang hin und her ,und ich wollte sie an mich reißen und sie unauffällig ficken. Sie glitt die Treppen nach oben, mit geradem Rücken und hoch erhobenem Kinn. Alle folgten aufs Wort, weil das eben so Prüdellas unverkennbare autoritäre Art war. Ich fühlte, wie die Finger vom Fickschnitzel über meinen Arsch geisterten und singsangte, ohne mich umzudrehen »Noch eine Berührung und ich breche dir die Finger mit den Arschbacken!«

Ihre Hände verschwanden sofort. Hannah kicherte niedlich und ich grinste dümmlich. Ich mochte es, wenn ich sie zum Lachen brachte.

»Das sind aber schöne Bilder«, verkündete James euphorisch und ich verdrehte die Augen, weil er dabei das äußerst knackige Hinterteil meiner Anstandsdame anglotzte.

»Das ist Perfektion«, murmelte ich und überholte ihn mitten auf der Treppe, um hinter Hannah zu gehen und ihren wehrlosen Arsch vor seinen penetranten Blicken zu schützen.

»Wieso ist da ein Loch im Geländer?«, fragte Angela mit ihrer Stimme des Schreckens und ich verdrehte erneut die Augen.

»WEIL ich hier Oberhammersex hatte!« Hannah keuchte.

»Oh, hier oben war ich noch nie«, jammerte die Nuss am Ende unserer Polonaise. Fast wollte ich singen »Jetzt geht es los, mit ganz großen Schritten und Erwin fasst der Heidi von hinten an die Schulter …«

»Hier oben war noch gar keins von euch Fickschnitzeln. Außerdem hatte ich mit dir keinen Sex, nur Dummrumfickerei!« Alle japsten nach Luft, was mich nur zum Kichern brachte. Hannah vor mir brodelte schon wieder, also griff ich, sobald wir im oberen Stockwerk angekommen waren, unter ihren Pferdeschwanz und strich ihr über den Nacken.

»Du solltest dein Zeug schleunigst rüber in mein Zimmer bringen, wenn du mit keinem dieser Herrschaften in einem Bett schlafen willst!«

»WIE BITTE?«, fragte sie entrüstet und wich meinen Fingern aus.

»Jupp. Da die Securitys im Schichtdienst arbeiten, stelle ich ihnen ein Zimmer zur Verfügung, in dem sie ihre Eier baumeln lassen können.«

Hannah verdrehte die Augen. »Ja ja ja«, aber innerlich freute sie sich darüber, dass sie zu mir ins Heiligtum ziehen durfte. Ich sah es ihren glänzenden Augen an.

»Hier ist dann also euer Zimmer.« Ich deutete auf die Tür, die bis vor einer Sekunde noch zu Prüdellas Reich geführt hatte »Wenn ihr euch Wasser ins Gesicht schmeißen wollt, dann müsst ihr das im Keller, im Wellnessbereich, machen. Hab keinen Bock auf Sackhaare von euch im Abfluss meiner Dusche.«

»Und jetzt noch den Keller?« Klar, der Störton war wieder da und ich seufzte nur theatralisch, bevor Hannah die Polonaise nach unten anführte. Fehlte nur noch, dass wir den Ententanz machten.

»Keller«, kommentierte ich gelangweilt. »Hier ist der Wellnessbereich mit jedem Scheiß, den man sich wünschen kann. HIER ist die TÜR, ANGELA!« Ich zog sie von der Tür weg, die in den großen Pary-Kellerraum führte, und zeigte ihr jene zum Badebereich.

»OH, EIN POOL UND EIN WHIRLPOOL!« Ich zuckte zusammen, als der Muskelmensch hinter mir in die Pranken klatschte. Kurz überlegte ich, das Wasser auszulassen, denn ich wollte auch darin keine Sackhaare schwimmen haben, aber dann sagte ich einfach nur schwermütig: »WEHE, IHR PISST REIN! Das war's.« Ich zuckte die Schultern und wollte gerade gehen, als diese nervige Stimme erneut erklang.

»Okay, dann können ja die anderen hochgehen und wir sehen uns den Pool genauer an, was meinst du?« Die Schlampe klimperte übertrieben mit den Wimpern und tätschelte dann noch meinen Unterarm.

»Das denke ich nicht!«, antwortete Hannah in dem Moment kühl, als ich gerade ansetzte. Ich nehme mal an, sie hatte die Schnauze genauso voll wie ich.

»Wieso mischen Sie sich eigentlich die ganze Zeit ein?«, fragte Angela Hannah auch noch dummblöd.

Prüdella, ganz die Ruhe selbst, legte ihren Kopf leicht schief und sprach, als würde sie mit einer geistig Behinderten reden. »Das heißt ›wie bitte‹, und ich habe mich schon die ganze Zeit gefragt, ob Ihre Schwächeanfälle nicht nur geistiger, sondern auch körperlicher Natur sind, so wie Sie sich ständig an Mister Hunter festkrallen. Ich könnte Ihnen auch einen Gehrolator besorgen?«

OH WOW! ICH LIEBTE SIE!

Angela verengte die Augen und ich wusste, dass sie zum Gegenangriff ansetzte, obwohl sie ganz klar nicht mehr durchblickte, weil sie einfach dämlich war.

»Ich habe ihn gefickt, also darf ich das ja wohl!« Mehr hatte die Hohlbirne nicht vorzubringen. *Oh, du armes kleines Stück Holz. Mit solchen Aussagen bist du ein gefundenes Fressen für Prüdella/Wau-Wau.*

»Ihre Umgangsformen und Ihren Straßenjargon werden Sie in diesem Hause bitte anpassen. Und zwar an die Zivilisation. Es reicht, wenn Mister Hunter seine speziellen Ausdrücke benutzt. Des Weiteren ist es traurig, dass Sie nichts anderes hervorbringen können, was Sie mit diesem Mann verbindet, und Sie sich nicht scheuen, so etwas Intimes einer fremden Person mitzuteilen! Und bevor ich es vergesse: Ihr Verhalten ist alles andere als professionell. Sie wurden als Personenschützerin engagiert und nicht, um Ihren Arbeitgeber permanent mit Anzüglichkeiten zu belästigen.«

»Hör lieber auf sie!« Ich MUSSTE meine Hand einfach nach Hannah ausstrecken und sie berühren. Leicht strich ich über ihre Wirbelsäule. Sie schmunzelte und schnaubte, doch ich konnte die Röte ihrer Wangen genau erkennen.

»Tja, wenigstens verbindet mich *das* mit ihm. Du bist ja so prüde, dich würde er nicht mal mit der Kneifzange anfassen!«

Ich wollte gerade zu einer Antwort ansetzen, die sich gewaschen hatte, in der ich ihr mitteilte, dass Hannah der Hammer im Bett war. Ich wollte darauf scheißen, was ich Paul versprochen hatte, als diese nur eine Augenbraue hochzog und geheimnisvoll sagte: »DAS glauben Sie.

Doch oft trügt der Schein!« Somit fühlte ich ihre kleinen Finger, die sich zwischen meine wuselten und ich nahm fest ihre Hand. Sie musste nichts Intimes preisgeben, um ihr Revier zu markieren. Sie hatte Stil. Es reichte diese eine kleine Geste der Verbundenheit und Angela starb fast vor Eifersucht.

»Gehen wir«, flüsterte sie mir zu und lächelte ein wenig schüchtern. Vermutlich dachte sie, ich würde sie zurückweisen. OH SHIT …

»Ficken?«, fragte ich hoffnungsvoll, sodass Angela ziemlich schockiert die Luft einsog, doch Hannah verdrehte ihre Augen.

»Nein! Ins Museum, Mason. Kultur, Geschichte, Anatomie, Kunst. Wir wollen doch ständig unseren Horizont erweitern, nicht wahr?«

»Oh ja, das wollen wir, aber du hast eine sehr, sehr wichtige Art der Kunst vergessen! Erotik!« Ich ließ diese Worte genau so klingen, wie sie gemeint waren.

»Was ist denn an Fossilien erotisch?«

»Der Knochenbau!«

***

Sobald wir im Auto waren, schaltete ich das Radio an und grinste mir einen ab, als ich hörte, was für ein Lied gerade lief. Hannah verdrehte nur die Augen, als ich laut stellte und aus vollem Halse mitsang. Sie schrieb schmunzelnd etwas in ihr kleines verdammtes Büchlein. Als ich gucken wollte, was sie sich da so notierte, schlug sie es nur zu und sagte mir, ich solle auf die Straße achten. In der Stadt war die Hölle los und ich musste erst mal einen Parkplatz suchen, was zwanzig Minuten dauerte. In der Zeit begann ich natürlich zu fluchen, woraufhin ich von Hannah getadelt wurde und es mir verkniff.

Auf dem kurzen Weg ins Museum durch die Fußgängerzone mussten wir bei jedem zweiten Schritt stehen bleiben, weil mich einige Leute erkannten und Autogramme oder ein Foto mit mir wollten. Deswegen mochte ich solche Ausflüge in die Stadt nicht. Hier war einfach so viel los. Ich konnte nicht mal in Ruhe in meiner Nase bohren, ohne Angst haben zu müssen, dass am nächsten Tag das Foto von meinem Popel überall in den Zeitungen verteilt war. Meine drei Affen folgten mir im Hintergrund. Auch wenn ich Angelas penetrante Blicke auf meinem Arsch spüren konnte, versuchte ich, sie zu ignorieren.

Die Sonne schien herab und alles pulsierte vor Leben. Wenn ich Hannah anschaute, während ich Autogramme schrieb, schenkte sie mir immer ein süßes Lächeln, was mich zum Grinsen brachte, schon allein, weil sie wahnsinnig scharf in ihrer leichten Bluse und den geröteten Wangen aussah.

Im Museum angekommen, sagte ich meinen Bodyguards, dass sie Pause machen konnten oder so einen Kack, weil ich nicht wollte, dass sie uns die ganze Zeit am Arsch hingen, und holte meinen Flachmann raus, um einen großen

Schluck Whiskey zu trinken. Denn der Schock, dass Angela jetzt die ganze Zeit da sein würde, saß noch tief in meinen Knochen.

Wir hatten gerade die Karten gezahlt und Hannah schaute mich skeptisch an, als ich den brennenden Alkohol runterkippte.

»Was?«, fragte ich schmunzelnd, sobald ich abgesetzt hatte, und wischte mir den Mund mit meinem Handrücken ab.

»Nichts!« Somit griff sie nach der Flasche. Ich sah schon, wie sie das gute Getränk in den Abfluss schüttete, doch sie überraschte mich und nahm selber einen großen Schluck.

»BOAH!«, rief ich aus und sie grinste, als sie mir den Flachmann mit verzogenem Gesicht zurückgab.

»Das war nicht nur für dich ein Schock«, sagte sie leichthin, hakte sich unter meinem Arm ein und zog mich die Treppen hoch in den ersten Stock des Museums.

6. Bad Touch

(Bloodhound Gang)

Es war lustig, weil ich sie dazu brachte, noch vier Schlucke mehr zu nehmen, und es war interessant, weil Hannah wirklich viel zur Geschichte, Kunst, Naturkunde und Anatomie zu sagen hatte. Manchmal kam ich mir neben ihr regelrecht dumm vor, aber sie brachte es nie überheblich rüber oder gab mir das Gefühl, etwas Besseres zu sein als ich. Geduldig erklärte sie mir jeden noch so nebensächlichen Scheiß, den ich so wissen wollte, und dabei war sie nicht einmal genervt. Ich fand sie als kleine Professorin verflucht sexy! Offensichtlich genoss sie jede Minute mit mir so sehr, wie ich meine Zeit mit ihr genoss. Wir schlenderten händchenhaltend durch die bei dem schönen Wetter kaum besuchten Räume, und ich konnte mir sogar unauffällig zwei Küsse klauen, was sie nicht mal wirklich zu beanstanden schien. Wobei *unauffällig* relativ war. Wenn ich da an das zweite Mal dachte, als ich sie gegen einen Schaukasten mit aufgeschnittenen Tieren gedrückt hatte, während ich sie gleichzeitig mit dem Arsch an mich presste. Sie hatte so laut gestöhnt, dass sich die anderen Museumsbesucher nach uns umdrehten und Hannah knallrot war, als ich mich von ihr löste, was sie nur widerwillig geschehen ließ.

Wir hatten uns beide verändert. Unsere Liebe hatte das getan.

Ich benahm mich für sie. Und sie machte sich locker für mich.

Ich konnte mir keinen anderen Menschen auf dieser Welt vorstellen, der mir so gut tat wie meine Prüdella, auch wenn es nicht immer einfach war, ihren Anforderungen zu entsprechen, ich noch oft genug daneben griff und sie bis aufs Blut reizte. Aber sie wusste, dass ich verflucht noch mal verkackt verliebt in sie war und dass ich sie nicht absichtlich fertigmachte. Sie hatte akzeptiert, dass ich einfach so war, und sich wahrscheinlich damit abgefunden, dass ich mein Rüpel-Ich niemals komplett ablegen würde. Gleichzeitig war ihr klar, dass ich mir dennoch auf meine Art den Arsch aufriss und das reichte ihr vollkommen.

Eigentlich hatte sie mich schon jetzt geheilt, wenn man es so nennen wollte, und sie hätte gehen können, denn ich wusste, wann ich mich wo zu benehmen hatte. Und ich war auch willig, mich der Gesellschaft anzupassen, zumindest ab und zu, doch ich konnte mir mein Leben ohne sie nicht mehr vorstellen.

Diese Frau gehörte an meine Seite.

Ich brauchte sie, um in der Gesellschaft normal zu funktionieren, was irgendwie armselig war, aber besser so als überhaupt nicht!

Sie war Meisterin darin, mich auf den Boden der Tatsachen zurückzuholen und mich gleichermaßen zu fordern und weiterzubringen. Eine hochgezogene Augenbraue reichte mittlerweile und ich wusste, dass ich etwas falsch gemacht hatte, und überlegte selber, was es war und wie ich es richtigstellen konnte. Eigentlich war es wirklich peinlich, was sie aus dem großen Rüpelrocker gemacht hatte. Aber andererseits gab es noch die Bühne, auf der ich die Möglichkeit hatte, mich als Rockstar rotzig auszuleben, von dem her fiel es mir nicht so schwer, im Privatleben runterzuschalten. Es tat mir sogar gut, meine Maske immer öfter fallen zu lassen. Ich musste in ihrer Nähe keine Rolle spielen, sondern konnte einfach ich sein. Das war befreiend.

Wir hatten uns gegenseitig befreit.

Als wir im Bereich der Steinzeit ankamen, waren wir beide gut angeheitert. Na ja, Hannah mehr als ich, aber mein Kopf schwebte auch schon auf verfluchten Wölkchen und mein ganzer Körper war warm und losgelöst.

»Ich dachte, ich bin im falschen Film, als *sie* plötzlich da stand, mit ihrem tollen Gazellenkörper«, lallte Hannah leicht und guckte sich ausgiebig eine Höhlenmalerei in einem Glaskasten an.

»Gazellenkörper«, gluckste ich nur dämlich und sie verdrehte die Augen.

»Ja, sie ist so anmutig und langgliedrig wie eine Gazelle!«

»Ich steh nicht besonders auf charakterlose Gazellen mit Namen Angela. Ich steh eher auf Warzenschweine«, plapperte ich drauf los, weil eine dieser Höhlenmalereien genau aussah wie eins.

»Warzenschweine?« Empört fuhr sie zu mir herum. »Du vergleichst mich aber nicht gerade mit einem Warzenschwein, Mister Hunter?«

»Sieh es dir doch an …« Ich deutete auf das Tier auf der Wandmalerei »Dieser athletische, aber stämmige Körperbau, diese süße kleine Steckdosennase, das kleine Schwänzchen, diese schönen geschwungenen Hufe … Guck dir mal die Hauer an. Meinst du, wenn der mir einen bläst, ob der mich verletzten würde?«

»Ich hab ganz ehrlich noch nie darüber nachgedacht, ob dir was dabei zustoßen könnte, wenn ein Warzenschwein dich oral befriedigt«, antwortete sie trocken und verschränkte die Arme vor der Brust. »Soll ich mir auch solche Hauer zulegen?«

»Ja, und dann buddelst du in der Erde nach Trüffeln. Du wirst mein Trüffelblase-Schwein!«

»Du bist ganz schön primitiv, Mister Hunter!«

»Primitiv?« Mein Blick glitt zu der original nachgestellten Neandertaler-Höhle in der Ecke des Raumes. »Okay, ich hol mir mal ’ne Keule und schleif dich an den Haaren durch die Gegend!«

»NEIN, bleib hier!« Sie wollte mich am Arm festhalten, doch ich zog sie einfach mit.

»Wieso?«

»Du kannst die Ausstellungsstücke doch nicht einfach anfassen! Das ist streng verboten!«

»Ich kann zufälligerweise alles anfassen, was ich sehe!« Sie schnaubte nur geringschätzig und ließ mich los, als ich mich geschmeidig über das kleine Geländer schwang und die Steinzeit betrat.

»Uga! Uga! Uh. Uh. Uh.« Automatisch ging ich leicht in die Knie, sprang rum und schlug mir dann mit den Fäusten auf die Brust, um die anderen zwei zu begrüßen, die hier rumstanden. »Gib mir mal dein Keulchen. Ich will mein Weib in die Höhle zerren und dort Neandertalersex mit ihr machen – wie in der guten alten Zeit, als die Männer noch Männer waren und nicht nach Knigge leben mussten, sich jederzeit am Sack kratzen konnten und die Weibchen es erotisch fanden …« Shit, die Keule war festgemacht.

»Mason, komm sofort da raus und hör auf, dich mit Höhlenmenschen aus Plastik zu unterhalten«, wisperte sie wütend und schaute sich nach allein Seiten um. Zum Glück waren keine Besucher zu sehen.

»HEY, das ist vielleicht mein Urururururururur Großvater. Was weiß ich, wie viel Ur … aber guck mal, wie die hängen!« Ich wandte mich der lieblichen Höhlendame zu, welche zu meiner Rechten stand und wechselte in den Professorenmodus.

»Siehst du, das ist Kitty. Sie hat Hängetitten. Darf ich vorstellen Kitty …« Ich zeigte auf Hannah. »Das ist die

Frau von heute. Sie hat keine.« Dabei legte ich der Figur den Arm unauffällig um die Schulter und begrapschte eine Plastiktitte, woraufhin Hannah sich erneut panisch umsah. Doch wir waren immer noch allein.

»Komm her, Babe. Du musst auch wissen, was du an meinem glatten Astralkörper hast. Fass Hank an!«

»Wer ist Hank?«

»Hank ist Kittys Mann. Er hat einen Riesenbusch.« Ich legte auch ihm den Arm um die Schultern. »Vielleicht sollte dich dein Weibchen mal rasieren und du erfindest dafür den BH. Wie wär's, Hanky?«

»Mason, komm jetzt sofort aus der Steinzeit raus!«

»Nö, mir gefällt's hier ganz gut, so unter Artgenossen, nicht wahr, Kumpel?« Ich schaute zu Hank, doch er war unhöflich und antwortete nicht. »Ahhh, ich beneide dich um deine Keule!« Sehnsüchtig schaute ich das Stück Plastik in seiner Hand an.

»Du bist wirklich ein Neandertaler, Mason. Du passt in die Szenerie sehr gut rein.« Sie verschränkte die Arme vor der Brust und quetschte ihre Katschongas nach oben. Ah, ich liebte ihre Titten!

»Ich weiß, wo ich noch besser reinpasse. Soll ich's dir mal zeigen?« Somit schlenderte ich auf sie zu, denn irgendetwas Machtvolleres als mein Denken hatte die Kontrolle über mich übernommen – der Kerl zwischen meinen Beinen.

»Mason, ich warne dich! Bleib mir vom Leib! Schau mich nicht so an! Wir sind hier in einem Museum!«, stammelte sie und wich vor mir zurück. Dann wurde sie knallrot, was mich erst recht anmachte.

»Und ich bin doch laut dir ein Urzeitmensch, und wenn ich mein Weibchen begatten will, dann tu ich das auch. Wir müssen die Spezies erhalten!« Bevor sie komplett aus meiner Reichweite flüchten konnte, schwang ich mich über die Brüstung und warf sie mir über die Schulter, so wie damals, als ich sie auf die Bühne entführt hatte. Sie kreischte durch das ganze Museum, aber ich war jetzt mal guter Dinge, dass keiner kommen würde. Und wenn, dann hätte ich einen feuchten Furz darauf gegeben!

Sobald ich zurück in der Steinzeit war und vor der Höhle stand, ließ ich sie sehr langsam an mir herab.

»Wir müssen gehen. Wir haben noch Termine. Wir können hier nicht sein. Wir werden Ärger bekommen!«, stammelte sie in einem lächerlichen Versuch, mich davon abzuhalten, sie hier und jetzt zu vögeln.

Ich beugte mich kurzerhand vor und küsste sie, dabei drückte ich sie gegen Hank und war froh, dass er fest am Boden verankert war. Sie stöhnte in meinen Mund, als ich sie an beiden Arschbacken packte und gegen meinen steinharten Steinzeitschwanz rieb. Ihre Hände krallten sich in meine Haare und ihr Widerstand bröckelte, so wie immer, wenn ich das so wollte. Meine Finger fanden die Knöpfe ihrer Bluse und ich musste mich zusammenreißen, um den

Stoff nicht einfach auseinanderzureißen, um so schnell wie möglich an ihre göttlichen Titten zu kommen. Keine Ahnung, wieso ich jetzt so dermaßen erregt war, aber irgendwas an meiner Umgebung, gemischt mit dem Alkohol in meiner Blutbahn, hatte tatsächlich die urzeitlichen Instinkte in mir geweckt. Ich wollte sie einfach nur besitzen, unterwerfen und vor allem als mein markieren. Also biss ich ihr kurzerhand in die sanfte Schwellung über ihrem BH und genoss das schockierte Keuchen und ihre Fingernägel, die über meine Kopfhaut kratzten.

»Oh, du … Nein, wir … Ohhh, Mason ….«, wimmerte sie jämmerlich, als ich ein BH Körbchen knallhart nach unten zog und meine Lippen um ihren aufgestellten Nippel schloss. »Ahhh, du … Wir … Museum … andere …. Menschen … Neandertaler«, protestierte sie weiter und wurde immer leidenschaftlicher in ihren Tönen, je fester ich an ihr saugte. Meine andere Hand begab sich auf Wanderschaft zwischen ihre Beine, und ich umfing unter ihrem Rock ihren Venushügel. Hielt sie fest. Fühlte die Hitze und die Feuchtigkeit und das Pulsieren gegen meine Finger.

»SHIT!«, keuchte ich, als sie sich gegen meine Finger presste und anfing, sich schamlos an mir zu reiben.

»Wir können nicht!« Weiter kam sie nicht, denn ich löste mich von ihrer erregten Brustwarze und presste meinen Mund auf ihren, um ihren Widerstand vollends zu brechen.

»Wir können, was wir wollen! Ich will dich! Hier, jetzt, sofort! Unsere Vorfahren hätten es auch einfach getan! Nur der heutige Mensch macht aus Sex ein Tabu!«, murmelte ich gegen ihre süßen Lippen, die so sexy zitterten, und biss ihr in die Unterlippe, um sie dann einzusaugen und ihr Kopfkino verrücktspielen zu lassen. Mittlerweile wusste ich, dass sie es am liebsten hatte, wenn ich an ihrem Kitzler saugte, deswegen tat ich das jetzt ausgiebig an ihrer Lippe, bis sie nicht mehr wusste, wie sie hieß.

»Scheiß drauf, wo wir sind. Du bist MEIN, also gib Ruhe und tu, was ich dir sage!« Ich wusste, sie würde folgen. Somit löste ich uns von Hank, der als gute Stütze gedient hatte, und zog sie zwei Schritte weiter, halb in die Höhle, wo ein großer Plastikstein stand. Perfekte Scheiße! Über diesen beugte ich sie, sodass ich hinter ihr stehen konnte und sich ihr Schlitz genau auf richtiger Höhe für meinen tropfenden Schwanz befand, der sich aufbegehrend gegen den Reißverschluss meiner Jeans drückte. Es war momentan wirklich schmerzhaft, also öffnete ich ihn schon mal, während ich ihren Rock mit der freien Hand nach oben umschlug und ihren kleinen süßen Knackarsch entblößte.

Ihr Höschen war so feucht, dass der dunkle Fleck zwischen ihren Schenkeln immer größer wurde. Ich überlegte kurz, es einfach zu zerreißen und ihr vom Körper zu zerren, um so schnell wie möglich in ihr zu landen, entschied mich aber doch anders und zog stattdessen den pitschnassen Stoff an ihren bebenden langen Beinen herab. Dabei ging ich hinter ihr in die Hocke und konnte mich nicht davon abhalten, ein wenig von der süßen Feuchtigkeit zwischen ihren

Schenkeln zu kosten, indem ich einmal über ihre Lippen leckte, woraufhin sie ihren Kopf zurückwarf und einen bedenklichen abgestockten Laut von sich gab.

»So heiß«, knurrte ich fast, als ich sie entblößte und ihre zarten Schamlippen mich lockten. Meine Finger konnten nicht widerstehen und ich strich zwischen ihnen entlang. Fühlte die samtene Weichheit und die flutschige Nässe, als ich unverhofft zwei Finger in sie gleiten ließ. Sie zog sich um mich herum zusammen und stöhnte so laut, dass ich befürchtete, gleich die gesamten Museumsbesucher hier vorzufinden.

»Babe, Ruhe! Keine Urzeitlaute, oder willst du etwa, dass sie dich so erwischen, mit deinem feuchten Schlitz auf dem Präsentierteller?« Sie erschauerte hart, als ich das sagte und ich zog meine Finger schweren Herzens zurück, um ihren Slip über Hanks Kopf zu ziehen, denn ich wollte nicht, dass er hier rumspannte.

Kurz ließ ich meinen Blick durch den stillen, riesigen Raum gleiten und versicherte mich, dass keiner da war, der uns jetzt stören konnte. Dann packte ich sie mit einer Hand an der Hüfte. Mit der anderen holte ich meinen ungeduldigen Penner aus der Hose und wichste ein paar mal rauf und runter. Er war schon dermaßen überempfindlich, dass ich Angst hatte, sofort zu spritzen, sobald ich in sie stieß.

»Das wird schnell sein und hart. Halt dich fest!«, warnte ich sie noch, denn tief in meinem Inneren wollte ich ihr keine Schmerzen zufügen, und deswegen würde ich mich sogar jetzt noch zurückhalten, wenn es ihr unangenehm wäre.

Natürlich konnte sie es kaum erwarten, denn der Scheiß musste schon langsam wehtun, so sehr, wie das zwischen ihren Beinen glänzte und anschwoll.

»Oh Gott, mach einfach schnell«, stammelte sie brüchig. Somit spreizte sie die glatten Beine ein Stück weiter und streckte mir ihren delikaten Arsch entgegen.

»Shit!« Ich packte ihn am Ansatz und presste mich mit einem Ruck meiner Hüften in ihr Inneres, genoss das Gefühl ihrer Wände um mich herum, die mich sofort eng umschlossen.

»Oh SHIT!«, stöhnte ich und zwang mich dann dazu, die Zähne zusammenzubeißen, als ich den Kopf nach hinten warf, einige Sekunden einfach nur bis zum Anschlag in ihr steckte und unsere Vereinigung aus vollen Zügen auskostete.

UND DANN …

… Fiel mir etwas auf und ich wäre fast allein von dem Gedanken gekommen. Ich blieb in ihr und nahm nun auch mit der anderen Hand dominant ihre zitternde Hüfte. Fühlte, wie sie nicht stillhalten konnte und ihren Arsch gegen mich drängte, sich selbst an mir massierte.

»Weißt du was, Babe?«, fragte ich zwischen zusammengepressten Zähnen und zog mich langsam Stück für Stück zurück, sodass ich die kühle Steinzeitluft an meinem Schwanz fühlen konnte. »Ich ficke gerade das erste Mal Prüdella!«

Und mit den Worten stieß ich wieder hart in ihr Inneres.

»OH MEIN GOTT, JAA!«, schrie sie und ich stockte durchaus verwundert, denn ich spürte, wie sie sich um mich herum verkrampfte und konnte nicht glauben, dass sie jetzt schon kam. Wie oft hatte ich in sie gestoßen? Zwei Mal? Anscheinend hatte sie mein letzter Satz geradewegs über die Kante katapultiert, und ihre zuckende, bebende, heiße Erlösung führte nur dazu, dass mein überempfindlicher Schwanz auch sofort anfing, zu spritzen und ich alles in meiner Macht Stehende tat, um keine urähnlichen, passenden Geräusche von mir zu geben, als ich meinen Druck mitten in ihrem exquisiten Körper abbaute.

»Oh my fucking God«, murmelte ich, sobald wir fertig waren, und zog mich aus ihr zurück, drehte sie zu mir herum und küsste sie. Sanft und zärtlich und dankbar, denn Prüdella hatte sich mir gerade das erste Mal vollkommen ergeben und es war der Wahnsinn gewesen.

»Prüdella hat sich von mir ficken lassen«, summte ich zufrieden gegen ihre Lippen. Ich sah Luftschlangen durch die Luft zischen und Konfetti auf uns herabregnen.

»Das hat sie«, war alles, was sie antwortete, während sie mich anlächelte und ihre Stirn gegen meine lehnte, um mit mir zusammen zu Atem zu kommen.

»Also keine Persönlichkeitstrennung mehr?«, fragte ich, bevor ich ihr einen kurzen weiteren Kuss gab und wir uns schnell wieder anzogen.

»Nein«, murmelte sie gegen meine Lippen und küsste mich zurück.

»Also keine Distanz? Kein Mister Hunter mehr?« Wir küssten uns erneut und ich liebte es, dass sie drauf schiss, ob uns jemand hier oben sehen könnte oder nicht.

»Nein«, war ihre süße Erwiderung, die mein Herz schon wieder holpern ließ.

»Wieso auf einmal?«, fragte ich und küsste sie weiter. Immer weiter.

»Weil ich dich liebe, du ungehobelter Neandertaler!«

»Prüdella liebt mich also auch?« Jetzt löste ich meine Lippen von ihr und schaute ihr in die großen vor Freude glänzenden Augen. Sie lächelte breiter und ihre Finger strichen sanft durch meine Haare.

»ICH liebe dich, Mason!« Somit küsste sie mich wieder und ich wusste ganz genau, was das zu bedeuten hatte. Sie war MEIN. Vollkommen und endgültig! Ich war damit offiziell der glücklichste Scheißer auf diesem Planeten!

Sie hatte sich ergeben!

***

Am nächsten Tag gab es in den Medien ein riesen Tamtam, weil jemand eine weiße Spitzenunterhose über den Kopf eines Neandertalers im Museum gezogen hatte, doch der Übeltäter wurde nie gefunden …

CUT

7. Mi Confesion

Gotan Project

Shit- Pov

Gestern Museumsfick. Heute Morgen herrlicher Sonnenschein und ein strahlend blauer Himmel mit Wölkchen, die aussahen wie Titten. Ich wusste, das würde ein verschissen geiler Tag werden, als ich aus dem Fenster blickte und danach mein Gesicht im Spiegel betrachtete. Keine Pickel. Keine Haare, wo sie nicht sein sollten. Am ganzen Körper.

Hannah in meinem Bett. Nackt!

Perfekt!

Der Tag konnte beginnen. Und er begann mit einem Kaffee und einer Zigarette auf der Terrasse. Ich stieg nach draußen, streckte die Hände weit von mir in die frische kühle Luft und rief mit der Kaffeetasse in der Hand:

»GUTEN MORGEN, LIEBE MENSCHHEIT! WAS ICH DIR SCHON IMMER MAL SAGEN WOLLTE: FICK DICH!«

In dem Moment, als ich meinen Mund schloss und einen Schluck trinken wollte, landete mit einem »Plopp!« etwas

Weißes in meinem Kaffee!

»NEE, ODER?«, rief ich aus und hielt mir die Tasse unter die Nase, um rein zu glupschen. Da schwamm tatsächlich lustig Vogelscheiße vor sich hin. Ich hob mein Gesicht dem Himmel entgegen und brüllte: »Du Arschvogel! Du kannst mir doch nicht einfach in den Kaffee scheißen!« Als Racheakt schüttete ich den Kaffee mit Schwung in Richtung Vogel, doch leider hatte ich die Windrichtung nicht bedacht und mein Morgentrunk flatschte mitsamt der Vogelscheiße dampfend in meine Fresse!

Ich war dabei, meine Meinung zu revidieren!

Von wegen guter Tag!

Kurz stand ich eine Runde blöd mit meiner Kaffeetasse in der Hand rum, dann schmetterte ich sie in den Garten und drehte mich um. Ich wollte mir die wortwörtliche Scheiße vom Gesicht wischen und fluchte wie ein beschissener Rohrspatz, während ich ins Haus stapfte … Wo Hannah mich erst mal halb verschlafen, halb schockiert empfing.

»Spielst du schon wieder Indianer oder was?«, fragte sie gähnend, aber ich starrte nur mit verengten Augen auf ihre Kaffeetasse, in der keine Kacke schwamm.

»Ich bin kein verfluchter Indianer!«, beschwerte ich mich und ging zu ihr, um mir einen Kuss zu holen. »Küss mich. Ich bin ein verzauberter Märchenprinz mit Vogelscheiße im Gesicht! Das ist der neuste Trend!« Meine Hän de griffen in ihre vollen dichten Haare und bogen ihren Kopf leicht zurück.

»Du bist auch ohne Vogelkot im Gesicht im Trend, also wasch ihn ab!« Somit drehte sie mich an den Schultern um und schob mich bestimmt in Richtung Treppe – wobei sie es allerdings nicht lassen konnte, mir vorsätzlich und sehr fest in den Arsch zu kneifen.

Ich tat grummelnd wie mir befohlen, nutzte aber die Gelegenheit und ging gleich duschen. Da ich danach immer noch imaginäre Vogelausscheidungen in meinem Gesicht fühlen konnte, trug ich eine Meeresalgen-Maske auf. *Denn ja, ich bin eingebildet und ja, ich feile meine verfluchten Nägel, trage über Nacht eine Zahnspange und mindestens einmal die Woche eine Gesichtsmaske. Es ist unmännlicher Scheiß, aber hey, ich bin ein moderner Rüpelrocker und ohne Fleiß kein Sexsymbol!*

Sobald ich ein frisch geduschter Scheißer war, lief ich nur mit einem Handtuch um die Hüften geschlungen nach unten und vernahm schon die Musik, die mir entgegenschallte. Aha, Hannah hatte anscheinend herausgefunden, wie man meine Anlage bediente, aber nicht, wie man CD's wechselte.

Shit, ich vergötterte diesen verflucht geilen Song einfach!

Ich hörte an den eindeutigen Geräuschen, wie dem Öffnen und Schließen der Schränke in der Küche, dass sie wohl Frühstück machte. Mein Magen knurrte wie auf Befehl. Ich wusste nur nicht, ob ich auf Hannah oder Essen Hunger hatte.

In dem Moment, als ich den untersten Treppenabsatz erreichte und sie mit dem Rücken zu mir in der Küche vorfand, klingelte das Telefon. Ja, es klingelte tatsächlich; es stöhnte nicht wie sonst! Offenbar hatte sie den Anrufton geändert.

»Bei Hunter«, ging Hannah sofort ran, denn es lag neben ihr auf der glänzenden Anrichte.

»Oh hi, Mister Barns. Schön mal wieder was von Ihnen zu hören!«

Und von einem Moment auf den anderen war der Tag so *richtig* beschissen! Was wollte der Penner schon wieder von ihr und wieso lachte sie jetzt leise, als er was auch immer antwortete? Ich verengte meine Augen zu fiesen Schlitzen und schlich langsam auf sie zu. Sie klemmte das Telefon zwischen Schulter und Ohr ein, damit sie die Hände frei hatte, um irgendwas wie eine Verrückte in einer verschissenen Schüssel zu verrühren. Dabei lauschte sie auch noch seinen verfluchten Worten und ich fragte mich, wie sie immer so viele Dinge auf einmal tun konnte? Was waren das nur für Supergene, die es ihr ermöglichten, fünfzigtausend Sachen auf einmal zu machen? Das schaffte doch sonst kein Schwein! Egal, was die Medien verzapften! Okay, die verzapfen ja eh nur Scheiße … Dabei wackelte sie mit ihrem kleinen süßen Arsch, der nur in einem hellblauen Höschen steckte, auch noch zum Takt der Musik, während sie sich der Pfanne zuwandte, in der schon ein wenig Öl vor sich hin brutzelte.

»Ja, das können wir gerne machen. Selbstverständlich, es wäre mir eine Freude! Ach, keine Sorge, er wird schon nichts dagegen haben, und ich bin immer noch ein eigenständiger Mensch!« AHA? DAS DACHTE SIE ALSO? Da hatte sie verflucht noch mal verflucht falsch gedacht! Ich hatte garantiert WAS dagegen! Egal gegen was! Und vor allem war sie keineswegs ein eigenständiger Mensch mehr! Sie war MEIN Mensch!

Nichts von dem zusammenbrauenden Unheil in ihrem Rücken wissend, schöpfte sie vorsichtig etwas schlabbrigen Scheiß in eine große Kelle, von der ich nicht mal wusste, dass ich sie besaß, als ich unbemerkt hinter ihr ankam und mich vorlehnte, sodass ich direkt in ihr Ohr flüsterte: »Du wirst einen Scheißdreck mit ihm machen!«

Hannah erstarrte, dann erschauerte sie von meinem Atem. Langsam drehte sie mir ihr Gesicht zu, erstarrte RICHTIG und SCHRIE! Wie am Spieß, als ob man sie schlachten würde. Die Hand mit der Kelle und dem Teig schnellte nach oben, und noch bevor ich mich versah, hatte sie mir mit dem Teil volle Kanne in die Fresse gehauen. Der Teig verteilte sich mit einem Platsch über meine rechte Gesichtshälfte und meinen frisch gewaschenen Oberkörper. »MAAAAAAAAAASOOOOOOOOOOOON! DIE ALIENS SIND GELANDET!«, rief sie und fuchtelte verteidigend mit der Kelle vor sich rum.

Aus dem Telefon dröhnte mir entgegen: »Miss Hauptmeier, Miss Hauptmeier, was ist passiert? Ist bei Ihnen alles in Ordnung. Soll ich die Polizei verständigen?« Hannah drückte sich das Geschirrstück nun an die Brust und ihren Rücken an die Küchenzeile. Ihr Atem ging wie nach einem ordentlichen Fick und ihre großen Augen waren angstgeweitet. Ich wischte mir angewidert etwas Pampe inklusive Maske aus dem Gesicht und schleuderte ihn mit einer drehenden Handbewegung auf den Boden.

Zuerst Vogelkacke, jetzt Teig. Das war eine komische Panade.

»Ehrlich jetzt?«, fragte ich angepisst.

Erst nach ein paar Wimpernschlägen und mit Blick auf meine unverkennbaren Tätowierungen am Oberkörper wurde ihr klar, dass ich das Alien und wegen der Maske grün im Gesicht war. Dann erinnerte sie sich wieder an ihr Telefonat mit dem Oberspacken und hob den Hörer an ihr Ohr. Mit schwacher Stimme verkündete sie: »Falscher Alarm. Keine Panik. Einen Moment bitte …«

Vorsichtshalber hielt sie den Hörer zu, als sie sich auf die Zehenspitzen stellte und mir einen kleinen Kuss auf die Lippen drückte. »Entschuldigung«, murmelte sie und nahm sich dann eine Küchenrolle, um den restlichen Teig wegzuwischen, der träge an meinem Kinn und meiner Brust herablief. Natürlich sah ich, wie sich ihre Augen verschleierten, als sie meine Muskeln säuberte. Wahrscheinlich dachte sie an eine andere Art, mich zu reinigen – mit ihrer Zunge –, und ich musste dreckig grinsen, als ihre Wangen rot wurden, denn ich wusste wirklich haargenau, was sich in ihrem Kopf abspielte. Natürlich – wie sollte es auch anders sein – wurde ich schon wieder langsam, aber sicher hart und tunkte einfach meinen Zeigefinger in die klebrige Flüssigkeit. Ihre Augen weiteten sich, als ich den Teig provokativ um meine Brustwarze herum verteilte und mit einem schiefen Grinsen verkündete: »Da is noch was!«

Sie verstand sofort und wurde noch einen Tick dunkler im Gesicht. Mit einem schüchternen süßen Lächeln, das ich schon vom ersten Moment geliebt hatte, beugte sie sich vor und ihre kleine wendige Zunge schnellte hervor. Unter ihren langen dichten Wimpern heraus schaute sie unschuldig zu mir hoch. Langsam – SEHR langsam – leckte sie um meinen Nippel herum und entlockte mir ein kehliges Stöhnen. Der Penner in meiner Hose zuckte, denn er wollte diese rosa Zunge endlich um sich herum fühlen. Zur Krönung und als könnte sie auch meine Gedanken lesen, schloss sie noch in aller Seelenruhe ihre Lippen, um meine ungepiercte steife Warze und saugte daran, löste ihren Göttermund aber mit einem *Plopp* viel zu früh von mir, um sich dann knallhart von mir wegzudrehen, weiter zu telefonieren und eine nächste Kelle Teig in die Pfanne zu füllen, als hätte sie mir soeben nicht den Ständer meines Lebens verpasst.

»Entschuldigen Sie bitte, es war nur Mason.«

NUR Mason? Ich geb dir gleich nur Mason!

»Hannah«, knurrte ich und schaute sie mit zu Schlitzen verengten Augen an, als sie sich wieder fragend zu mir umdrehte. Sie keuchte auf, als ich sie plötzlich mit meinem Körper gegen die Küchenzeile drängte und ihr das Telefon aus der Hand riss.

»Sie muss sich jetzt den wichtigen Dingen des Lebens widmen!«, verkündete ich locker und legte auf. Dann stellte ich die Pfanne vom Herd und die Herdplatte aus. Ihr Mund klappte auf und ich sah das wütende Funkeln in ihren Augen, was mir sagte, dass sie gleich wieder mit einer ihrer Belehrungen anfangen würde. Doch so weit ließ ich es dieses Mal nicht kommen. Stattdessen stützte ich meine Hände rechts und links neben ihr an dem Marmor ab, beugte mich zu ihr runter und überfiel sie hart mit meinen Lippen.

***

Oh mein Gott!

Das war alles, was ich denken konnte, als seine samtene Zunge in meinen Mund eindrang und sich um meine schlängelte. Seine Hüften, die nur von einem Handtuch bedeckt waren, drückten sich unmissverständlich und hart gegen mich. Seine muskulösen Arme hielten mich gefangen. Seine Brust rieb über meine Brüste, als er sich gegen mich presste … mich dominierte.

»Mason«, wimmerte ich gegen seine Lippen und versuchte, ihn kraftlos an der glatten Brust von mir zu schieben.

»WAS?«, knurrte er und ließ seine Lippen an meinem Hals herab wandern … leckte … saugte … biss mir ins Schlüsselbein.

»Ah, die Personenschützer!«, quietschte ich peinlicherweise, denn in dem Moment, als ich das letzte Wort sagte, biss er mir über den dünnen Stoff meines weißen Tanktops in die steife Brustwarze.

»Haben genervt, also haben sie frei!«, murmelte er so nebenbei gegen meine Haut und löste eine Hand von der Anrichte, um meine andere Brustwarze zwischen seinen langen, talentierten Fingern zu zwirbeln. Kurzerhand zerrte er mir den Stoff über den Kopf und warf ihn beiseite, nur um sich dann erneut mit seinem Mund und seinen Fingern auf meinen wehrlosen nach ihm schreienden Körper zu stürzen. Die Flüssigkeit schoss heiß aus meinem Inneren, überschwemmte mein Höschen, die Küche, das Land. Okay, so schlimm war es nicht, aber auf jeden Fall wurde ich FEUCHT und ich wollte NICHTS dagegen tun! Genussvoll schloss ich die Augen und ließ meinen Kopf nach hinten hängen. Denn ich wusste, wenn er seine Verführungskünste auf mich losließ und sich vornahm, meinen Körper zu besitzen und seinem zu unterwerfen, war ich sowieso machtlos. Ich WOLLTE es sein.

An ihn die Kontrolle zu verlieren, war jedes Mal eine erhebende, befreiende Erfahrung.

»So ist es richtig, Babe«, bestärkte er mich mit seiner erregten Reibeisenstimme, kam wieder nach oben und küsste mich – intensiv und verzehrend. Entlockte mir ein peinliches hilfloses Stöhnen, denn ich war ihm wirklich machtlos ausgeliefert.

Seine Hände lösten sich von der Anrichte und meinen Brüsten, glitten an den Seiten meines Körpers herab. Er folgte ihnen mit dem Mund, und ehe ich mich versah, hatte er mich an den Oberschenkeln gepackt und mit einem Ruck auf die kühle Anrichte befördert.

»Ahh!«, kreischte ich und klammerte mich an seinen muskulösen Schultern fest. Ich landete mit dem Hintern auf dem Kochlöffel und er grinste zufrieden über meine geschockte Reaktion.

»Nichts *Ah.* Arsch hoch!« Er klatschte mir auf den Oberschenkel.

»Oh mein Gott, wir sind heute aber bestimmend«, murmelte ich auch noch, folgte aber seinem Befehl in der Annahme, dass er den Kochlöffel wegnehmen würde. Das tat er auch, doch er zog mir auch gleich mein Höschen aus und warf es achtlos hinter sich, wo es auf der Kaffeemaschine landete.

»Bin ich das nicht immer, Babe? Ich weiß eben, was ich will! Das ist meine Natur!« Mit diesen Worten schaute er mir in die Augen, trat einen Schritt von mir zurück und ließ unverhofft zwei seiner langen Finger in mein feuchtes Inneres gleiten.

»AHH!« Ich ruckte ihm mit meinen Hüften entgegen.

»Oh Shit, sieht das heiß aus!« Er sah genau zwischen meine Beine, als er anfing, mich zu massieren. Rein. Drücken. Raus. Rein. Drücken. Raus. Immer schön auf den G-Punkt. Immer schön Hannah verrückt machen. Das war seine Lieblingsbeschäftigung.

»Oh … Oh … ah …« Mehr brachte ich nicht heraus, während er sich über die Lippen leckte und mit diesem verlangenden glühenden Blick auf das verruchte Spiel seiner Finger zwischen meinen Beinen schaute.

»Dein Schlitz ist so heiß. Du weißt gar nicht, wie wahnsinnig es mich macht, dich mit den Fingern zu ficken. Zu fühlen, wie eng du bist. Und zu wissen, dass ich dich gleich mit meinem Schwanz füllen werde!« Ich spannte mich um ihn herum an, und er zischte, worauf ich blöd grinste. Unverhofft ließ er einen Finger in die Schüssel zu meiner Linken gleiten und verteilte den kühlen Teig zwischen meinen Schamlippen.

»Mit Essen spielt …« Da hatte er sich schon grinsend vorgebeugt und seine vollen Lippen um meinen Kitzler geschlossen, während seine Finger weiter in mir zauberten. Er lachte gegen meine pulsierende Haut und löste sich dann aber mit einem schmatzenden Geräusch aus meinem Inneren.

»Pfannkuchenpussy«, kommentierte er rau. Ich kam fast, als er nun ALLES von dem Teig aufleckte und auch alles von mir. Seine Zunge verschwand in meinem Inneren und fuhr dann wieder nach oben, um gnadenlos über meinen angeschwollenen Lustpunkt zu schnellen und mich dazu zu bringen LAUT, richtig LAUT, zu stöhnen und ihm meine Hüften entgegen zu heben. Mit meinen Händen stützte ich mich hinter mir ab, ansonsten wäre ich einfach so zusammengebrochen. Meine Beine, die ich rechts und links auf die Anrichtefläche gestellt hatte, bebten bereits, aber er war noch lange nicht fertig mit mir – das wusste ich aus Erfahrung.

»Oh … bitte … du … Ah … Ich … Keine Luft!«

»Miss Obermeier, bitte drücken Sie sich ordentlich aus. So, wie Sie stammeln, verstehe ich kein Wort«, neckte er mich auch noch in einer perfekten Imitation meiner selbst, und ich packte ihn an den feuchten Haaren. Ich würde ihm zeigen, was er mit mir machte und dass auch ich ihn zum Stammeln bringen konnte.

»HEY«, beschwerte er sich, als ich ihn wegschubste, von der Anrichte sprang und ihn an den Schultern gegen den Tresen zu seiner Linken drückte. »Was wird das denn jetzt, wenn du fertig bist? WUUHH!« Ich küsste mich an seinem muskulösen Oberkörper nach unten, fuhr die Form seiner Bauchmuskeln mit den Lippen nach und tunkte meine Zunge in seinen Bauchnabel. Dann machte ich kurzen Prozess und riss ihm das Handtuch von den Hüften, gegen das sich seine Härte schon protestierend gedrückt hatte.

Da war er! Mein Zauberstab.

Er war so schön!

Ich liebte ihn, genauso wie ich Mason liebte. Er war so perfekt wie der Rest. Mit einem dämlichen Lächeln auf dem Gesicht und einem Glänzen in den Augen umfasste ich ihn mit äußerster Mühe am Ansatz und beugte mich vor. Doch bevor ich meine Lippen um seine Spitze schließen konnte, wurde ich von ihm an den Schultern nach oben gehoben.

»So nicht, mein Fräulein! Du hast das Blowjob-Girl-Shirt nicht an!«

Schon fühlte ich den Kühlschrank im Rücken und bevor ich »Oh mein Gott, du machst mich so verrückt!« sagen konnte, hatte er mich auch schon am Hintern gepackt und hochgehoben. Automatisch schlang ich meine Beine um ihn. Klammerte mich an ihm fest, während meine Hände in seine Haare fuhren und unsere Lippen miteinander kämpften.

Um was?

Keine Ahnung!

Ich konnte seine Eichel an meinem feuchten, bereiten Eingang fühlen und drückte mich ihm etwas entgegen, sodass er plötzlich mit der Spitze in mir steckte.

Wir stöhnten beide erleichtert auf, und mit einem Saugen an meiner Unterlippe schob er sich Stück für Stück mit seiner beträchtlichen Größe in mich – dehnte mich, liebte mich. Doch er bewegte sich nicht weiter, sondern löste seine Lippen von meinen und grinste mich an, sobald er bis zum Anschlag in mir war.

Ich wollte ihn gerade dazu nötigen, sich weiter in mir zu

bewegen und diesen komischen Machtkampf zu beenden, bekam jedoch große Augen, als er auf einmal mit mir einen Schritt zur Seite ging, mich gegen die Anrichte drückte und den Kühlschrank öffnete.

»Auch durstig?«, fragte er und holte sich erst mal eine Flasche Mineralwasser aus der Tür. Fasziniert und vollkommen dämlich schaute ich dabei zu, wie er die kühle Flasche, an der die Kondenstropfen runterliefen und eiskalt auf meine Brust fielen, mit einem Zischen öffnete. Danach lief alles wie in Zeitlupe ab. Ich beobachtete, wie er seine vollen rosa Lippen, die soeben noch an mir gesaugt hatten, um die Öffnung legte. Mein Blick glitt automatisch zu seinem Adamsapfel, als er schluckte. Ein Tropfen löste sich an seinem Mundwinkel und floss über seinen muskulösen langen Hals herab. Ohne zu überlegen beugte ich mich vor und leckte ihn von seiner Brust, sobald er dort angekommen war.

Er schmeckte so gut. Süß. Verrucht. Frisch. Und dieser Duft erst. Ich fühlte mich sicher auf seinen starken Armen und seinen Hüften mit seinem dauerharten Zauberstab tief in mir.

Mason zwinkerte, bevor er noch einen Schluck nahm und sich zu mir runter beugte. Langsam ließ er das prickelnde Mineralwasser in meinen Mund laufen und auch daneben, über meinen Hals und meine Brüste. Unter dem Vorwand, mich zu reinigen, leckte er mir die Flüssigkeit wieder von der Haut und ich krallte mich an seinem Nacken fest … wimmerte und schlug mir hart den Kopf an, als ich ihn nach hinten warf.

»Aua«, stellte ich fest und rieb mir den Kopf. Mason lachte natürlich, ansonsten wäre er nicht Mason gewesen, und stellte die Flasche zurück in den Kühlschrank. Immer noch war er völlig reglos in mir. Was für eine Selbstbeherrschung besaß dieser Mann nur?

»Was haben wir denn noch zu bieten?«, murmelte er und kreiste leicht mit seinen Hüften, während er im Kühlschrank rum kramte – fast wie nebenbei –, doch mich durchrasten die wildesten Gefühle, sodass ich mich fester an ihn klammerte und stöhnte.

»Psst, ich muss mich konzentrieren«, zog er mich auch noch auf, als meine Lustäußerung lauter wurde. Dann begann er, sehr langsam und gemächlich, seine Hüften vor und zurückzubewegen. Während er sich also am Kühlschrank zu schaffen machte und mich mit dem Zauberstab verzauberte, schob er seine andere große Hand in meine Haare und wühlte darin herum. Ließ Gänsehaut an meinem Körper herabregnen und meine Brustwarzen so steif werden, dass sie schon anfingen, wehzutun. Ich war ziemlich verwundert, als er plötzlich einen Fruchtzwerg aus dem Kühlschrank holte, denn damit hatte ich nun wirklich nicht gerechnet. Nutzten die Liebespärchen sonst nicht immer Honig, Sahne oder Schokoladensoße für ihre Liebesspiele? Ein Kinderjoghurt schien mir dafür zu absurd. Er hielt ihn mir hin, damit ich ihn öffnen konnte, und tauchte einfach seinen Finger rein, rührte kräftig um und hob ihn dann wieder. Langsam verteilte er den kühlen Joghurt auf meinen Lippen und summte dabei anerkennend. »Mhmm!«

Der Becher fiel zu Boden.

Mason lehnte sich vor und ich schloss die Augen, als seine sanfte Zungenspitze über meine bebenden Lippen leckte und er mich dann so küsste, dass sich der Erdbeerjoghurt in unseren Mündern verteilte. Ich wimmerte hilflos.

»Hast du noch Hunger?«, fragte er an meinen Lippen und verstärkte seine Bewegungen tief in mir.

»Ja«, summte ich sanft und kam ihm mit meinen Hüften entgegen, fühlte, wie ich immer feuchter wurde, und strich ihm mit allen Fingern durch die Haare. »Auf dich und einen Orgasmus!«, murmelte ich dann noch dazu und stöhnte, als er anfing, tiefer in mich zu stoßen.

»Okay, aber eine Sache muss ich noch tun!« Somit griff er erneut in den Kühlschrank und holte eine Flasche Bier heraus. Mit der anderen Hand packte er mich fest am Hintern und stemmte sich ab. Ich klammerte mich an ihm fest wie eine Klette, als er mich in den Wohnbereich trug und mitten auf dem massiven, antiken Esstisch ablegte. Dort, wo ich schon mal gelegen hatte, als er mich um den Verstand geleckt hatte.

»Leg dich zurück, Babe!«, forderte er mit heiserer Stimme und zog mich nach vorne, sodass mein Unterkörper fast über den Rand hing. Ich tat natürlich wie mir befohlen und ließ mich zurückfallen.

»Was wird das?«, fragte ich, als ich hörte, wie er zischend die Flasche an der Tischkante öffnete. Ich beobachtete jeder seiner Bewegungen genauestens. Auch, als er den Arm hob und sich seine Muskeln anspannten.

»Ich trinke Bier.« Er grinste breit und nahm einen großen Schluck.

»Okay«, wollte ich gerade ziemlich verwirrt sagen und anfangen, ihn anzuflehen, mich endlich ordentlich den Himmel entgegen zu lieben, als er die Flasche von seinen Lippen löste und sie unverhofft über mir ausschüttete. Ich kreischte auf, denn die Flüssigkeit war kühl und in meinem Bauch zog sich alles heftig zusammen.

»Aus dir«, gab er noch dazu und beugte sich vor. Und dann waren da seine Zunge und sein Mund. ÜBERALL! Auf meinen Brüsten. Um meine Warzen herum. Dabei begann er endlich, mich langsam aber sicher wirklich zu lieben. Bewegte sich in konstantem Rhythmus, während er sich von mir betrank. Ich hob meinen Kopf und blickte an meinem feuchten Körper nach unten, als er nach oben kam und gerade zwischen meinen Beinen stand.

»Beine hoch!«, befahl er und ich gehorchte. Ehe ich mich versah, hingen sie über seinen Armen und er hatte mich weit gespreizt. »So kann ich dich tiefer ficken. Spürst du das?«, hauchte er und schaute mit erregtem Gesichtsausdruck auf mich herab.

Er war SO sexy!

Ich starrte ihn an, fühlte ihn tatsächlich fast bis in meinen Bauch und beobachtete seinen erregten Gesichtsausdruck; seine Arme, die er rechts und links neben mir abstützte, und seine trainierten schweißnassen Muskeln, die im Einklang miteinander spielten; seine Brust, die sich heftig anhob und senkte; seine Bauchmuskeln und dieses wunderbare ›V‹, das zu dem Punkt führte, wo unsere Körper unweigerlich und intensiv miteinander verbunden waren. Wenn ich auf die Ellbogen ging, konnte ich sogar genau sehen, wie sein massiver Penis in mich stieß, wie feucht er von meinen Säften war, wie ich mich einladend und perfekt passend um ihn schmiegte.

»OH GOTT!« Mit einem lauten Stöhnen ließ ich mich wieder zurückfallen und schloss die Augen, denn die erste Vor-Orgasmus-Welle durchrauschte mich bei diesem phänomenalen Anblick.

»Ich habe noch nie etwas Heißeres gesehen, als deinen Schlitz, der mich abmelkt. Kannst du dich noch mal anspannen, so wie gerade … OH SHIT!« Er warf seinen Kopf zurück, als ich seinem Befehl nachkam und mich um ihn herum anspannte, und zwar so fest, dass er Probleme hatte, in mich zu stoßen, nachdem er sich ganz aus mir zurückgezogen hatte.

»Es. Gibt. Nichts. Besseres. Als. Sex. Mit. Dir. Ma-son. Hun-ter!«, stammelte ich zwischen seinen Stößen, die immer heftiger wurden und meinen ganzen Körper beben ließen. Meine Beine fingen an zu zittern. Meine Brustwarzen wurden noch steifer und ich biss mir auf die Lippe, um nicht das ganze Haus zusammen zu schreien.

»Shit, ja. Das ist es, Babe. Gib's mir«, presste er zwischen zusammengebissenen Zähnen hervor und trieb sich noch härter in mich. Mir war klar, dass ein Blick auf ihn reichen würde, um in tausend kleine Einzelteile zu zerspringen. Er war wunderschön und augenscheinlich kurz davor. Denn er hatte die Augen geschlossen, die Kiefer aufeinandergepresst und wartete nur darauf, dass ich kam, um mir den Vortritt zu lassen. Und ich kam! Heftig und lautstark. Wenn ich weiter auf meine Lippe gebissen hätte, dann hätte ich sie mir sicher durchgebissen. Also schrie ich durchs ganze Haus und es klang sehr nach: »Oh mein GOTT, Mason! DU BIST DER BESTE, ICH LIEBE DEINEN ZAUBERSTAAAAB!«. Aber sicher war ich mir nicht.

Er hingegen war still, als er seine Erlösung fand, doch ich fühlte das Zittern seines Körpers wortwörtlich bis in mein Innerstes. Masons Orgasmus zu fühlen, während er tief in mir steckte, war mit Sicherheit eine der besten Sachen, die ich jemals empfunden hatte.

»Du bringst mich irgendwann wirklich noch um«, nuschelte er, sobald er fertig war, und stützte sich mit seinen Händen immer noch über mir ab. Meine Beine hingen lasch über seinen Armen, und ein Tropfen Schweiß fiel von seiner Nasenspitze auf mich herab. Keuchend schauten wir uns in die Augen, bis er sich unverhofft vorlehnte und seine Lippen auf meine drückte. Sanft küsste er mich, umwarb mich gekonnt mit seiner Zunge und ließ aber schon bald von mir ab, weil wir sonst erstickt wären.

»Du bist der beste Bierkrug, den es gibt«, sagte er, grinste dann und gab mir noch einen kleinen Abschlusskuss, bevor er sich aus mir löste. Ich wimmerte ein bisschen, weil ich es immer hasste, von ihm getrennt zu werden, und auch, weil ich ein wenig wund war und auch, weil mein Körper sich anfühlte wie Wackelpudding. Er richtete sich auf und streckte sich erst mal, schaute dann an sich herab. Bier, Teig und Gesichtsmaskenreste klebten immer noch an ihm und er verdrehte die Augen, während er mir die Hand hinhielt.

»Jetzt darf ich wieder duschen gehen und ich glaube, du auch.« Ich nahm seine Hand und er half mir auf die Beine. Sobald ich stand, ließ er mich eine langsame Pirouette drehen und ich kicherte, als er sich das Ausmaß meiner Verschmutzung anschaute.

Mein Blick streifte durch das Wohnzimmer und ich erstarrte mitten in der Drehung, als ich zwei Gestalten vor der Balkontür erkannte. Sie drückten sich die Nasen platt und ihre Münder waren weit geöffnet. Ich schrie auf, als ich meine Schwestern erkannte, die da standen und ihre Augen so weit aufrissen, dass ich befürchtete, sie würden ihnen gleich aus den Höhlen fallen.

»OH GOTT! OH GOTT! OH GOTT!« Fast fing ich an zu hyperventilieren, bevor ich mich im Kreis drehte und nicht wusste, was ich tun und wie ich mich vor ihren bohrenden Blicken schützen sollte, die sowieso schon mehr gesehen hatten, als sie jemals hätten sehen sollen. In meiner Panik umfasste ich einen Arm des verwirrten Masons und zog ihn vor meinen Körper, sodass er auch direkt nach draußen und meine neugierigen Spannerschwestern sehen konnte.

»Oh!« Als er sie erkannte, schossen seine Hände automatisch nach unten und verbargen seinen Schritt, während ich meine Stirn gegen seinen Rücken hämmerte und vor mich hin murmelte.

»Das darf nicht wahr sein. Das darf jetzt wirklich nicht wahr sein. Das ist nur ein schlechter Traum!« Doch es war kein Traum, denn ich hörte genau das Gekichere von draußen.

Mason erholte sich recht schnell von seinem Schock und ließ die Hände wieder fallen, denn eigentlich war er ja geborener Nudist und ihm machte es nichts aus, wenn sie ihn nackt sahen. Er drehte sich zu mir herum und schob mich von seinem Körper geschützt in die Küche, wo er sich dann bückte und mir freundlicherweise sein Handtuch gab.

»Babe, mach dir keinen Stress. Das ist ganz natürlich. Jeder treibt es! Affen, Schildkröten, du, ich …« Er zuckte mit den Schultern, wollte mich wohl beruhigen, während ich mir schnaubend das Handtuch umband. »Sieh es doch einfach so: Du hast dich von dem Schwanz ficken lassen, den sie unbedingt wollen. Is ’ne geile Sache!« Er stupste mir aufmunternd mit der Faust gegen das Kinn und ich verdrehte nur die Augen. Ich war noch zu weit im Boden versunken, um ihm irgendwie zu antworten und klammerte mich nur an das Handtuch. »Wir sollten unsere zwei Spannerinnen vielleicht mal reinlassen, oder?« Jetzt fand ich meine Sprache wieder.

»Zieh dir aber davor etwas an!«, rief ich aus und schob ihn zu den Treppen.

»Ja, ja, ja!« Er lief die Treppe nach oben, nahm gleich zwei Stufen auf einmal, und ich starrte ihm einen Moment hinterher oder besser gesagt seinem Hintern. Dann atmete ich tief durch und wandte mich der Tür zu, wo meine Schwestern immer noch standen, jetzt aber so taten, als hätten sie nichts gesehen. Magda pfiff in den Himmel schauend vor sich hin und Rose feilte sich die Nägel.

Ich verengte meine Augen, ballte die Hände zu Fäusten, ging mit festen Schritten zu ihnen, riss die Terrassentür auf und blaffte sie an: »Was wollt ihr hier?«

»Ja, wir lieben dich auch Schwesterchen. Du hast da übrigens Teig in den Haaren kleben und stinkst wie ein Bierbrauer!«

»WAS WOLLT IHR HIER?«, schrie ich fast und brachte sie nur dazu, loszulachen.

»Was wohl?«, fragte Magda und zog mich in eine feste Umarmung.

»Wir wollten sehen, wie es dir so mit deinem neuen Lover geht, und anscheinend geht's dir mehr als gut, so hef tig, wie du gerade durchgevögelt wurdest! Sag mal sind deine Knochen noch ganz?«

»Oh Gott, ich hasse euch! So sehr!«, murmelte ich mit heißem Gesicht vor mich hin und hielt das Handtuch fest vor meiner Brust verschlossen, während Magda immer noch an mir hing. Rosi umarmte einfach uns beide und ich rümpfte die Nase, denn ich wurde beinahe von Parfum erstickt.

»Und wir wollten Mason Hunters Geburtstag feiern«, gab Rosi dazu.

»Was?« Ich schob sie schockiert von mir.

»Ja, er hat doch nächsten Monat. Wir sind hier, um die Party vorzubereiten und uns ein bisschen bei euch einzumischen! Wir haben uns zu lang nicht gesehen, das geht gar nicht!«

Das war eine Drohung!

CUT

8. Toxicity

System of a Down- (Piano Cover)

Meine Schwestern beehrten uns also mit ihrer Anwesenheit. Großartig. Ich fühlte ihre penetranten Blicke ständig auf mir. Konnte förmlich ihr gedankliches Kreischen hören, wenn Mason mich küsste oder mich anderweitig berührte, und war die Berührung noch so klein und nebensächlich.

Sie wollten eine Woche bleiben, bis zu Masons Geburtstag. Ehrlich gesagt war ich ein wenig schockiert und vielleicht sogar beleidigt, aber auch verwundert. Einerseits, weil er mir nichts davon erzählt hatte. Andererseits, weil es mir in den Unterlagen nicht aufgefallen war.

Als wir den ersten Tag rumgebracht hatten und Magda und Rose in meinem Zimmer einquartiert waren – den Sicherheitsleuten stellten wir einen Wohnwagen zur Verfügung –, fragte ich ihn, wieso er mir verschwiegen hatte, dass er bald 29 Jahre alt werden würde. Er meinte nur, dass dies kein Tag der Freude sei und er ihn mit Sicherheit nicht feiern wolle. Und somit fing alles an.

Masons Laune sank – permanent.

Seine Rüpel-Show zog er natürlich trotzdem ab.

Eines Abends hatten wir mit meinen Schwestern auf der Terrasse gesessen und noch etwas getrunken und geredet. Dann war das Thema auf seinen Geburtstag gekommen, worauf er immer ruhiger geworden war. Nach zwanzig Minuten hatte er sich entschuldigt und war nicht wieder zurückgekehrt. Nach weiteren zwanzig Minuten war ich ihn suchen gegangen und hatte ihn alleine vor seinem Klavier vorgefunden – im Keller. Er hatte sofort aufgehört, mich mit unmenschlich berauschenden Tönen zu verzaubern, als ich eingetreten war. Sein Blick war so kühl, dass es mir kalt den Rücken hinunterlief. Ich blieb im Türrahmen stehen wie festgefroren, denn so hatte er mich noch *nie* angesehen! Als er wortlos aufstand und an mir vorbeiging, wusste ich sofort, dass etwas nicht stimmte.

Ab jenem Abend spielte er jede Nacht im Keller Klavier, und es war deutlich, dass er nicht gestört werden wollte, ehe er irgendwann ins Bett kam.

Oberflächlich war alles in Ordnung, aber darunter brodelte es – gewaltig!

Er war charmant zu meinen Schwestern, aber vor allem zu mir, während wir zusammen Ausflüge auf den Wochenmarkt oder an den naheliegenden See machten. Er scherzte rum, und brachte mich wie immer zur Weißglut, nur um mich dann wieder mit seinen Berührungen zu beschwichtigen und mich mit seinem unverkennbaren, dreckigen Charme um seinen kleinen Finger zu wickeln.

Doch am Abend war sein Verhalten anders. Ich durfte weiterhin bei ihm im Bett schlafen, aber er distanzierte sich immer weiter von mir. Anfangs hatten wir noch ausgiebig geknutscht, aber dann drückte er mehr und mehr auf die Bremse. Ich dachte, es wäre wegen meiner Tage, die kurz nach dem phänomenalen Tischsex eingesetzt hatten, und wollte ihm anderweitig zur Hand gehen, doch er schob mich sanft von sich und sagte mir, er sei müde. WIE BITTE? Dennoch ließ ich ihn in Ruhe, bohrte nicht nach, auch wenn es mich empörte, dass er mich einfach nur an seine Brust zog und die ganze Nacht keine Anstalten machte, mich loszulassen. In den darauffolgenden Tagen küsste er mich immer weniger, sodass ich irgendwann froh sein konnte, wenn er mich überhaupt liebevoll berührte oder zum Einschlafen seinen Körper an meinen schmiegte, um sein Gesicht in meinen Haaren zu vergraben.

Die Vormittage verbrachte er auch gerne mit seiner Gitarre, klimperte stundenlang auf ihr herum oder war alleine in seinem Keller. Sonst hatte er nie Klavier gespielt. Dass er es jetzt tat, machte mich stutzig. Genau wie die Tatsache, dass er damit sofort aufhörte, sobald ich auf der Bildfläche erschien – als wäre es etwas sehr Intimes, das er nicht mit mir teilen wollte. Wenn er sich unbeobachtet fühlte, war sein Blick oft irgendwo in die Ferne gerichtet und sein Kiefer so hart aufeinandergepresst, dass ich Angst hatte, er könnte damit seine schönen Zähne ruinieren.

Aber das war nicht alles.

Jede einzelne Nacht wachte ich auf, weil er sich schreiend in seinem Bett herumwarf und Albträume hatte. Zum Glück beruhigte ihn allein meine Berührung. Ich brauchte ihn nicht zu wecken, sondern nur anzufassen, damit er entspannter schlief.

Es wurde immer klarer. Er quälte sich.

Weswegen sagte er mir nicht. Weder Prüdella noch Blowjob-Girl. Es war frustrierend und zermürbend, außerdem verunsicherte es mich enorm. Langsam, aber sicher überlegte ich, ob sein abweisendes Verhalten etwas mit mir zu tun hatte. Ob er mich womöglich nicht mehr wollte.

Am Morgen des sechsten Tages machten Rose und Magda mit Max und Friedl einen Ausflug in den Zoo, und ich kam gerade aus der Dusche, als Mason das Bad betrat.

Einen kurzen Moment wanderte sein Blick über meinen Körper. Ich lächelte ihn schüchtern an. Präsentierte mich ihm schweren Herzens und ließ das Handtuch fallen. Seine Augen schienen zu Eis zu gefrieren, kappten jede Verbindung zu seiner Seele. Es stach in meiner Brust, als er sich knallhart abwandte und anfing, aggressiv seine Zähne zu putzen.

Es tat weh, brachte mich fast um, und es war mir so unendlich peinlich, dass ich das Handtuch fallengelassen und ihn so billig angemacht hatte. Dass er sich mir gegenüber so kühl verhielt, als wäre ich eine Fremde oder höchstens eins seiner Groupies, das ihm nichts bedeutete, war tödlich. Er war immer noch in mich verliebt, oder? Er war immer noch mein Sexrocker, dem ich wichtig war, oder? Er reagierte noch auf mich? Ich brachte ihn noch um den Verstand, so wie er mich?

Ich musste es einfach herausfinden und zwang mich dazu, weiter die Initiative zu ergreifen, auch wenn es nach dieser Abweisung nicht einfach für mich war.

Nackt trat ich von hinten an ihn heran und schlang meine Arme um seinen Bauch, presste mein Gesicht an seinen muskulösen Rücken. Er versteifte sich unter meiner Berührung und ließ die Zahnbürste sinken. Langsam beugte er sich herab und spülte sich den Mund aus, bevor er sich einfach mit beiden Händen am Waschbeckenrand abstützte und sich im Spiegel anschaute, ohne weiter auf meine intime Berührung zu reagieren. Ich nuschelte verzweifelt gegen seinen Rücken, denn ich fühlte, wie er mir immer weiter entglitt, und hielt ihn fester.

»Ich weiß doch, dass etwas nicht mit dir stimmt. Ich fühle, dass dich etwas bedrückt. Es ist okay, wenn du nicht mit mir darüber reden willst, aber könntest du mir sagen, ob es etwas mit mir zu tun hat? Habe ich etwas falsch gemacht? Willst du mich nicht …« Ich konnte den Satz nicht beenden, da war er schon zu mir herumgewirbelt und schaute mit brennenden gequälten Augen auf mich herab.

»Es hat *nichts* mit dir zu tun!« Seine Stimme klang heiser von den unterdrückten Gefühlen, die in ihm tobten. »Du hast nichts falsch gemacht! Denk nicht mal dran!«, gab er noch dazu und schaute frustriert auf mich herab. Seine

Hand hob sich und ich hätte fast geweint, als er ENDLICH wieder etwas von dem zarten Mason durchsickern ließ, dem ich mit Haut und Haaren verfallen war, und mit dem Daumen meinen Wangenknochen streichelte. »Ich empfinde immer noch so für dich wie vor einer Woche. Ich will dich und nur dich für immer!«

»Aber was ist dann los, Mason?« Oh nein, wo kamen den jetzt plötzlich die Tränen her, als ich meine Hand hob und sein Handgelenk umklammerte? Mich in seine Berührung lehnte und die Augen schloss. Ich war ausgehungert. Hungrig nach seinen Berührungen, mit denen er mich süchtig nach sich gemacht hatte und auf die ich so lange hatte verzichten müssen. Ganze sechs Tage!

»Ich kann es dir nicht sagen«, flüsterte er kaum hörbar und das schockierte mich wirklich. Was sollte so schlimm sein?

»Wieso nicht?«, fragte ich und schaute wieder hoch in seine dunkelbraunen gequälten Augen. Sie schwammen in Tränen und das schockte mich erst so richtig. »Weil es einfach krank ist … Weil du mich von dir stoßen würdest …« Er schüttelte seinen Kopf, schloss für einen Moment die Lider und fluchte leise vor sich hin, während er sich mit der freien Hand durch die Haare strich.

»Verstehe ich das richtig, Mason, du stößt mich gerade von dir, weil du nicht willst, dass ich dich von mir stoße?«

»Ja«, antwortete er klipp und klar. Ich schaute ihn völlig verwirrt an. Verstand die Logik nicht, verstand ehrlich gesagt gar nichts mehr.

»Hat es was mit deinem Geburtstag zu tun?«

»Ja«, presste er mit zusammengebissenen Zähnen hervor und funkelte mich warnend an. Zeigte mir mit seinem Blick, dass ich nicht weiter nachbohren sollte, und zog seine Hand zurück. Dann lehnte er beide Hände nach hinten an das Waschbecken, aber ich blieb vor ihm stehen. Nackt und schutzlos. Ich schluckte hart, denn mir wurde richtig kalt unter seinem Blick. Es ging sogar ein Schauer durch meinen Körper.

»Okay!« Ich schluckte mühsam, versuchte, seinem eisigen Starren standzuhalten. »Wird es vorbeigehen, irgendwann?« Ohne zu überlegen, legte ich meine Hand auf seine linke Brust, fühlte sein Herz langsam und kraftvoll gegen seine warme Haut schlagen.

»Ganz sicher nicht!« Er lachte ironisch. »Aber ich werde wieder *normal* werden, falls du das meinst. Es ist ja auch nur einmal im Jahr so, dass ich verfluchten Geburtstag habe«, stieß er voller Wut und Verachtung aus.

»Ich würde dir so gern helfen!«, war alles, was ich noch sagen konnte, denn der Kloß in meinem Hals drohte zu platzen.

»Ich weiß!« In seinen Augen, die nun wieder etwas weicher wurden, sah ich, dass es ihm leidtat und dass er mich genauso vermisste wie ich ihn, denn ich konnte Sehnsucht in seinem Blick erkennen. Trotzdem war er nicht in der Lage, irgendetwas für mich zu tun, denn er war im Moment damit beschäftigt, mit sich selber klarzukommen. »Du kannst mir nicht helfen, Hannah. Nicht in dieser Sache! Keiner kann das!« Sein Blick wurde wieder so eisig, wie seine Stimme klang, bis alles Zärtliche vergangen war. Und seit wann nannte er mich eigentlich Hannah?

»Lass es mich versuchen. Rede mit mir. Hat es was mit Tanja zu tun?« Ich weiß nicht, wie ich darauf kam, aber ich hatte ihn die letzten Tage einfach zu oft dabei erwischt, wie er vor seinem Bett stand und das Foto mit geballten Fäusten anstarrte.

»Hannah, lass es!«, warnte er mich mit leicht zitternder Stimme und ich wusste, ich hatte den Nagel genau auf den Kopf getroffen.

»Werde ich jemals erfahren, wer sie war? Werde ich jemals erfahren, wie sie das aus dir gemacht hat?« Ich fühlte nun langsam, wie die Frustration der letzten Tage mich überkam und zeigte auf ihn. Auf seine leicht bebende, angespannte Gestalt, die vor Kummer und Wut nur so strotzte.

»Es war nicht ihre Schuld! Nichts davon war ihre gottverdammte Schuld. Hör auf damit! Du kannst die Menschen nicht dazu zwingen, dir ihre Probleme zu offenbaren, wenn sie es selber nicht wollen. Und. Ich. Will. Es. Nicht. Also. Hör. Auf. Jetzt!« Die letzten Worte presste er zwischen den Zähnen hervor und beherrschte sich nur ganz knapp. Ich wäre fast einen Schritt vor ihm zurückgewichen, doch ich tat es nicht, denn ich wusste, er würde mich nicht verletzten – nicht sehr zumindest.

»Wenn du es die ganze Zeit verdrängst, wird es sich von Tag zu Tag tiefer in deine Seele fressen«, flüsterte ich und fühlte, wie eine Träne über meine Wange rann.

»Wenn ich es ausspreche, wird es meine Seele noch mehr zerstören. Und es würde nichts ändern! ALSO. LASS. ES. ENDLICH!« Irgendwie war er mir nähergekommen. Seine Nase war nur noch Millimeter von meiner entfernt. Er zischte – hart. Ich flüsterte – flehend.

»Ja, aber danach können wir sie zusammen wieder aufbauen. Du bist nicht mehr allein. Wir werden das zusammen durchstehen.«

»Oh doch. Ich bin allein, denn es gibt kein verfluchtes Wir! Und jetzt rück mir von der Pelle verflucht noch mal!« Bei diesen harten Worten klappte mein Mund auf, denn ich dachte sehr wohl, dass es ein WIR gab. Ich dachte, dass wir zusammengehörten. Ich dachte … ICH war nicht allein. Er sah wohl, wie der Schmerz durch meine Augen flackerte, denn er fluchte erneut und fuhr sich mit einer Hand durch die Haare. Sie standen sowieso schon chaotisch in alle Seiten ab und seine wirren Finger bändigten das Chaos auf seinem Kopf nicht wirklich, ganz im Gegenteil. »So war es nicht gemeint! Verfickte Scheiße! Dräng mich nicht!«

»Oh doch«, antwortete ich bitter, genau wie er. Er schnaubte frustriert. »Genauso war es gemeint! Und genauso ist es angekommen. Kein Wir? Okay, Mister Hunter!« Somit ging ich einen Schritt zurück.

»Hannah, bitte …« Er wollte mich erschöpft am Arm fassen, um mich daran zu hindern, weiter vor ihm zurückzuweichen, doch ich schüttelte ihn ruppig ab. Alles, was ich wollte, war ihm zu helfen, aber er nahm als dank nur ein Messer und rammte es mir mitten ins Herz. Er wusste, dass es für mich auch nicht leicht war, über Gefühle zu sprechen. Er wusste, dass es für mich nicht leicht gewesen war, ihn an mich ranzulassen. Es war nicht leicht gewesen, mir einzugestehen, dass ich ein Teil von ihm war und er von mir. Jetzt, wo ich es geschafft hatte, stieß er mich von sich. Er tat genau das, wovor ich Angst gehabt hatte, weswegen ich ihm anfangs keine Chance geben wollte. »Ist gut, Mason. Ich habe dich verstanden. Du hast dich klar und deutlich ausgedrückt. Es tut mir leid, dass ich dir so auf die Pelle gerückt bin.«

»Hannah«, knurrte er förmlich, als ich noch weiter vor ihm zurückwich.

»Da wir beide allein sind, wir auch nicht über unsere Probleme miteinander sprechen und uns auch sonst nichts verbindet, weil es ja kein WIR gibt, hoffen wir doch einfach, dass wir die nächsten Wochen schnell über die Bühne bringen und dass unsere gemeinsame Zeit ein baldiges Ende findet, hm?«, plapperte ich völlig außer mir, während die Tränen schon unkontrolliert über meine Wangen liefen und ich meine Klamotten aufsammelte, das Handtuch an den richtigen Haken hängte. Er seufzte frustriert und massierte sich mit Daumen und Zeigefinger die Nasenwurzel.

»Babe, bitte hör auf damit. Es ist schon schwer genug zurzeit!«

»WAS IST SCHWER?« Mit einem Mal fuhr ich zu ihm herum und presste meine Klamotten vor meine Brust, während ich ihn rasend anfunkelte und meinen Tränen einfach nicht befehlen konnte, aufzuhören zu fließen. »Leidest du an Armut? Hast du keine Kleidung, die du anziehen kannst? Hast du kein Wasser, das du trinken kannst? Hast du Hunger und einen Wasserbauch, oder sind alle, die du liebst, tot, weil sie niedergemetzelt wurden? Hast du KEINEN, der sich um dich kümmert oder kein Dach über dem Kopf? Hast du eine tödliche Krankheit? Hast du deinen Penis verloren? Oder WAS ist so schwer? Wieso die Leidensmiene die letzten Tage?! Der Rückzug und die Kälte? Die Blicke, als würdest du jeden Moment sterben! Wirf mir nicht vor, dass es dir SCHLECHT geht, wenn du mir gleichzeitig nicht die Möglichkeit gibst, dir zu helfen! Denn ich kann darauf nicht eingehen, wenn du mir keine Informationen gibst!«

Oh Gott! Wo kam das denn gerade her und auch noch in dieser Lautstärke. Mason starrte mich an, bevor er regelrecht knurrte.

»So! Jetzt hörst du mir mal zu! Nur weil es nicht nach deiner Pfeife geht und du meine Psyche nicht heldenhaft retten kannst, drückst du mir jetzt so einen Text und machst so einen Aufstand. Was soll die Scheiße? Akzeptier ein fach, wie ich momentan bin … Akzeptier *mich*, oder verpiss dich!«

Wow! Das hatte gesessen! Aber ich wusste, dass diese Worte im Zorn gesagt worden waren, dass er nicht die Wahrheit sagte. Dass er mich nur verletzen wollte, um mich von sich zu stoßen, so wie es jahrelang davor auch mit jedem geklappt hatte. Aber ich war nicht jeder! Seine Augen schüchterten mich ein – alles an ihm –, und ich wusste, ich musste einlenken, damit das Ganze nicht ganz eskalierte.

Ich umfasste sein Gesicht mit beiden Händen – auch wenn es mir schwerfiel, so sehr wie meine Hände bebten.

»Krieg in deinen dicken Rüpel-Schädel rein, dass ich dich liebe und dass ich *immer* für dich da sein werde, auch wenn dein Keller voller Leichen ist! Aber stoß mich nicht von dir und verletze mich nicht die ganze Zeit wissentlich, weil es dir schlecht geht! Ich bin nicht dein Punchingball!«

»Das will ich doch gar nicht, verflucht!«, wisperte er verzweifelt.

»Ich weiß!« Ich zog ihn zu mir herab, doch ich merkte genau, wie er sich versteifte, als ich meine Lippen auf seine drücken wollte, denn er war einfach zu unwiderstehlich. Selbst wenn wir uns stritten. Und ich musste mir beweisen, dass es sehr wohl ein WIR gab – egal, was wir sagten und wie sehr wir uns stritten!

»Hannah, nicht!«, presste er jedoch hervor. Millimeter weit von meinem Mund entfernt. Ich stockte, sah ihn scho ckiert an. Er starrte unerbittlich auf mich herab, ohne jede Reue. Kalt. Unnahbar, warnend.

WOW! Ohne ein Wort drehte ich mich um und marschierte, so schnell es ging, weg in sein Zimmer, von dem ich gedacht hatte, es wäre unser Zimmer. Dort schmiss ich mich aufs Bett und hoffte, er würde mir folgen, mich herumdrehen, mich küssen, mich berühren, in mich eindringen und mich mit seinem Körper vergessen lassen, was seine Worte mir angetan hatten. Doch die Tür blieb zu, und so klammerte ich mich an sein duftendes Kopfkissen und heulte alleine, was das Zeug hielt.

Ich war mit meinem Latein am Ende.

Als ich mich vollkommen auf ihn eingelassen hatte, hätte ich nie gedacht, dass er mich irgendwann so von sich stoßen würde.

Klar war, es hatte was mit dieser verfluchten Tanja zu tun.

Wieso war sie tot?

Hatte er sie getötet?

Und was hatte das Ganze auch noch mit seinem Geburtstag zu tun? Ich hatte wirklich keine Ahnung. In meinem Kopf kreisten die Gedanken, aber sie kamen nicht zum Stillstand. Klärten sich nicht. Im Gegenteil, je mehr ich erfuhr, umso verwirrter wurde ich.

Ich hoffte, dass ich es bald erfahren würde, was ihn so sehr belastete, was ihn dazu veranlasst hatte, sich diese rotzige Schale anzueignen und sich gefühlsmäßig vor anderen

Menschen abzuschirmen, sogar vor MIR! Aber gleichzeitig hatte ich auch Angst davor, denn mir war klar, dass es etwas wirklich Traumatisches sein musste.

Seine Träume sprachen für sich.

Keine Ahnung, wo er die Nacht verbrachte. Auf jeden Fall nicht bei mir.

***

Am nächsten Tag versuchte ich, Rose und Magda noch zu überzeugen, die Überraschungsparty sausen zu lassen, genau wie Max und Friedl. Sie redeten auf meine Schwestern ein, und Friedl stürzte sich sogar küssend auf Magda, denn er war ihr schon vom ersten Tag an verfallen gewesen, eigentlich ja schon, seitdem sie bei uns Zuhause gewesen waren. Doch sie ließen sich nicht abbringen. Besonders nicht Magda. Ich hatte keine Ahnung, wo sie die ganzen Girlanden, Tücher, Lichterketten, Rattantische und -stühle, den Fünf-Sterne-Partyservice sowie den Pavillon – der im Garten stand und hell leuchtete – her hatten.

Mason war noch beruflich unterwegs. Er hatte mir heute Morgen mit den wenigen Worten, die er noch mit mir sprach, mitgeteilt, dass MTV-Masters wohl eine Biografie über ihn drehen würde und dass er heute den ganzen Tag unterwegs wäre. Also nutzten meine beiden Schwestern diese Zeit, um zu wüten, was das Zeug hielt. Bierfässer wurden gebracht. Sogar eine BAND wurde engagiert, und zwar nicht irgendeine, sondern Deichkind, weil Mason sie liebte und die Jungs sich auch persönlich kannten. Seine Bandkollegen halfen auch mit der Gästeliste aus und telefonierten schon die ganze Woche herum, um Masons »Freunde« und Bekannte zusammenzutrommeln.

Insgeheim hofften wir alle, wir könnten ihn mit dieser Party doch irgendwie auf andere Gedanken bringen.

Der Himmel war strahlend blau, das Wetter heiß und schwül, als alles aufgebaut wurde. Max und Friedl halfen mit, nachdem sie festgestellt hatten, dass sie meine Schwestern nicht davon abhalten konnten. Nur ich lief herum und sabotierte, was das Zeug hielt, denn ich wusste, besonders nach gestern, dass Mason das nicht wollte. Aber ich wurde immer von irgendwem erwischt und am Schluss musste ich wie ein kleines aufsässiges Kind im Wohnzimmer auf der Couch vor dem Fernseher sitzen und durfte nicht mehr nach draußen gehen.

Ganz toll!

Ich war mit meinem Latein am Ende. Erst heute Morgen hatte mir Mason noch mal ausdrücklich gesagt, dass es keiner wagen sollte, ihm zu gratulieren oder – mit seinen Worten – ein verschissenes Geschenk zu überreichen. Also hatte ich ihm nichts besorgt, obwohl ich ihm gern eine Freude bereitet hätte, trotz seiner extrem abweisenden Art. Ich fragte mich, wo der leidenschaftliche Liebhaber und sein einnehmendes Wesen waren und wie ich ihm helfen konnte. Irgendwas musste es doch geben, und so schnell würde ich nicht aufgeben, denn ich vermisste und liebte ihn.

Heute um zwölf würde Mason seinen 29. Geburtstag erleben – mit mir –, ober er wollte oder nicht. Von Max und Friedl hatte ich erfahren, dass er sich in den Jahren zuvor an diesem Tag immer nur ins Koma getrunken hatte, also beschloss ich, dass dies heute nicht passieren würde. Ich schwor mir, ihn aus seinem Loch zu holen. Mit allen Mitteln.

Also ließ ich es zu, dass Magda mich in eines ihrer peinlichen Kleider zwängte – weiße, ineinander verschlungene Stoffe, mit einigen Funkelelementen, die knapp meine Knie bedeckten und meine Brüste nach oben pushten. Dazu glättete sie mir die Haare, sodass sie in langen Strähnen, die sich anfühlten wie Seide, kerzengerade über die Schultern und den Rücken fielen. Anschließend ließ ich mich von ihr schminken – zentimeterdickes Make-up mit Oberlidstrich, weißem Lidschatten, Rouge und rosa glänzendem Lipgloss. Das Ganze wurde mit extremen Mörderschuhen kombiniert, und fertig war Prüdella, die Bordsteinschwalbe. Ich ließ mich sogar von Rose und Magda zweistimmig dazu überreden, keine Unterwäsche zu tragen, denn meine Periode war vorbei und sie sagten, dass es keine bessern Mittel einer Frau gab, als eine immer zugängliche … Vagina. Natürlich benutzten sie andere Worte als ich. Ich hatte doch starke Zweifel, aber ließ es über mich ergehen, schon allein, weil mir ihre alles anderen als blumigen Worte noch nachträglich die Röte in die Wangen trieben.

Nach einer schier unendlichen Diskussion hatten sie es sogar geschafft, mich davon zu überzeugen, mich zwischen den Beinen zu rasieren. Rosi hatte mir – angezogen – vorgemacht, wie ich dabei vorgehen musste. Trotzdem hatte ich mich zweimal geschnitten und nicht alle Haare erwischt. Begeistert war ich von dem Ergebnis nicht gerade, aber ich hatte es zumindest versucht.

Es war ein komisches Gefühl, den Abend auf einer Party zu verbringen, die voll von berühmten Persönlichkeiten war, auch wenn ich sie größtenteils nicht kannte, und so taten, als wären sie hier daheim. Meine Schwestern versorgten mich mit Informationen zu beinahe jedem Gast, aber ich konnte mich nur auf das ungewohnte Gefühl zwischen meinen Beinen konzentrieren. Ein gelegentlicher Lufthauch und schon war ich erregt. Das war nicht gut. Oder doch? Ich hatte keine Ahnung. Aber ich wollte jede Chance nutzen, damit Mason wieder mit mir kommunizierte, und sei es durch die Verbindung unserer Körper. Er war mein Lehrmeister gewesen, also würde ich das schon hinbekommen, auch wenn er mich in seine Lieblings- und vermeintliche Königsdisziplin noch nicht eingewiesen hatte. Dementsprechend durfte ich mir von Magda und Rosi einen stundenlangen Vortrag über Oralverkehr anhören, den sie derart ausschmückten, dass ich abwechselnd leichenblass wurde und rot anlief. Sie zeigten mir genau, wie ich wo zu lecken und zu saugen hatte – an einer unschuldigen Banane. Es war verstörend.

Ich fühlte mich wie eine Verräterin, als ich neben der Küchenanrichte in der Dunkelheit saß und kurz nach zwölf darauf wartete, dass Mason durch die Tür kam. Max und Friedl hatten ihn gerade angerufen und verkündeten ängstlich, dass er auf dem Weg war. Offensichtlich war seine Stimmung nicht die beste.

Als die gut fünfzig Partygäste das Schloss der Haustür hörten, hielten alle die Luft an. Während er eintrat, den Schlüssel in die dafür vorgesehene Schüssel schmiss und sich die Jacke und Schuhe auszog, waren wir auch mucksmäuschenstill.

Doch sobald er einen Fuß ins Wohnzimmer gesetzt hatte, legte die Musik los, Leute tröteten wie verrückt und Mason wurde mit Luftschlangen attackiert.

Er erstarrte. Und wir alle mit.

Denn kein Lächeln schlich sich auf seine Lippen. Das Einzige, was passierte, war, dass sein Blick zu mir schoss und mich förmlich mit seinem schier tödlichen Ausdruck erdolchte.

Oh. Oh.

Ich hielt immer noch den Atem an, als er sich eine Luftschlange vom Kopf riss, wegschmiss und sich fließend in Bewegung setzte, wie der starke Löwe, der auf das wehrlose Lamm zu schlendert. Irgendein Idiot trötete immer noch. Im Vorbeigehen packte Mason sich die Tröte und knickte sie um, ohne mich aus den brennenden Augen zu lassen.

»Ich … äh …« Ich verstummte, als er schließlich vor mir stand und mich am Arm packte. Doch von links und rechts schossen zwei Hände hervor und hielten ihn an den Armen fest, sodass er loslassen musste.

»Hey, beruhige dich, Mason! Wir schmeißen einfach alle raus«, verkündete Max mit sanfter Stimme. Mason zog lediglich eine Augenbraue hoch und schaute seinen Freund mit einem eindeutigen Fick-jetzt-bloß-nicht-mit-mir-Blick an. Max ließ sich nicht beeindrucken. Dann schaltete sich Friedl ein, dem bereits der Schweiß auf der Stirn stand.

»Mann, schau mal in deine irren Killer-Augen! Du bist nicht mehr ganz bei Sinnen, und das können wir auch verstehen, aber lass Hannah da raus!« Mason verengte seine Augen. Seine Nasenflügel blähten sich. Nun mischte ich mich ein, als ich merkte, dass er sich am ganzen Körper versteifte, bereit zu Gewalt, und glitt von dem Hocker, auf dem ich gesessen hatte.

»Ist in Ordnung, Jungs. Mason wird mir nicht wehtun!« Aufmunternd machte ich einen Schritt auf ihn zu, auch wenn ich fühlte, dass er mir sehr wohl wehtun würde. Mehr als ein bisschen. Aber ich würde mich bereitwillig opfern, und dann würde ich alles gegen ihn verwenden, ihn aus seinem Schneckenhaus locken und ihn dazu bringen, auf mich einzugehen und mir zu sagen, was los war. Wieso er jetzt so reagierte?

»Lasst das meine Sorge sein«, sagte er mit Bedacht und völlig sanft, doch ich fühlte das Zittern seiner Hand, als er mich erneut grob am Arm packte und mich aus der Küche fortzog. Direkt nach unten – in den Keller.

Oh Gott!

Mir wurde eiskalt und ich drehte mich zu den anderen Gästen um, die uns mit offenen Mündern hinterher starrten und nicht so wirklich wussten, was sie tun sollten. Ich fühlte die Wut in dicken roten Wellen von ihm ausgehen und begann zu zittern, als er mich wortlos und so grob hinter sich her schleifte, dass ich mindestens fünf Mal stolperte und nur nicht auf der Nase landete, weil sein Griff so unbarmherzig war, dass ich morgen sicher seine Fingerabdrücke am Arm haben würde. Erst jetzt realisierte ich, dass diese Stille, die er mit sich trug, eine mühsam beherrschte Maske war, die wahrscheinlich in dem Moment bröckeln würde, sobald wir allein wären. Gott im Himmel, irgendwie wollte ich gerade alles, aber sicher nicht mit ihm alleine sein!

Er riss die Tür auf, zog mich nach innen und schmiss sie mit seinem Fuß wieder zu. Die Musik war nur noch gedämpft zu hören, und ich zuckte zusammen, als plötzlich das Licht anging und den großen Partyraum erhellte, der aber heute nicht genutzt wurde, weil Magda und Rose alles im Garten arrangiert hatten.

Mit einer Hand griff er hinter sich. Das Einrasten des Schlosses setzte ich gleich mit dem Schließen meines Grabdeckels. Mit der anderen Hand schleuderte er mich aus dem Handgelenk heraus einfach in den Raum, lehnte sich erst mal mit dem Rücken gegen die Tür, schloss seine Augen und kniff sich mit zwei Fingern in den Nasenrücken, atmete schwer. Anscheinend, um sich zu beruhigen. Ob es wirkte, wusste ich nicht.

Ich wagte kaum zu atmen.

Nach einer halben Ewigkeit, in der ich nur dastand, ihn ängstlich betrachtete und mich nicht mal zu blinzeln traute, weil er so furchteinflößend wirkte, wenn er so beherrscht war, obwohl es in ihm augenscheinlich anders aussah, stieß er sich von der Tür ab.

Ohne mich eines Blickes zu würdigen, schlenderte er zu seiner Bar. Die Körperhaltung angespannt, doch trotzdem anmutig, umrundete er den Tresen und nahm sich eine Flasche Whiskey. Er trank einen großen Schluck, nachdem er sie geöffnet hatte, und stellte sie dann mit einem derart lauten Knall vor sich auf dem Tresen ab, dass ich zusammenzuckte.

Man konnte die angespannte Luft wirklich schneiden.

Er schaute die Flasche mit verengten Augen an, als wäre sie die Ursache allen Übels und erschreckte mich fast zu Tode, als er plötzlich mit einem lauten Grölen herumfuhr und die Flasche in die ganzen anderen hochprozentigen Kostbarkeiten schleuderte, die fein säuberlich an der Wand aufgereiht waren. Die Gläser zersprangen unter lautem Protest, literweise teurer Alkohol ergoss sich auf den Boden und tränkte den Samtteppich. Jedem Alkoholiker hätte jetzt das Herz geblutet.

Schockiert starrte ich ihn an, als er zu mir herumwirbelte.

Sein Blick war besorgniserregend eisig. In ihm flackerte etwas Unberechenbares. Der ganze Mann war genauso unzurechnungsfähig, wie wunderschön, und er machte mir genauso Angst, wie er mich faszinierte.

Besonders, als sich seine glühenden Augen verengten und mich musterten, als wäre nun ICH die Ursache allen Übels und er sich mit einer anmutigen Bewegung über die Bar schwang und auf mich zukam.

Ich zwang mich, nicht zurückzuweichen, auch wenn ich im Moment wirklich gerne weglaufen wollte. Mein Herz hämmerte mir bis zum Hals. Besonders, als er bei mir ankam, mich in den Haaren packte und meinen Kopf zurückriss, sodass ich ihn ansehen musste. Genau genommen starrte ich, mit weit aufgerissenen Augen.

»Wieso machst du so was? Ich habe dir gesagt, ich will keine verfluchte PARTY. Ich habe dir gesagt, ich will an diesem Scheißtag GAR NICHTS, außer meine Ruhe!«

»Ich … weiß …«, setzte ich unsicher an, doch er redete einfach weiter, während er mich fester packte – so fest, dass Tränen in meine Augen traten und ich mich in seinen angespannten Unterarm krallte, um seinen Griff zu lockern.

»Verflucht, Hannah. Wolltest du tatsächlich, dass ich die Kontrolle verliere? Wenn ja, kannst du dich beglückwünschen. Denn es ist dir gelungen!« Unter seinen gezischten Worten knallte ich mit dem Rücken gegen kühles Holz, spürte die Kanten des Klaviers.

»Mason, sag mir, was los ist … bitte«, flehte ich und wimmerte, als er meinen Kopf weiter zurückriss.

»Ich soll es dir sagen?«

»Ja«, flüsterte ich und schloss die Augen unter seinem eindringlichen, brennenden Blick.

»Sie hat sich umgebracht, OKAY? Tanja hat sich vor meinen Augen eine verfluchte Kugel in ihren Schädel gejagt. DAS IST LOS, OKAY! Und sie hat es an meinem scheiß Geburtstag getan!«

OH MEIN GOTT!

Mir wurde schlecht – richtig schlecht.

Er ließ ruckartig von mir ab, atmete heftiger und trat einen Schritt zurück. Versuchte sich augenscheinlich erneut zu beruhigen. Aber ich wusste, ich musste das jetzt durchstehen, denn er würde es nicht schaffen, zu lange hatte er um seine Kontrolle gekämpft. Die Ader an seiner Stirn pochte verdächtig und seine Hände ballten sich abwechselnd zu Fäusten, während er mich düster anstarrte.

»Es wird nie vorbeigehen. Verstehst du das? Der Schmerz wird nie aufhören. Er ist endlos. Ich habe alles versucht, alles, um zu vergessen, um zu verdrängen. Aber es hat nicht geholfen, und dann komme ich nach Hause, an dem schrecklichsten Tag meines Lebens, und da oben steigt eine verfluchte PARTY. Was soll ich heute feiern?! Sag es mir?! Soll ich feiern, dass sich wegen mir ein Mensch abgeknallt hat? Soll ich feiern, dass ich seit jenem beschissenen Tag plötzlich völlig alleine durchs Leben ging, obwohl sie sonst ständig an meiner Seite war? Soll ich feiern, dass ihr Blut an mir klebt? Hm? Sag es mir, du ach so schlaue Miss Obermeier!« Seine Stimme triefte vor Gift und seine Brust hob und senkte sich heftig unter seinem schwarzen Muskelshirt. »Sag mir, wie ich ohne sie normal funktionieren soll, wo sie immer für meine Normalität zuständig war? Ich habe sie geliebt! Und sie mich!«

Ich zuckte zusammen, denn seine Worte waren wie ein Schlag ins Gesicht. Das waren genau meine Ängste, die er schürte, und es tat wirklich weh. Ohne es zu bemerkten, reckte ich mein Kinn in die Höhe und straffte meine Schultern. Zwanghaft verdrängte ich die Tränen aus meinen Augen und antwortete eiskalt.

»Warum hat sie dich dann verlassen?« Und das war's.

Wir hatten den Bogen beide überspannt und kochten innerlich vor Wut. Nur dass ich viel schwächer war und er mir das auch demonstrierte, indem er wieder auf mich zukam und mich erneut schmerzhaft an den Haaren packte. Die andere Hand fasste unter meinen Hintern und mit einem Keuchen landete ich jetzt AUF dem Klavier. Ich konnte mich einfach nicht zurückhalten und zischte ihm zu: »Meinst du, wenn du mich hier vergewaltigst, ist danach alles aus der Welt?« Er hob nur eine perfekt geschwungene Augenbraue und packte mit der anderen Hand mein Knie. Spreizte mein Bein schmerzhaft weit und blickte nach unten. Er zischte tatsächlich, als er sah, dass ich kein Höschen anhatte und auch noch blank war. Langsam, ohne mein Gesicht aus den Augen zu lassen, schob er einen Finger in mich und wieder hinaus. Er war bis oben hin feucht und glänzend, als er ihn mir zeigte.

»So viel zum Thema Vergewaltigung, du Dramaqueen«, murmelte er und wischte meine Feuchtigkeit lieblos an meinem teuren Kleid ab.

In diesem Moment *hasste* ich ihn, insbesondere als er nach seinem Gürtel griff und ihn öffnete – mich dabei die ganze Zeit schmerzhaft an den Haaren an Ort und Stelle hielt. Mein Blick glitt über seinen Körper, und ich musste dennoch wimmern, als ich sah, wie er den Knopf seiner Jeans öffnete und der Reißverschluss folgte. Denn die Beule in seiner Hose war wirklich unverkennbar, und trotz der Tatsache, dass er mir gerade seelisch und körperlich wehtat, erregte mich der Anblick seiner verborgenen Härte – die er nun rausholte, an ihr ein paar Mal auf und ab strich und mir dabei gleichermaßen kühl und überheblich in die Augen sah. Ihm war klar, dass ich ihn selbst in diesem Moment so sehr wollte, dass es schmerzhaft zwischen meinen Beinen zog.

»Sex. Es ist belangloser Sex, von dem ich mich immer besser fühle … Und du willst doch unbedingt, dass es mir besser geht, oder?« Musste er so etwas sagen? Mich so reduzieren? Mir noch mehr wehtun? Jetzt war er wirklich ein Sadist!

Ohne meine Antwort abzuwarten, hatte er sich schon an meinem Eingang positioniert und hielt mich an einem Knie gespreizt, als seine Hüften nach vorne stießen und er sich mit einem Knurren tief in mir versenkte. Ich bog meinen Rücken durch und biss die Zähne aufeinander, denn ohne jede Vordehnung war es fast schmerzhaft, einfach so von seiner enormen Größe ausgefüllt zu werden. Mein einziges Glück war, dass ich trotz allem triefend feucht und bereit war. Sofort löste er unseren Augenkontakt und vergrub sein Gesicht an meinem Nacken, während er ein stetes, schnelles, erbarmungsloses Tempo aufnahm, das allein seiner Befriedigung diente.

Absolut hilflos klammerte ich mich an ihm fest und versuchte, seine monströsen Stöße irgendwie abzufangen. Er hielt mich immer noch an den Haaren fest und umklammerte mit eisernem Griff mein Knie, sodass er perfekt und sehr tief in mich stoßen konnte.

»Ich bin ein Monster«, flüsterte er gegen meine Haut. Plötzlich schluchzte er auf und ich keuchte schockiert, als es an meinem Nacken nass wurde. Doch er drosselte nicht das Tempo oder hörte auf. Er wurde noch eine Stufe grober, noch eine Stufe härter. Hielt mich noch eine Stufe dominanter und unerbittlicher. Als ich merkte, was geschah; als ich merkte, dass er weinte, während er mich FICKTE, und als ich merkte, wie tief die Wunden in seiner Seele sein mussten, konnte ich einfach nicht anders, als mich fester an ihn zu klammern. Meine Hände in seinen Haaren zu vergraben und ihn an mich zu drücken, während auch ich anfing zu weinen. Die Tränen rannen unkontrolliert über meine

Wangen, meinen Hals, in seine Haare, über sein Gesicht.

Masons Schmerz war so greifbar, ich konnte ihn mit jeder Faser fühlen. Sein Schmerz war mein Schmerz. Ich ertrug es kaum. Wollte ihn trösten und versuchte, ihn mit meinem Körper fester zu umschlingen. Für ihn da zu sein und ihn festzuhalten. In dieser dunklen verzweifelten Stunde seines Lebens.

Und so weinten wir zusammen, während er alles an mir ausließ. Als er seinen Höhepunkt erreichte, als er all seinen Kummer und seinen Frust tief in meinen Körper pumpte –, nahm ich es als Geschenk. Denn ich wusste, *das* hatte er noch *nie* bei einer anderen Frau gemacht. Es war einerseits so intim und andererseits derart distanziert, weil er mir nicht mal in die Augen sah.

Sobald er fertig war, zog er sich aus mir zurück, schloss seine Hose, aber nicht den Gürtel, und taumelte zwei Schritte rückwärts, bis er mit dem Rücken an der Wand lehnte. Ich blieb keuchend auf dem Klavier liegen und beobachtete wortlos, wie er an der Wand herabrutschte und sein nasses Gesicht in seinen Händen vergrub – von heftigen Schluchzern geschüttelt.

»Geh schon … Hannah. Los … hau ab …«, stammelte er vor sich hin und konnte sich gar nicht mehr beruhigen. »Verpiss dich endlich … ich weiß, du willst mich jetzt nicht mehr!«

Oh mein Gott, wie konnte er so etwas nur denken? Ich liebte ihn! Ich würde ihn immer wollen! Der Drang, ihn zu umarmen, wurde übermächtig. Aber weil meine Beine aus Gummi zu sein schienen, ließ ich mich vorsichtig von dem Klavier auf die Knie hinabgleiten und kroch auf ihn zu, während Tränen über mein eigenes Gesicht rannen und meine Schminke verschmierten.

»Mason, nein. Ich werde dich nicht verlassen und ich will dich. Immer«, schluchzte ich und streckte meine Hand nach ihm aus, sobald er in Reichweite war, doch er schlug sie weg.

»Ich bin ein ekelhaftes Schwein«, brüllte er mit einem Mal. »Ich bin an allem schuld. Es ist alles meine Schuld. Alles … Meine Schuld!« Er umfing seine Knie und war im Begriff, vor und zurück zu wippen, während er seine Worte wiederholte, doch ich ließ es nicht zu. Ich umfasste fest sein Gesicht und hob es an, sodass er mich ansehen musste.

»NICHTS davon ist deine Schuld. Du hast nur Kontrolle über dein eigenes Leben. Jeder Mensch trifft seine eigenen Entscheidungen, Mason. Auch SIE!«, antwortete ich ihm fest und schaute ihm dabei tief in die geröteten, verweinten Augen. Er blickte mich einige Sekunden an, studierte mein Gesicht, als suche er darin eine Lüge. Dann packte er mich plötzlich an der Hüfte und zog mich seitlich auf seinen Schoss. Ich umklammerte seinen Kopf mit beiden Händen, während er sich gegen meine Brust presste und dort weiter weinte.

Aber nicht mehr allein, sondern mit mir zusammen. So war es gut.

Ich redete ihm gut zu, während er in meinen Armen zusammenbrach, sich fallen ließ und einfach nur der Verwundete, von Schuld zerstörte Junge sein konnte, der er in seinem Inneren war. »Ich bin für dich da, wenn du mich brauchst. Ich bin immer für dich da. Du hast gesagt, ich soll dir meinen Körper geben und ich habe es getan. Jetzt gib du mir deine Seele und es wird alles gut werden«, flüsterte ich gegen seine Haare und lehnte meine Wange an seinen Kopf.

Und so saßen wir eine Ewigkeit. Keine Ahnung wie lange. Es könnten Stunden gewesen sein. Oder auch Tage. Aber irgendwann verebbten unsere Tränen und irgendwann klammerten wir uns einfach nur noch aneinander. Mein Rücken tat weh. Meine Arme taten weh, von meinen Beinen ganz zu schweigen.

»Babe?« Seine Stimme klang kratzig, als sie irgendwann wieder zwischen meinen Brüsten ertönte.

»Hm«, summte ich und fuhr gedankenverloren mit den Fingern durch seine seidigen Haare. Also eigentlich machte ich das schon die ganze Zeit.

»Es tut mir leid«, flüsterte er und ich atmete tief durch. Wir hatten uns beide wieder eingekriegt, und nicht nur er hatte Sachen gesagt, die ihm leidtaten, also seufzte ich.

»Mir auch«, sagte ich und tätschelte seine Haare.

»Wollen wir uns hinlegen? Ich glaub, mein Arsch ist eingeschlafen«, fragte er, hob aber nicht sein Gesicht.

»Bitte«, stöhnte ich und bewegte meine eingerosteten Glieder ein wenig, um zu testen, wie verheerend der Schaden wirklich war. So schlimm war es zum Glück nicht.

»Legen wir uns rüber auf die Liegewiese und ich werde es dir erzählen!«

Augenblicklich unterbrach ich jede Regung.

»Was wirst du mir erzählen?«, erkundigte ich mich atemlos.

»Alles, Babe, alles!«

CUT!

9. WHERETOGETHER IN THIS

NINEINCH NAILS - (PIANO COVER)

Shit.

Einfach nur Shit. Wie hatte ich so etwas tun können? Mein Babe SO ficken? Wenn ich sie mit meinem Schwanz verletzt hätte, wäre es mir nicht einmal aufgefallen. Es war mir egal gewesen, wie ihr zierlicher Körper um mich herum gezittert hatte. Es war mir egal gewesen, wie verzweifelt sich ihre Hände in meinen Nacken gekrallt hatten, und es war mir egal gewesen, als sie anfing zu schluchzen und ich die salzige Flüssigkeit ihrer Trauer über ihre zarte Haut fließen gesehen hatte.

Mason: auf Wiedersehen. Monster: Hallo! Endlich hast du es ans Tageslicht geschafft!

Die letzte Woche war die Hölle gewesen. Es war wie jedes Jahr. Je näher mein Geburtstag rückte, um so mehr plagten mich die Bilder der Vergangenheit. Bilder von Tanja. Bilder ihres Todes und Bilder des Grauens. Bilder, für die ich verantwortlich war.

Es war alles MEINE Schuld.

Hätte ich Tanja nicht zurückgewiesen, wäre sie noch hier. Aber ich hatte es tun müssen, denn alles andere wäre krank gewesen. Absolut krank und falsch.

Ich kam nicht mit Tanjas Verlust klar, auch wenn Hannah da war.

Also wollte ich mich einfach nur in meinem kleinen Schneckenhäuschen verkriechen und mich ins Koma saufen – wie jedes Jahr –, um zu vergessen, aber Hannah und ihre Schwestern hatten andere Pläne. Sie hatten eine beschissene Überraschungsparty für mich organisiert, obwohl ich ausdrücklich betont hatte, dass so ein Scheiß nicht infrage kam. Wieso konnte Familie Obermeier meinen Wunsch nach Ruhe nicht einfach akzeptieren?

Als ich die ganzen Gesichter sah, die den Tag meiner Geburt – den Tag UNSERER Geburt – feiern wollten, sah ich rot. Nicht einfach nur rot, sondern knallrot. Meine Sicht verschwamm und ich spürte nur noch Wut. Mit Sicherheit würde ich diesen Tag nicht ohne sie feiern!

Hannah riss mich aus meinen Gedanken, brachte mich zurück ins Hier und Jetzt – in den Keller.

»Bist du dir sicher, dass du mir jetzt alles erzählen willst? Ich weiß, ich habe dich gedrängt. Das hätte ich nicht tun sollen.« Ja, jetzt tat es ihr leid. Nachdem ich sie durchgevögelt hatte wie eine billige Schlampe. TOLL!

»Ja, das hättest du in der Tat nicht tun sollen!« Ich schüttelte den Kopf, als ich sie auf der weichen Liegewiese absetzte, ihr folgte und wir uns beide hinlegten.

Shit. Sie sah verweint und absolut fertig gefickt aus. Ihre dunklen dichten Haare, die verflucht noch mal arschglatt waren wie die Haare einer Nymphe, klebten ihr nun teilweise im Gesicht und waren völlig zerwühlt. Ihr Kleid war verrutscht und ich zog den Saum an ihrer Brust nach oben, obwohl ich eigentlich nichts dagegen hatte, wenn ihr kleiner süßer Nippel mich anlachte, aber ich hatte sie schon genug entblößt und missbraucht. Keine Ahnung, wie ich darauf gekommen war, mein Babe so zu ficken, aber ich war so verzweifelt gewesen.

In mir wüteten die Gefühle unkontrolliert. Ich hatte es zugelassen, die Kontrolle zu verlieren, auch wenn es gut und befreiend gewesen war, endlich mal alles rauszulassen. Die Dämonen in meinem Inneren hatten komplett von mir Besitz ergriffen, aber Hannah war da gewesen und hatte sich ihnen gestellt, weil sie nie vor einem Kampf zurückschreckte. Sie war so verflucht tapfer gewesen, war nicht einen Schritt vor mir zurückgewichen! Das hatte bis jetzt noch keine Frau geschafft.

Ein kleiner Teil von mir schrie mich, während ich sie fickte, an. Brüllte, dass ich sie aus dem Keller rausbringen sollte, in Sicherheit. Dass ich sie und uns zerstörte, indem ich ihr Vertrauen so ausnutzte. Ich wusste ganz genau, dass sie mich WIRKLICH liebte und dass sie so etwas absolut nicht verdient hatte.

Doch ich konnte nicht aufhören.

Es gab kein Halten mehr.

Erst als ich sie vollgespritzt hatte und der ganze Druck in meinem Inneren mit einem großen letzten monströsen Donnergrollen über mich hinweggefegt war, um sich kurzzeitig in Luft aufzulösen, war mir eingefallen, WEN ich da missbraucht hatte.

Die Frau, die ich liebte.

Shit.

Jetzt war es klar.

Sie würde gehen.

Doch Hannah ging immer noch nicht, stattdessen kam sie auf mich zu.

Liebte mich immer noch, war immer noch verständnisvoll und so mitfühlend.

Und dann lag ich also mit ihr hier in meinem Keller, nachdem ich sie übelst durchgefickt hatte, und wusste immer noch nicht so recht, wie ich es wiedergutmachen sollte. Ich zog sie an Hüfte und Nacken in meine Arme und küsste sie. Nicht wild. Nicht dominant. Nicht hart. Sondern weich. Zart. Entschuldigend. Und sie verstand mich – wie immer. Ihre Hand fuhr über meine Wange, in meine Haare und in meinen Nacken. Sie schmiegte sich vertrauensvoll und warm an mich und gab mir zu verstehen, dass ich sie nicht zerstört hatte. Dass ich UNS nicht zerstört hatte. Und das erste Mal in meinem Leben hatte ich das Verlangen, einer anderen Person mitzuteilen, wieso ich so abgefuckt war. Eigentlich hatte ich nur den Drang, es IHR mitzuteilen. Ich war es ihr schuldig.

Also brach ich den Kuss ab und zog sie fester an meine Brust. Sie legte den Kopf direkt auf mein Herz, sodass sie meinen Herzschlag spüren konnte, und glitt mit ihren Fingern über meinen Bauch. Fuhr durch den dünnen Stoff meine Bauchmuskeln nach. Immer und immer wieder. Es war so beruhigend, sie zu halten und ihre vertrauten Fingerspitzen auf mir zu fühlen. Ich strich ihr über den Arm, schloss die Augen, atmete tief durch und begann, meine Seele komplett zu entblößen, während meine Gedanken die dunkelsten Pfade meiner Selbst beschritten:

»Meine Mutter und mein Erzeuger Mason Hunter Senior lernten sich in der sechsten Klasse kennen. Schnell wurde sie seine beste Freundin, und sobald sie sechzehn Jahre alt waren, wurde sie seine Geliebte. Mit 18 heiratete sie ihn heimlich, ohne das Einverständnis ihrer Eltern, denn sie konnten meinen Vater nicht ausstehen. Er behandelte meine Mutter nicht gut. Erst recht nicht, nachdem sie verheiratet waren und er sich ihrer sicher war. Sie merkte schon bald, wen oder was sie geehelicht hatte, als sie andere Männer beobachtete und wie liebevoll sie mit ihren Frauen umgingen. Aber sie hatte es nie anders gekannt und war von Mason Hunters gutem Aussehen und seinem unwiderstehlichen Charme geblendet gewesen, zumindest in ihren jungen naiven Jahren.

Im Alter von 22 Jahren bekamen sie den von ihr heiß ersehnten Nachwuchs. Mich und Tanja. Tanja war genau neun Minuten jünger als ich, weswegen sie immer meine kleine Schwester war. Obwohl wir zweieiige Zwillinge waren, hätten wir unterschiedlicher nicht sein können.

Sie war meine bessere Hälfte. Immer der brave, blonde Engel, während ich die kleine Teufelsbrut war. Ich weiß nicht, wie oft ich versucht habe, ihre Barbies in ihrem Beisein die Toilette runterzuspülen, oder wie oft ich ein kaputtes Fenster auf sie schob. Wie oft ich ihr im Schlaf die Haare abschnitt oder sie anmalte. Ich war wirklich ein Satansbraten. Doch sie schrie mich nie an. Weinte nie, beschwerte sich nicht oder petzte. Sie nahm es einfach so hin und lächelte mich immer noch strahlend an, weil ich ihr großer Bruder war, den sie bewunderte, und weil sie mich schon immer bedingungslos geliebt hatte. Bedingungslos … liebte ich sie auch, denn verborgen unter meiner harten zerstörerischen Schale war ich immer ihr Beschützer. Ihr Held. Ich mochte es. Du weißt nicht, wie oft Tanja zu mir ins Bett geschlichen kam und sich weinend an mich klammerte, weil wir durch die dünne Wand, die uns vom elterlichen Schlafzimmer trennte, hören konnten, wie mein Vater meine Mutter anschrie, wie Sachen zu Bruch gingen und wie sie leise wimmerte und schluchzte, als er sie psychisch zerstörte.

Als wir sechs waren, traf sie Roger. Er war ein Kollege meines Vaters. Sie eröffneten zusammen eine Arztpraxis, ihre Wege trennten sich aber schon ein halbes Jahr später. Unsere Mutter verliebte sich in Roger. Mit seiner Hilfe schaffte sie es, Mason Hunter zu verlassen. Dafür musste Roger meinem Vater zwei Zähne ausschlagen, erst dann ließ er meine Mutter gehen. Und uns. Wir lebten von da an bei unserer Oma, die ein großes Haus besaß – okay, es war eher eine Art Villa. Da unsere Mutter uns den Vater nicht komplett nehmen wollte, insbesondere weil wir ihm wichtig waren und meine Schwester sehr an ihm hing, hielt sie weiterhin zu ihm Kontakt.

Also durften wir ihn am Wochenende besuchen.

Mich behandelte er wie den Nabel der Welt. Doch Tanja musste mich bedienen, genau wie ihn. Sie musste uns jeden Wunsch von den Augen ablesen. So lernte ich sein Frauenbild kennen und übernahm es unfreiwillig.

Mit 14 schnauzte ich Tanja nur noch an und ließ mich auch daheim bedienen wie ein kleiner verwöhnter Pascha. Ich behandelte sie wie meine persönliche Sklavin, denn so hatte ich es kennengelernt. So hatte ich es zwischen meinem Vater und meiner Mutter gesehen und so bekam ich es auch an den Wochenenden mit. Wie liebevoll Roger mit meiner Mutter umging, bemerkte ich nie, denn sie war immer, wenn wir bei unserem Vater waren, bei Roger, der 500 Kilometer entfernt wohnte, weil sie sich unter die Woche auf ihre Arbeit als Erzieherin konzentrierte und für uns da sein wollte. Außerdem fand ich sowieso, Roger sei ein Schlappschwanz.

Meine Schwester ließ alles lammfromm über sich ergehen, wie es so ihre Art war. Bediente uns an den Wochenenden mit einem süßen Lächeln auf dem Gesicht und beschwerte sich nie darüber. Denn auch sie kannte es nicht anders. Sie war die perfekte Frau. Und sie war meine Schwester. Ich war verflucht stolz auf sie.

Je älter ich wurde, desto mehr begann ich, mit Friedl rumzuhängen und kam deswegen immer seltener mit zu meinem Vater. In derselben Zeit fing es an. Meine Schwester sah mich plötzlich auf diese bestimmte sehnsüchtige Art an, die mir unangenehm war. Ihre Augen glänzten, wenn ich ins Zimmer kam und sie weinte, wenn ich Mum von irgendwelchen Mädchen erzählte, die mir hinterherliefen. Kurzum, sie nervte mich, weil sie verflucht anhänglich wurde, den ganzen Tag bei mir im Zimmer verbrachte und mich ständig beobachte. Aber gleichzeitig räumte sie für mich auf und machte meine Wäsche. Ich dachte mir nichts dabei. Nutzte es nur weiter aus. »Tanja, bring mir Tee! Tanja, mach mein Bett! Tanja, mach mir was zu essen! Tanja, mach meine Hausaufgaben!«

Ich war ein Wichser.

Ich besuchte immer seltener meinen Vater, weil er mich einfach nervte und ich mit pubertierendem Gehabe beschäftigt war. Auflehnung gegen jegliche Autorität und so ein Scheiß. Seine Reden darüber, dass richtige Männer die Oberhand haben mussten und sich vor einer Frau nie beugen durften, gingen mir echt auf den Sack. Ich wusste doch schon längst, wie ich eine Frau einzuwickeln hatte, also konnte er mal langsam aber sicher seine Klappe halten und mich verflucht noch mal in Ruhe lassen.

Doch an meinem 17. Geburtstag ging ich nach drei Monaten das erste Mal wieder zu ihm.

Ich war in der Nähe aus einer Bar geflogen, weil ich die absolut heiße Stripperin verführt hatte, während sie mir einen Lapdance gemacht, sie mitten vor den anderen Kunden meinen Schwanz ausgepackt und sich darauf gesetzt hatte, obwohl es ihr strengstens untersagt war, mit Kunden zu vögeln. Das war ein richtiger Nobelschuppen und ich würde mich dort nie wieder hinwagen, das war klar.

Eigentlich wollte ich einfach nur schlafen, denn ich war gut besoffen, also ging ich schnurstracks zu meinem Vater, weil er gleich um die Ecke wohnte.

Auf mein Klopfen reagierte keiner und es schüttete aus Kübeln, also nahm ich kurzerhand einen Stein und schmiss sein Fenster im Flur ein, um bis auf die Knochen durchnässt in das Innere des vertrauten Hauses zu gelangen.

Sobald ich einen Fuß reingesetzt hatte, wurde mir ganz mulmig, aber ich ließ mich davon nicht beirren, denn ich wollte nur nach oben in mein altes Zimmer, als ich aus dem Keller ein Geräusch hörte.

Ein komisches Geräusch. Ein Wimmern.

Gänsehaut rieselte über meinen Körper und meine Muskeln spannten sich an. Trotzdem setzte ich mich langsam in Bewegung und ging durch den dunklen Flur, wo man das Grollen des Donners hören konnte. Ich machte kein Licht an, als ich die düsteren Treppen in den Keller hinunterstieg und zuckte zusammen, als ein Blitz das Treppenhaus erhellte.

Irgendetwas stimmte nicht. Ganz und gar nicht.

Als ich vor der Haupttür des Kellers stand, hörte ich es wieder. Ein Wimmern und ein Schluchzen! Ohne zu überlegen, riss ich die Tür auf, denn es klang, als würde jemand Schmerzen haben. Mein Magen drehte sich um und verkrampfte sich dann zu einer Rosine, als ich die Situation vor mir erfasste.

Mein Vater kniete nackt hinter meiner ebenso nackten Schwester. Mitten auf dem Boden des Kellers.

Ihre Blicke flogen zu mir, als ich scharf die Luft einsog. Die Augen meiner Schwester waren verschleiert, absolut abwesend, als hätte sie etwas genommen.

Mein Vater hingegen grinste mich nur an und fragte: »Hey Mase! Auch eine Runde?«, und klatschte meiner Schwester auf den Arsch. In dem Moment, als die Hand meines Vaters auf ihr reines Fleisch schlug, kam mir die Galle hoch. Ich schluckte sie krampfhaft runter, woraufhin ich anfing, am ganzen Körper zu zittern. Mir wurde gleichzeitig heiß und kalt. Ohne zu überlegen, stürmte ich auf ihn zu.

»DU PERVERSES DRECKSSCHWEIN?!«, brüllte ich so laut, dass es sicher auch die Nachbarn hörten. Er war auf den Kinnhaken, den ich austeilte, nicht vorbereitet gewesen, deswegen taumelte er zur Seite und konnte sich gerade noch mit einer Hand abfangen, um nicht mit dem Gesicht auf dem gefliesten Boden aufzuschlagen. Ich packte meine nackte Schwester und zog sie auf die bebenden Beine. Taumelnd stellte ich sie vor mich und schüttelte sie. Schüttelte sie mit all meiner rasenden Kraft und schrie sie aus vollem Halse an.

»Was ist mit dir los? Bist du total bekloppt? Wie krank ist das denn? Und was hast du genommen, verfluchte Scheiße, Tanja!«

Sie lächelte schwach und hob eine Hand, um sie auf meine Brust zu legen.

»Das ist alles … nur Training«, lallte sie und ihr Kopf rollte unkontrolliert von einer Seite zur anderen. »Für dich. Ich liebe dich doch so!« Und dann wollte sie sich tatsächlich auf die Zehenspitzen stellen und mich küssen. Als hätte ich mich verbrannt, ließ ich sie los.

»GEHT´S NOCH? ICH BIN DEIN BRUDER!«

»Ja und, sie liebt dich!« Mein Vater stand neben uns und rieb sich das Kinn. Irgendwie hatte er es geschafft, sich eine Shorts anzuziehen und tatsächlich noch die Nerven, mich anzugrinsen. Kopfschüttelnd trat ich ein paar Schritte zurück; ich konnte das alles nicht glauben! Das musste ein verfluchter Albtraum sein. Das durfte nicht wahr sein.

Mein Vater zuckte lässig die Schultern. »Sie hat damit angefangen, mich vollzujammern, dass sie so unglücklich ist, weil du nur die anderen Frauen siehst und nicht sie, also hab ich sie ein bisschen aufgebaut und ihr gezeigt, wie man einen Mann auf sich aufmerksam macht.« Er strich mit seinen dreckigen Fingern über ihren Arm und ich verengte meine Augen zu Schlitzen. Er tat gut daran, seine Finger zurückzuziehen.

»INDEM du sie FICKST? Du bist ihr VATER, du dreckiges Stück Scheiße!«

»Sie wollte es auch. Nicht wahr, meine kleine Löwin?« SHIT. So nannte er sie immer. Tanja nickte nur unkoordiniert und ihr Kopf fiel zur Seite, während ihre Augen nach oben rollten. Zeitgleich kippte sie langsam zur Seite. Ich fing sie ab und brüllte ihn wieder an.

»VERFLUCHT, WAS HAST DU IHR GEGEBEN, DAMIT SIE DIESEN KRANKEN SCHEISS MITMACHT?«

»Dies und das.« Drecksau! Klar! Als verfickter Chefarzt kam er an die krassesten Medikamente heran! Mehr musste ich nicht wissen. Mehr musste ich nicht sehen. Mehr musste ich nicht hören. Mehr konnte ich auch nicht mehr ertragen.

Ich stürzte mich auf ihn und traf ihn erneut völlig unvorbereitet am Kinn. Er taumelte zurück, da hatte ich ihm schon in den Bauch geboxt und darauf gleich noch mal in die Fresse. Ohne großartige Gegenwehr fiel er gegen die Wand und konnte gerade noch seine Hände heben, da landete schon mein Boot in seinem Magen – und noch mal, und noch mal, und noch mal … Dabei stürzten die Tränen geradezu mein Gesicht herab, während ich ununterbrochen brüllte: »Du krankes Stück Scheiße. ICH BRING DICH UM, DU WICHSER!«

Als er über und über mit Blut bedeckt war und ich ein zitterndes Wrack, fühlte ich die kleinen Hände meiner Schwester, die an meinem Arm rumzerrten. Vielleicht hatte sie das schon die ganze Zeit getan. Ich wusste es nicht. Schwer keuchend wirbelte ich zu ihr herum und sah, dass auch sie sich etwas angezogen hatte. Eine Hose und ein Shirt – beides falsch herum. Ihre Augen waren rot vor vergossenen Tränen und sie zitterte am ganzen Körper. Ihre blonden langen Locken hingen ihr wirr ins Gesicht, das kreidebleich war. Anscheinend hatte sie das soeben Gesehene etwas ernüchtert, vielleicht hatte ich aber auch stundenlang auf meinen Erzeuger eingetreten, ich wusste es nicht. Hoffentlich war er tot! Ich spuckte ihn noch an, während ich versuchte, wieder zu Atem zu kommen und klar zu denken.

»Bitte hör auf, Mase«, wisperte sie schwach, dann rollten ihre Augen erneut zurück und sie fiel in sich zusammen. Im letzten Moment griff ich nach vorne und fing sie auf, bevor sie auf dem Boden aufschlug.

Ich musste sie hier rausbringen. Sofort!

Ich trug sie raus – immer noch zitternd und komplett neben mir. Meinen Vater ließ ich blutend in der Ecke liegen und hoffte, er würde verrecken. Sie weinte und klammerte sich an mich, als sie wieder zu sich kam. Stammelte wirres Zeug vor sich hin, dass sie abgefuckt war, aber dass sie mich so liebte und einfach nichts dagegen tun konnte, egal wie sehr sie es versuchte. Ich antwortete nicht. Viel zu entsetzt von den Geschehnissen, um irgendwas Sinnvolles zu formulieren.

Unsere Mutter war zum Glück nicht daheim, als wir dort ankamen. Damit blieb ihr der Zustand ihrer Tochter erspart. Es hätte mir schon davor auffallen müssen, verflucht! Ich machte mir Vorwürfe, dass ich nicht auf Tanja geachtet hatte. Aber wann hätte ich sie auch sehen sollen? Ich war doch so gut wie nie zu Hause.

Als ich Tanja in ihr typisches Mädchen-Zimmer brachte, das direkt neben meinem lag und durch eine Tür mit meinem verbunden war, klammerte sie sich immer noch an mir fest und wollte mich nicht loslassen. Ich riss sie förmlich von mir und legte sie aufs Bett, ohne sie dabei anzusehen. Das konnte ich einfach nicht.

»Tanja, schlaf jetzt!«, befahl ich ihr barsch, denn ich brauchte jetzt dringend etwas Abstand.

»BITTE, MASE, LIEBE MICH!«, flehte sie mich, immer noch in ihrem Drogenrausch gefangen, an und streckte ihre mageren Arme nach mir aus.

»Ich werde dich nie so lieben, Tanja. Das ist falsch!«, zischte ich sie an und trat eilig einen Schritt vom Bett zurück, als sie nach mir greifen wollte. Sie rollte sich zu einer Kugel zusammen und fing an, aus vollem Halse zu schluchzen, als wäre ihre Welt gerade untergegangen. Und das war sie auch, genau wie meine. Nie wieder würde ich meine Schwester mit den gleichen Augen sehen. Unbekümmert, lebenslustig, sanft und rein. Ich stand einfach nur da, in der

Dunkelheit, und betrachtete sie.

Angewidert.

Ihre langen hellen Haare, die ihr wie immer wirr ins Gesicht fielen, weil sie sich genauso wie meine einfach nicht bändigen ließen. Ihr wunderschönes, einst so unschuldig und edel wirkendes Gesicht, das von so vielen Jungs bewundert wurde, und ihren zerbrechlichen Körper. Sofort schob sich wieder dieses Bild vor mein inneres Auge – mein Vater … hinter ihr kniend, während er ihr den Schwanz reinrammte.

Sofort rannte ich auf Toilette und kotzte, bis ich vor Erschöpfung zusammenbrechen wollte. Anschließend schmiss ich mir Wasser ins verschwitzte Gesicht und strich mit beiden Händen darüber, während ich im Spiegel beobachtete, wie meine Fingerspitzen sich in mein Fleisch bohrten.

Ich musste erst selber klarkommen, bevor ich das, was ich gesehen hatte, irgendwem erzählen konnte. Bevor meine Mutter alles erfuhr. Sie würde vor Schuld zusammenbrechen. Genauso wie ich es gerade tat. Hätte ich aufmerksamer sein sollen? Hätte ich sein Spiel durchschaut, wenn ich öfter da gewesen wäre? Hätte ich die nun zerstörte Seele meiner Schwester irgendwie retten können?

Im Grunde wusste ich doch, wie mein Vater drauf war; ich hatte nur die Augen davor verschlossen – aus Bequemlichkeit.

Wie hatte ich sie nur alleine zu ihm gehen lassen können, und das jedes Wochenende?

Wieso hatte ich nicht darauf geachtet, wie sehr sie sich die letzten Monate verändert hatte?

Wieso war mir nicht aufgefallen, dass sie plötzlich so reizbar war …

Dass sie abmagerte …

Dass sie sich nicht mehr mit Freunden traf …

Dass sie kaputt ging?

Warum war ich nie ein richtiger Bruder für sie gewesen?

Ich fand keine Antworten in meinen leeren dunklen Augen.

Tränen rannen unkontrolliert über meine Wangen und ich konnte meinen Anblick nicht mehr ertragen. Heulend taumelte ich in mein Zimmer, ließ mich dort auf mein Bett sinken und schrie in mein Kissen – stundenlang.

Mein Geist konnte nicht verarbeiten, was meine Augen gesehen hatten.

Irgendwann fiel ich in einen erlösenden schwarzen Schlaf …

Nur um aufzuwachen, weil etwas Weiches über meine Unterlippe strich. Im nächsten Moment spürte ich Lippen auf meinen, doch es fühlte sich absolut falsch an, also schoss ich aus meinem Bett nach oben.

Ich blinzelte benommen und versuchte die Lage zu erfassen, als ich Tanja sah.

Sie stand vor mir. Immer noch in dem weißen T-Shirt und den schwarzen Jeans, in denen ich sie ins Bett gelegt hatte. Tränen standen in ihren Augen und sie richtete sich langsam auf, als ich mich gegen meinen Bettpfosten drückte und sie anstarrte, als wäre sie ein Dämon.

»Fuck, Tanja! Was … willst du?« Da sah ich erst die Waffe in ihren Händen aufblitzen. »Wo hast du die her?«, rief ich aus und wollte danach greifen, doch ich erstarrte in all meinen Bewegungen, als sie die Pistole hob und gegen ihre Schläfe hielt. Sie war käseweiß, ihre Augen eingefallen und schwarz – geradezu gruslig.

»Shit, Tanja«, wisperte ich, immer noch zu geschockt, um mich zu bewegen. Meine Augen wurden groß vor Entsetzen und der Schweiß schoss mir aus allen Poren. »Mach keinen Scheiß! Leg das Teil weg!«, japste ich atemlos.

»Ich werde das Teil nicht weglegen, Mason Hunter.« Ihre Stimme war tonlos, ihr Blick auf mich fixiert, ihr Körper völlig starr, während Tränen ohne ein einziges Schluchzen über ihre eingefallenen Wangen liefen. Ihre abgemagerte Hand mit der Waffe zitterte nicht und erinnerte an ein Skelett. »Ich liebe dich, schon seitdem ich denken kann!«, rief sie mit einem Mal anklagend und Hass trat in ihre Augen sowie Verzweiflung und Wahnsinn. »Wie soll ich dich nicht lieben? Wo ich dich jeden Tag sehe. Du bist für mich erschaffen. Mein perfektes Gegenstück!« Ihre ausdrucksvollen Katzen-Augen, die meinen so sehr glichen, flackerten wirr, waren immer noch von den Drogen verschleiert. Ich schüttelte meinen Kopf panisch hin und her, versuchte, einen Ausweg zu finden und überlegte, ob ich sie irgendwie überwältigen könnte. Im Moment war ich nicht in der Lage, sie einzuschätzen. Überhaupt nicht. Das machte mir eine Heidenangst.

Ich wusste nicht, ob sie bei der kleinsten Bewegung von mir sofort abdrücken würde.

Sie schaute sehnsüchtig auf mich herab, als wäre ich der Heilige Gral.

Ihre Stimme wurde weicher, flehend. »Wie soll ich dir denn widerstehen? Sag es mir? Ich habe es versucht. Gott, wie ich es versucht habe, meine Gefühle zu unterdrücken. Aber es geht nicht! Mach Papa keine Vorwürfe. Ich kam zu ihm und habe ihn gefragt, was ich tun soll, und er hat gesagt, dass er mir helfen wird. Er hat gesagt, dass er mir zeigt, was dir gefallen wird. Nichts anderes hat er getan. Ich wollte es so. Weil ich DICH will. Bitte liebe mich!«

»Niemals!«, rief ich panisch aus, dann senkte ich meine Stimme und versuchte, ruhig auf sie einzureden. »Tanja, du bist meine Schwester. Ich bin nicht der Richtige für dich! Das ist falsch und absolut krank. Ich bin nicht dein Gegenpart! Es gibt dort draußen einen anderen Mann, der zu dir gehört, der nicht mit dir verwandt ist. Ich werde dir helfen und dir immer beistehen, Tanja. Ich werde dich nie fallen lassen! Das schwöre ich dir! Ich werde für dich da sein, so wie du unser Leben lang für mich da warst. Aber bitte … Leg. Die. Waffe. Weg«, flehte ich verzweifelt.

Sie schüttelte den Kopf. Ihre wirren Haare flogen umher. »Die Liebe macht keinen Halt vor dem Blut. DU bist der Mann, der zu mir gehört!«, zischte sie trotzig.

»Das hat alles er dir eingeredet, oder?«, flüsterte ich und richtete mich langsam auf. Sie bemerkte es und wich einen Schritt zurück. Presste das Eisen fester gegen ihre Schläfe. Sie würde doch nicht wirklich abdrücken, oder?

»Nein, hat er nicht. Ich habe dich schon immer geliebt. Ich will doch nicht viel von dir, Mason. Nur … nur deine Liebe. Ich brauche sie … bitte!«, schluchzte sie jetzt. Die Hand mit der Waffe fing an zu zittern. Ich versuchte, ruhig zu bleiben.

»Tanja, Süße, ich liebe dich doch! Du bist mein Zwilling. Du bist ein Teil von mir. Wir sind unweigerlich miteinander verbunden und werden es immer sein. Das ist mehr wert als jede Liebesbeziehung!« Ich schloss die Augen und schnaufte tief durch. Versuchte krampfhaft die richtigen Worte zu finden.

»Ich will aber mehr«, flüsterte sie kaum hörbar und vor allem trotzig. Ich öffnete meine Augen wieder, straffte mich und biss die Zähne zusammen. Ich betonte jedes einzelne Wort für sie, denn irgendwas in mir schnappte über.

»Du. Bist. Meine. Schwester. ABER du wirst *niemals* mehr sein!«

Ein kühler Ausdruck überzog ihre Augen. Auf einmal sah sie völlig klar aus und ihr Kiefer verhärtete sich. Überheblich schaute sie auf mich herab. Es war, als würde ich in mein eigenes Gesicht blicken. Ihr Körper spannte sich an und sie drückte den Lauf fester gegen ihre Schläfe. Das alles passierte innerhalb von Sekunden. Wichtigen Sekunden.

In denen ich hätte mehr tun sollen, als nur erstarrt dazustehen und nicht zu glauben, was soeben geschah.

»Dann gibt es keinen Grund mehr.« Als Nächstes drückte sie einfach ab, so, als wäre ihr Leben nichts wert, wenn ich sie nicht auf dieselbe Art liebte, wie sie es verlangte. Bis heute fühle ich in meinen Träumen die warmen Spritzer, die mich im Gesicht treffen.

***

Stunden später saß ich immer noch vor und zurück schaukelnd und unkontrolliert vor mich hin schluchzend neben ihr auf dem Boden. Ihren durchlöcherten Kopf auf meinem Schoß. Ihre starren Augen blickten leblos zu mir auf und ich streichelte ihr Gesicht – immer und immer wieder. Überall klebte ihr Blut und Gehirnmasse. Es stank und nur die Blitze des Unwetters draußen erhellten immer wieder das tragische Szenario.

So fand uns unsere Mutter. Ich höre immer noch ihre verzweifelten grellen Schreie.

Ein Kind tot. Eins kaputt.

Sie kam nie darüber hinweg.

Mein Vater kam ins Gefängnis. Ich hielt es zu Hause nicht mehr aus, schon allein, weil meine Mutter ständig Tanja in mir sah. Also zog ich zu Friedl. Ich machte ihr keinen Vorwurf, denn ich konnte mich selber auch nicht im Spiegel betrachten.

Mein Leben war im Arsch. Ich war im Arsch.

Die Schuld war mein ständiger Begleiter. Der Wahnsinn war der Dämon, der mich immer wieder drohte zu übermannen. Ich ließ ihn raus, indem ich die Wut auf meine Schwester auf anderen Frauen fokussierte. Indem ich sie genauso behandelte, wie mein Vater Tanja behandelt hatte. Obwohl ich nie so sein wollte.

Was hatte es mir gebracht, gut sein zu wollen und mich an die Regeln zu halten?

Eine tote Schwester.

Manchmal frage ich mich, ob ich Moral und Anstand hätte vergessen sollen und sie einfach hätte ficken sollen, um sie zu retten.

Ich verweigerte eine Therapie. Für was brauchte ich das schon? Die einzige Therapie, die mir half, war meine Musik. Durch sie ging es mir zeitweise besser. Durch sie konnte ich vergessen und verdrängen, also investierte ich darin meine gesamte Energie.

Aber komplett kam ich nie darüber hinweg. Niemals. Über so etwas Krankes kann man nicht hinwegkommen. Man kann nicht seinen Frieden finden, wenn man ständig diese grauenhaften Bilder vor Augen hat. Egal, ob man wach ist oder schläft. Sie lauern im Hinterkopf, und wenn sie dich übermannen, bist du hilflos immer und immer wieder in diesem Horror gefangen.

Und dann kam eine Frau in mein Leben.

Eine Frau, die mich alles um mich herum vergessen ließ. Die mir zeigte, wer ich wirklich bin und die mir bewies, dass es sehr wohl gut ist, sich an Regeln und Anstand zu halten.

Du hast mir gesagt, dass du mich liebst, und hast damit unvorbereitet meine Erde um die eigene Achse gedreht, denn du hast jene Worte benutzt, die in meinen Augen mein Leben zerstört haben. Du wolltest gehen und ich bin zusammengebrochen. Das, was ich mir all die Jahre nicht erlaubt habe, ist geschehen.

Ich war insgeheim dankbar für den neuen frischen Schmerz, der den alten dumpfen Schmerz überlagerte. Es zeigte mir, was nun wichtig ist in meinem Leben. Um was ich kämpfen muss. Mit einem Mal gab es nichts Wichtigeres, als dich und deine Gefühle. Nichts Wichtigeres, als dich zu halten und dir zu gefallen. Denn verflucht, ich WILL, dass du mich liebst und ich WILL deiner Liebe würdig sein. Ich WILL dich.

Und wenn ich etwas will, dann bekomme ich es verflucht noch mal auch!

Das ist alles, was ich sagen kann. Auch wenn Dinge passiert sind, die ich zutiefst bereue und die ich niemals vergessen werde, so habe ich nun etwas, das wichtiger ist als meine Vergangenheit.

Meine Zukunft.

Dich.«

Ich lächelte auf sie herab, als ich die letzten Worte sprach.

Sie schaute zu mir hoch und suchte fragend meinen

Blick. Ihre Augen waren angeschwollen und verschleiert. Tränen liefen über ihre bleichen Wangen herab und ich wischte jede einzelne mit meinem Daumen weg.

SHIT. Sie war so wunderschön. Die dunkelbraunen tiefen Augen, die mir bis auf die entblößte Seele blickten und sich kein bisschen ekelten. Alles, was ich in ihnen sah, war Mitgefühl und Trauer. Unendliche Anteilnahme und bedingungslose Liebe. Gefühle, von denen ich angenommen hatte, sie nicht zu verdienen. Denn ich hatte das alles schon einmal nicht zugelassen und meine Schwester war gestorben. Aber bei Hannah Obermeier lagen die Dinge anders. Bei ihr fühlte ich genauso und es war richtig. Bei ihr und bei keiner anderen.

Also sagte ich es. Wenn ich es jetzt nicht tat, könnte es zu spät sein. Das Leben ist eben eine von Gott verfluchte Schlampe und nimmt dir einfach weg, was du liebst, wenn du ihm nicht zuvorkommst.

»Ich liebe dich, Babe!« Die sanft ausgesprochenen Worte hallten in meinem Kopf wider und wider. Denn ich hatte sie noch nie gesagt, und doch fühlten sie sich nicht ungewohnt an. Sie fühlten sich ganz natürlich an, als sie von meinen Lippen fielen, weil mein Körper schon längst gewusst hatte, auf was mein Geist erst vor Kurzem gekommen war.

Ihre Augen wurden groß. Ihr Mund formte ein perfektes ›O‹ und ihre Hände erstarrten auf meiner Brust. Ich kicherte, denn es war witzig, wie ungläubig sie mich ansah. Bei all den irren Sachen, die ich ihr soeben erzählt hatte, glaubte sie mir ausgerechnet nicht, dass ich sie liebte.

Augen verdrehend schob ich meine Hand in ihre vollen Haare und massierte ihren Nacken.

»Du glaubst es mir nicht, hm?« Langsam drückte ich sie nach vorne und richtete mich etwas auf, bis unsere Lippen nur noch Millimeter weit voneinander entfernt waren. »Ich werde es dir zeigen!« Somit küsste ich sie mit allem, was ich zu bieten hatte. Mit Herz und Seele. Sie gehörten ihr.

CUT!

10. Closer

Kings of Leon- Closer

Mason Hunter liebte mich!

Mason Hunter – Superstar, Rotzrocker und Verführungskünstler – liebte mich!

ER LIEBTE MICH! MICH! MICH! MICH! MICH!

»OH GOTT!«, murmelte ich gegen seine weichen Lippen, als es mir klar wurde und ich vertiefte den Kuss. Krallte mich an seine Brust und schmiegte mich an den Mann, der mich liebte. An den neuen losgelösten Mann, den ich liebte und der mich liebte. Es war, als wäre eine zentnerschwere Last von seinen Schultern gefallen.

Er lachte gegen meine Lippen wegen meines Übermutes und drückte mich sanft mit seinem Körper zurück.

»Nicht so übermütig, Babe. Ich habe dir gesagt, ich werde es dir zeigen und nicht andersrum.« Somit wanderten seine Lippen zielsicher über meinen Mundwinkel zu meinem Kiefer bis zu meinem Ohr herauf.

»Wie kann ich so etwas Göttliches wie dich nicht lieben?«, flüsterte er samten und biss sanft in mein Ohrläppchen. Gemächlich saugte er daran, bis ich meinen Rücken durchbog, leise stöhnte, weil seine feuchte Zunge das Blut direkt zwischen meine Beine schickte, und meine Hände in seine chaotischen Haare krallte.

»Gott!«, war meine Antwort.

»Nein, Mason«, war seine.

Seine Lippen glitten saugend über die Seite meines Halses herab und hinterließen eine feuchte Spur. Ich zitterte, als er darüber blies und kicherte. Seine Hand strich über meine Taille bis zu dem Oberteil meines Kleides. Sanft liebkoste er mein Dekolleté, die Schwellung meiner Brüste. Schließlich zog er das Kleid nach unten und entblößte eine meiner steifen Brustwarzen. Gut, dass ich heute keinen BH trug. Während seine Hand sich mit dem ersten, nach ihm förmlich schreienden Nippel beschäftigte, befreite er auch den anderen und umkreiste ihn mit der Zunge, bevor er ihn in den Mund nahm und so lange daran saugte, bis ich mich unter ihm hin und her wand und mein Kopf sich drehte.

Zwischen meinen Schenkeln bahnte sich langsam aber sicher die Sintflut des Jahrhunderts an, und ich hatte Angst um den teuren samtigen Bezug der übergroßen Liegewiese. Doch ich konnte mich nicht dazu durchringen, ihm zu sagen, dass er aufhören sollte, denn er liebte mich und er zeigte mir seine Liebe mit jeder seiner Berührungen. Er küsste sich träge seinen Weg zur anderen Brust. Als er diese bearbeitete, hob er seinen Blick und schaute mir in die Augen.

»Magst du das, was du schmeckst?«, fragte ich sanft lächelnd und strich mit allen zehn Fingerspitzen durch seine seidigen Haare. Ein wunderbares schiefes Grinsen machte sich auf seinen rosa Lippen breit, und ich wäre fast allein von dem Anblick gekommen, wie seine Zunge hervorschnellte und über meine gekräuselte Haut strich, bevor er meine Brustwarze komplett und mit einem tiefen »Mhmm« in seinen Mund nahm, das durch meinen ganzen Körper vibrierte.

Seine Hand fuhr langsam über meine Seite herab und über die Außenseiten meiner sich aneinander reibenden Schenkel. Er ließ sich Zeit. Genoss meinen Körper in vollen Zügen, genauso wie ich seine Berührungen genoss. Wie von selbst öffnete ich meine Beine, als er über mein Knie strich, während er den brennenden Punkt, an dem ich ihn fühlen wollte, erstmals komplett ignorierte. Stattdessen beschäftigte er sich mit meinen Schenkeln. Glitt an der Innenseite links entlang bis ganz nach unten und dann wieder rechts über den anderen Schenkel bis zum Knie. Währenddessen saugte er fester an meiner Warze, bis sie hart wie Marmor war, und blies immer wieder dagegen, was köstliche Schauer über meinen Körper rieseln ließ.

Die Gefühle in mir wurden intensiver. Mein Bauch zog sich heftig zusammen, obwohl er mich zwischen den Beinen noch gar nicht berührt hatte. Ich wollte sein Gesicht zu mir hochziehen, um ihn zu küssen und ihn irgendwie dazu zu bringen, in mich einzudringen, doch er verharrte vehement an meiner Brust und fuhr mit seinen Fingern auch nicht dahin, wo ich ihn wollte.

Es war etwas frustrierend, denn ich merkte, dass ich sehr bald explodieren würde, aber ich wollte ihn dafür in mir. Bis zum Anschlag.

»Mason, bitte …«, wimmerte ich, als der Druck in meinem Inneren immer größer wurde und er auch noch seine Hand nach oben wandern ließ, um meine gesamte freie Brust zu massieren. Das fühlte sich genial an.

»Noch nicht«, murmelte er bestimmt gegen meine Brustwarze und zwirbelte die andere fest zwischen Daumen und Zeigefinger.

»BITTE!«, flehte ich, doch er zog nur eine markante Augenbraue hoch und grinste, während er jetzt an der einen Warze zupfte und über die andere fest und erbarmungslos seine Zungenspitze schnellen ließ. Er wollte mich so zum Orgasmus bringen, und wusste ganz genau, wie er das anstellen musste. Ich ergab mich meinem Schicksal.

»Oh … Ich liebe dich!«, rief ich aus, als die heftigen Wellen über mich hinweg schwappten und ich komplett in ihnen ertrank. Meine Finger krallten sich in seine Haare und meine Beine zitterten unkontrolliert. Einen Moment sah ich bunte Blitze vor meinen Augen tanzen und verlor mich fast in dem Hochgefühl des durch meinen Körper zuckenden Höhepunktes.

Als ich wieder klar denken konnte, war Mason schon zwischen meinen Beinen, und ehe ich mich auf die Ellbogen gekämpft hatte, um ihm zu sagen, wie gemein er sei, hatte er mir zwei Finger eingeführt und bog sie nach oben – drückte auf jenen magischen Punkt!

»Oh, du …« Ich ließ mich wieder nach hinten fallen. Keuchte immer noch aufgrund des alten Orgasmus' und fühlte schon das Kitzeln eines neuen. Das war doch verrückt.

»Du bist immer so feucht für mich. Ich liebe deinen Schlitz!«, stellte er fest und beobachtete fast schon hypnotisiert seine langen Finger, die er langsam rausgleiten ließ, nur um sie dann genauso langsam wieder in mich einzuführen. Die feuchten Geräusche hallten durch den Raum, ebenso wie mein heftiger Atem. Von oben hörte man das Dröhnen des Basses. Ansonsten nichts.

Langsam und sicher streichelte er meine inneren Muskeln, schaute dabei schamlos zu, als gäbe es nichts Schöneres für ihn auf dieser Welt, während ich mit dem Gedanken kämpfte, dass es WIRKLICH nichts Schöneres gab, als Masons erregten, düsteren Gesichtsausdruck, wenn er mit mir spielte. Sein Blick glitt zu mir nach oben und mein rasendes Herz blieb fast stehen, als er mich plötzlich anlächelte.

NICHT FRECH. NICHT LÜSTERN. SONDERN VERLIEBT!

»Ich liebe dich so verflucht heftig, dass ich Angst habe, du könntest dich vor meinen Augen auflösen und nichts weiter als ein schöner Traum gewesen sein. Aber wenn ich das hier schmecke, dann weiß ich, dass du real bist.« Somit beugte er sich herab und leckte genüsslich von unten nach oben zwischen meinen Falten entlang, drückte seine vollen Lippen auf mein blank rasiertes Fleisch, direkt auf den oberen Ansatz, und blickte mir dabei tief in die Augen. Mein Rücken bog sich durch und meine Hände schossen nach unten, krallten sich in seine Haare. Ich stemmte meine Füße auf seinem starken Rücken ab und ließ die Knie zur Seite fallen, damit er allen Zugang hatte, den er wollte.

Er stöhnte etwas stranguliert, als ich mich ihm so schamlos darbot. Aber wenn es um Mason ging, besaß ich keine falsche Scham mehr. Die hatte er mir in seinen Lektionen Stück für Stück abtrainiert.

»Ich bin echt! Und ich bin … dein«, keuchte ich und ruckte mit meinen Hüften nach oben, denn obwohl ich gerade einen phänomenalen Orgasmus gehabt hatte, so war ich schon wieder mehr als bereit für einen neuen.

»Deine Pussy ist rasiert. Ich kann ALLES sehen. Das ist so MHMMM!« Ich musste lachen und gleichzeitig stöhnen, was etwas komisch klang, als er seine vollen Lippen zwischen meine Schamlippen legte und das ›Mhmmm‹ durch mein empfindliches Fleisch vibrieren ließ. Er schmuste regelrecht mit meinem Intimbereich, was irgendwie witzig war, aber ich fühlte mich zu erregt und lusttrunken, um zu lachen.

Besonders, als er darauf wartete, dass ich ihm wieder in die Augen blickte, und ich mich auf die Ellbogen aufrichtete, um genau zuzusehen, wie seine rosa nasse Zunge über meine angeschwollene Klitoris leckte – das Nervenbündel von links nach rechts springen ließ. Ich verlor fast den Verstand und hob meine Hüften, kreiste sie im Einklang mit seiner Zunge und hielt seinen Kopf an den Haaren mit einer Hand umfasst. Er ließ sich von meinen Bewegungen leiten und leckte in meinem Rhythmus, ohne seine dunklen Augen nur für eine Sekunde von mir abzuwenden. Kein einziges Keuchen, kein einziger Biss auf meine Lippen, kein Senken meiner Lider entging ihm. Und er brachte mich erneut an den Rand des Wahnsinns. Ohne Ungeduld. Ohne Eile. Er genoss dabei jede Sekunde, genau wie ich. DAS war Liebe. Alles, was er wollte, war, dass ich mich gut fühlte und mein Gott, DAS schaffte er. Ich fühlte mich phänomenal, was sich noch steigerte, als ich sein Gesicht förmlich gegen meine triefend nasse Hitze presste, während ich erneut in meinem Orgasmus ertrank. Er stöhnte auch noch verlangend gegen meine pulsierende Haut und führte im letzten Moment, als die heftigen Wellen schon wieder abflauten, zwei Finger tief in mich ein, drückte fest zu und ließ mich sofort erneut explodieren.

Drei Orgasmen innerhalb einer halben Stunde, ohne auch nur das Geringste dafür zu verlangen. DAS war bedingungslose Liebe.

Danach krabbelte er selbstzufrieden lächelnd an meinem Körper herauf. Wie eine blöde dumme kleine Kuh lächelte ich benebelt zurück. Er küsste mich vorsichtig, als wäre ich zerbrechlich, und fuhr mit seiner Hand in meine Haare. Ich schmeckte mich selbst, doch ich war zu sehr mit dusselig

Lächeln und Zu-Atem-Kommen beschäftigt, um angeekelt zu sein. Mit zitternden Gliedmaßen krallte ich mich an ihm fest und zischte, als der kühle Reißverschluss seiner Jeans sich gegen meinen verausgabten Intimbereich drückte. Er hob seine Hüften an und verlagerte sie etwas, sodass ich ihn nicht mehr spürte, während seine Zunge mit meiner spielte und seine Hand in meinen Nacken fuhr, um mich dort sanft zu massieren. Ich liebte es, wenn er das tat. Das Massieren und das Küssen und das Atmen in meinen Mund und das leise Stöhnen und das Gefühl seiner Muskeln am Rücken, die ich mit meinen Fingern nachfuhr und mich mal wieder dämlich darüber freute, dass dieses einzigartige Exemplar von einem Mann MIR gehörte. Mir ganz allein, und das er MICH liebte! MICH ganz allein!

»Babe, ich kann nicht mehr warten. Du bekommst deine sechs Vorfickorgasmen ein anderes Mal!«

»Wie bitte?« Ich kicherte gegen seine Lippen, da fühlte ich schon, wie seine Knöchel verräterisch über mein angeschwollenes feuchtes Fleisch strichen, und japste nach Luft. Mit großen Augen schaute ich zu ihm hoch. Er grinste selbstsicher, überheblich und zwinkerte mir zu. Langsam strich seine Nase über meine.

»Jawohl, wir sind hier noch nicht fertig, Miss Obermeier. Noch lange nicht. Ich werde Sie jetzt mit allem Anstand, den ich aufbringen kann, lieben.« Somit fühlte ich seine Spitze an meinem Eingang. Er blickte mir in die Augen, als er sich langsam nach innen drückte – Stück für Stück – und zwischen jedem Zentimeter flüsterte er: »Ich. Liebe. Dich! Fühlst. Du. Das?«

Sobald er in mir war, rührte er sich nicht mehr, füllte mich aber heftig aus. Automatisch bewegte ich wimmernd meine Hüften. Wollte mehr. Wollte alles. Er hatte nur darauf gewartet, dass ich ihm das Tempo vorgab, und begann nun, sich langsam im Einklang mit mir zu bewegen. Zwischendurch ließ er sein glattes Becken über meinen neuerdings auch glatten Intimbereich kreisen und reizte einfach ALLES. Innen sowie außen.

DAS WAR GUT!

»Ja, wenn wir beide rasiert sind, ist es viel intensiver.« Er küsste mich sanft und drückte sich fester gegen mich. Meine Hände strichen über seinen Rücken und schoben den störenden Stoff langsam nach oben. Ich wollte so viel nackte Haut wie möglich, wollte, dass seine Brust über meine Brustwarzen rieb. Er erahnte es natürlich und richtete sich auf, um sich mit einer Hand sein Shirt über den Kopf zu zerren. Anschließend fuhr er mit einer Hand an meiner Seite herab, während er sich mit der anderen abstützte und jede Regung meines Gesichtes beobachte, über meinen Schenkel bis zu meinem Knie. Er hob es an, spreizte mein Bein und hielt es an Ort und Stelle, sodass er in einem anderen, weitaus tieferen Winkel in mich stoßen konnte. Wo sein phänomenaler Zauberstab genau gegen meinen inneren Zauberpunkt drückte.

Innerlich starb ich tausend Tode.

»Oh GOTT!« Nur er wusste so genau, wie er mir Genuss verschaffen konnte. Nur er konnte mich dabei so ansehen, als würde er mir bis auf den Grund meiner Seele blicken. Nur er brachte mein Herz zum Flattern und meine Gliedmaßen zum Zittern. Ich hob mein anderes Bein. Strich mit meinem nackten glatten Unterschenkel über seine Rückseite und seinen göttlichen Hintern. Fühlte die Muskeln, die sich anspannten und entspannten, und spürte fast schon ängstlich, wie das mittlerweile zu bekannte süße Gefühl mich durchflutete. Es wurde von Sekunde zu Sekunde intensiver. Ich konnte doch nicht schon wieder …

Er grinste wissend.

Oh ja! ER würde mir auf jeden Fall noch einen Orgasmus bescheren und ich hatte Angst davor. Denn es fühlte sich schon jetzt so überwältigend an.

Vier Orgasmen in einer halben Stunde und zehn Minuten und kein Ende in Sicht.

»Nur du, Mason«, war alles, was mir dazu einfiel. Ich umfing sein wunderschönes erregtes Gesicht mit beiden Händen und zog ihn zu mir runter. Sobald seine Zunge auf meine traf und er sie umspielte, war es zu spät und mein vierter Orgasmus überfiel mich hinterlistig. Katapultierte mich in die Schwerelosigkeit und raubte mir den Atem.

Ich krallte mich mit allem, was ich hatte, an den Mann, den ich liebte und der mir seine Liebe mit seinem schwitzenden Körper bewies, indem er nicht aufhörte … NEIN!

Denn er liebte mich nicht nur bedingungslos, er war auch noch verrückt!

Mitten unter meinem Gezucke löste er sich von mir und ich fühlte nur noch Luftwirbel, als er mich herumdrehte. Um mein Leben keuchend lag ich plötzlich auf dem Bauch auf dem weichen Samtstoff und versuchte, mir die wirren Haare aus dem Gesicht zu schütteln, als ich hinter mir Geraschel und Gefluche hörte. Dann spürte ich eine Hand auf mir. Mason zog an meinem Reißverschluss und schälte mich mit einer gekonnten Bewegung aus meinem Kleid, sodass ich mit einem Mal komplett nackt war.

»Mason, ich glaub, ich kann nicht … mehr!«, stammelte ich, immer noch nach Luft ringend und am ganzen Körper bebend. Da war er schon auf mir, ebenso nackt wie ich und heiß. »Okay, ich kann doch!« Ich seufzte ergeben und schmiegte mich an seine harten Muskeln. Meinen Rücken an seine Brust und meinen Hintern an seine harte, sehr harte Erregung, die sich zwischen meine Backen drückte.

»Ich weiß, dass du kannst. Du kannst IMMER«, murmelte er direkt an meinem Ohr und strich mir die Haare über die Schulter, um meinen Nacken zu küssen. Ich erschauerte hart, doch er wanderte schon wieder über meinen Körper, zog eine feuchte Spur über meine Wirbelsäule nach unten, bis er beide Backen küsste. Dann fuhr auch schon ein Oberarm unter mich und umfasste mich mit stahlhartem Griff am Bauch. Er hob mich ein wenig an, hielt mich aber komplett, sodass ich mich einfach nur hängen lassen konnte, denn ich war fertig mit der Welt und das wusste er. Zum Glück war er kräftig genug und mein Gewicht schien ihm nichts auszumachen, als er ansetzte und erneut in mich eindrang.

Langsam und mit einem tiefen »Mhmm«!

Es war schier unmöglich, aber ich war schon wieder so weit, allein aufgrund dieses Tons und des Gefühls, wie tief er sich jetzt in mich schob.

Er würde heute wirklich noch mein Tod sein, aber wenn er seinen Geburtstag so verbringen wollte, dann würde ich mich von ihm von einem Orgasmus zum nächsten lieben lassen. Ein besseres Geschenk konnte ich ihm zum gegenwärtigen Zeitpunkt nicht machen, ebenso wenig wie er mir. Also spannte ich meine beanspruchten innerlichen Muskeln für ihn an und brachte ihn zum Zischen. Insgeheim hoffte ich, dass er zum allabendlichen Kuscheln übergehen würde, sobald er seinen Orgasmus hatte, weshalb ich ihm träge mit meinen Backen entgegenkam und mich erneute anspannte.

»Glaubst du, dass ich aufhören werde, dich zu lieben, wenn du mich einmal abmelkst?«, fragte er auch noch spöttisch und zog sich aus mir raus. Konnte er etwa meine Gedanken lesen? »Außerdem kann ich dich auch zum Kommen bringen, ohne dass ich in dir bin!« Somit hatte er seine schwere Erektion genommen und mir mit seiner prallen Spitze auf die Klitoris geklatscht.

Ich schwöre bei Gott. Der Schrei, der mir entkam, als ich erneut aus dem puren Nichts explodierte, war sicher noch bis zur Raumstation ISS zu hören.

Das war zu viel. Zu viel Himmel auf einmal. Zu viele Orgasmen in zu kurzer Zeit. Zu viel liebender Mason.

Ich wurde ohnmächtig.

***

Als ich wieder zu mir kam, zog mich Mason gerade in seine nackten verschwitzten Arme und strich mir die klebrigen Haare aus dem Gesicht. Ich musste schrecklich aussehen, aber das war mir egal. Blinzelnd sah ich zu ihm hoch.

»Babe, alles klar?«, fragte er besorgt.

»Jaaaa«, nuschelte ich, als wäre ich betrunken, aber auf gewisse Weise war ich das auch. Ich hatte jetzt vier, fünf, sechs Orgasmen à la Mason intus und die diesbezügliche Promillegrenze weit überschritten.

»Ich habe dich tatsächlich besinnungslos gefickt, yeah!«, freute er sich auch noch und beugte sich vor, um mit seinen Lippen sanft über meine zu streichen.

»Ja«, murmelte ich und schloss meine Augen. Das war doch alles viel zu anstrengend, das ganze Augenaufhalten und so.

»Bist du betrunken?« Er kicherte.

»Ja, von dir. Einfach zu viel Orgasmus à la Mason« nuschelte ich, beugte mich vor und vergrub mein erhitztes Gesicht an seiner glitschigen duftenden Brust, die zitterte, weil er lachte.

Schlaf und Masons Brust, das war alles, was ich jetzt brauchte, da fiel mir etwas ein und ich schoss noch mal mit den letzten Kraftreserven nach oben.

»Oh!«

»Was?« Mason schmunzelte mich amüsiert an und strich mir ein paar widerspenstige Strähnen aus dem Gesicht.

»Du … du bist noch gar nicht … gekommen«, sagte ich und wollte nach unten greifen, doch er fing meine Hand ab und zog sie nach oben, um meine Knöchel zu küssen.

»Es war nie die Rede davon, dass ich kommen werde. Es ging hier nur um dich, Hannah. Das war nur für dich und es wäre noch die ganze Nacht so weitergegangen, aber ich will nicht, dass du an einem Orgasmus à la Mason verreckst«, murmelte er sanft, grinste aber schon wieder zum Ende hin. Sicher stellte er sich vor, wie ich mitten unter einem von ihm herbeigeführten Orgasmus vor Überreizung starb, und streichelte sein Ego dabei. Ich sah schon den Grabstein vor mir: ›Prüdella an Überreizung durch Rotzi gestorben.‹

Super!

»Aber du …«, wollte ich protestieren, denn das musste doch wehtun, aber er legte nur den Zeigefinger auf meine Lippen und schüttelte den Kopf.

»Ich bin unwichtig. Leg dich hin und schlaf. Du bist offiziell totgeliebt.« Zwar wollte ich ihm widersprechen, dass er alles andere als unwichtig war und dass er sich zum Mittelpunkt meines Universums entwickelt hatte, doch ich konnte ganz ehrlich nicht widerstehen, denn sobald er mein Gesicht an seine Brust gedrückt hatte, schlossen sich meine Augen wie von selbst und mit einem letzten tiefen Seufzen schlief ich tatsächlich ein.

CUT!

11. Stand by me

Ben. E. King

Shit!

Ich liebte sie. Sie liebte mich.

Obwohl ich ihr alles erzählt hatte, und ich gedacht hatte, dann würde meine Welt untergehen, war ich erleichtert. Endlich war es raus und ich ein befreiter geiler Scheißer! Ich war glücklich. Sie war glücklich.

Wir sprachen nicht nur einmal über meine Vergangenheit, denn seitdem der Knoten einmal geplatzt war, ging es viel leichter, und mit jedem Wort konnte ich befreiter durchatmen. Ich konnte meine Schuld ablegen und loslassen. Ich konnte den Gedanken annehmen, dass man an dem Schicksal und dem Tod nichts ändern kann. Statt mich selbst zu foltern, wenn ich an Tanja dachte, fing ich an, mich an die schönen Zeiten mit ihr zu erinnern und dafür dankbar zu sein. Mittlerweile ertappte ich mich sogar dabei, Hannah irgendeine Erinnerung zu erzählen, wenn sie mir im Bezug auf Tanja in den Sinn kam und mich dabei nicht mehr todtraurig, sondern … glücklich zu fühlen.

Wir reden auch viel über uns im Allgemeinen, was wir

uns wünschten, wovor wir Angst hatten … Die Tage flogen nur so an uns vorbei. Sie waren gefüllt mit Vorbereitungen für meine Tour, Vorbereitungen für das Angi-Treffen, Presseterminen, Interviewterminen, PR-Aktionen, Gesprächen mit Prüdella und viel, viel, viel, viel heißem, unglaublichem, weltbewegendem, kopfwegfegendem, lautstarkem – bis den Nachbarn die Ohren klingelten – Sex. Es war schlichtweg der verfluchte Wahnsinn, der alles bis dahin Dagewesene wegbähmte.

Trotz unserer Unterschiede ergänzten wir uns perfekt und genossen unsere Zeit in vollen Zügen – was wir uns auch verdient hatten nach dem ganzen Scheiß.

Sie bekämpfte wie ein Ninja mit mir die Schatten meiner Vergangenheit und ich lehnte mich einfach nur zurück und genoss das kleine von mir erschaffene Sexmonster, das nicht genug von meinem Schwanz bekam – und darauf war ich verdammt nochmal stolz. War ja schließlich auch hartes Stück Arbeit meinerseits gewesen, einer schrulligen Anstandsdame den Stock aus dem Arsch zu ziehen. Aber wenn ich sie mir so ansah, wie sie jetzt war. Süß, anschmiegsam … und gleichzeitig streng und verschissen heiß, dann hatte es sich gelohnt. Kein Wunder bei diesem erstklassigen Hinterteil.

Doch uns lief die Zeit davon, denn die restlichen Wochen verflogen verflucht noch mal zu rasant.

Viel zu schnell musste ich mich mit dem Gedanken anfreunden, sie vielleicht gehen zu lassen – was mir natürlich sehr schwerfiel. Ich brauchte sie wie die Luft zum Atmen; mein Schwanz brauchte sie, um unter Kontrolle zu bleiben. Ja, sogar meine Kampfechsen brauchten sie mittlerweile. Doch meine kleine süße Versuchung, mein ganz persönliches Groupie, hatte mir immer noch nicht mitgeteilt, ob sie mit mir auf Tour gehen oder hier in Deutschland versauern würde.

Das war der einzige Punkt, der mich nervte. Okay, im Grunde sogar ankotze.

Tierisch!

Sie musste ja einen auf Superweib machen. Von wegen, *›Ich muss mir mein eigenes Standbein aufbauen, Mason und meine beruflichen Wünsche verwirklichen, Mason – auch wenn ich einen Mann habe, dessen Arsch allein schon ein paar Millionen wert ist und ich eigentlich nie wieder arbeiten gehen müsste.‹* Na gut, ich stand drauf, dass sie nicht nur hinter meiner Kohle her war und niemals einen auf Schickimicki machen würde. Aber wenn das bedeutete, dass wir und bald trennen müssten, dann würde ich ihr alles, was ich besaß, in ihren kleinen, sexy Arsch reinschieben.

Okay, das war nicht der einzige Punkt, der mich im Moment nervte. Momentan stand ich vor dem großen Spiegel in meinem Zimmer und bekam diese dumme, scheiß Krawatte einfach nicht zu. Die schnürte einem doch die Luft ab, verflucht, und man brach sich halb die Pfoten, um dieses Ding irgendwie ansehnlich hinzukriegen! Das nervte mich noch viel mehr. Wie ein Blöder fummelte ich fluchend herum, doch der Knoten sah aus wie ein Haufen Scheiße.

»Wer hat eigentlich diesen Mist erfunden? Das können nur Frauen gewesen sein! FRAU! Erledige deine Aufgabe und binde mir die Krawatte, verflucht noch mal!«, rief ich also genervt durch den Flur ins Bad.

Sie streckte ihren Kopf aus der Tür und brüllte zurück. »GLEICH!« Mit einem leisen Kichern kam sie kurz darauf zu mir und mir stockte fast der Atem.

Sie sah unfassbar aus. Das schwarze elegante Kleid schmiegte sich perfekt an ihren grazilen Körper, verhüllte nur eine Schulter und war mit glitzernden dunkelblauen Smaragden geschmückt, die wie Sterne am Nachthimmel schimmerten. WOW! Jede gekonnt in Szene gesetzte Rundung lockte meine Finger dazu, sich an ihr zu berauschen und sie zu verschlingen und zu verehren, aber wir hatten keine Zeit für ein kleines oder großes tête-à-tête. Also beließ ich es bei einem langgezogenem »WOOOOOOOOW« und erlaubte mir lediglich, eine Strähne ihrer glänzenden, *offenen* Locken hinter ihr Ohr zu klemmen, während ich meinen bewundernden Blick von unten nach oben über ihren traumhaften Körper schweifen ließ. Allerdings ließ ich es mir nicht nehmen, beiläufig ihre kleinen, süßen Titten zu streifen.

Sie errötete ein wenig, verdrehte aber die Augen, bevor sie mich ruckartig an sich zog und meinen Blickfick abrupt beendete. Mit fachmännischen Prüdella-Griffen begann sie, meine Krawatte zu knoten.

»Selber wow, Mister Hunter!« Absolut bezaubernd lächelte sie zu mir auf, tätschelte mit der flachen Hand meine Brust, als sie fertig war, und strich anschließend über meine Schultern und die Ärmel meines Jacketts herab, um imaginäre Fusseln zu entfernen.

»Gott, mach weiter und ich lege dich gleich hier und jetzt noch flach!«

»Bist du sehr aufgeregt?«, fragte sie beiläufig, so als wüsste sie nicht, was sie bei mir mit ihrem Gefummel anrichtete, und fuhr mit ihren Fingern noch durch meine Haare. Versuchte zu retten, was zu retten war, denn ich hatte mich vehement dagegen gewehrt, zum Frisör zu gehen. Sie durfte mich in einen Anzug stecken, in dem mein Monsterschwanz sogar genug Spielraum hatte, weil er maßgefertigt war. Sie durfte mich zwingen, ungemütliche Scheißerschuhe zu tragen, die glänzten wie eine Fettbemme – meine Fresse, was würde ich jetzt für meine ausgetretenen Boots tun. Sie durfte sogar verlangen, dass ich Unterwäsche anzog. Aber bei meinen Haaren hörte der Spaß auf. Als hätte ich mir für Angi einen biederen Kurzhaarschnitt schneiden lassen, nicht zu vergessen mit einer Tonne Haargel und Seitenscheitel. Ach ja, *Angi* durfte ich natürlich auch nicht sagen. In der Tasche meines dunkelgrauen Jacketts hatte ich hinter der Rotzfahne für Notfälle sogar einen Spickzettel stecken, falls mir entfallen sollte, wie und über was man mit hohen Tieren redete, ohne irgendeinen Mist von sich zu geben. Aber Hannah hatte mir versichert, dass ich diesen nicht brauchen würde. So sehr, wie sie mir vertraute, musste sie mich wirklich lieben.

»Wieso sollte ich wegen der lebenden Fossilien aufgeregt sein? Sie sollten aufgeregt sein und darauf hoffen, dass ich ihnen nicht ordentlich mein ungeschöntes Gedankengut an den Kopf pfeffere, über das tolle Deutschland und ihre Politik geige! Wenn ich schon mal da bin«, antwortete ich locker und trat einen Schritt zurück »Und jetzt hör auf, in meinen Haaren herumzufummeln. Das macht mich nur an!« Wissend grinste sie mich an, das kleine Luder.

»Dich macht es ja sogar an, wenn ich deinen Zehennagel anfasse!« Da hatte sie verdammt recht, aber egal! Sie lachte und schob mich in Richtung Wohnbereich, wo wir darauf warten würden, dass uns die Limousine holte, um uns zu meinem großen ›Auftritt‹ zu kutschieren. Ich wusste echt nicht, wieso ich mir das eigentlich antat, aber dann fiel mir meine Mama und das verfluchte Konzert zu Silvester am Brandenburger Tor ein, das von diesem Termin abhing, und ich stellte mich einfach schon mal darauf ein, zu schleimen, was das Zeug hielt.

Shit! Ich könnte jetzt ein Bier vertragen! Hannah hakte sich bei mir ein, als wir die Treppen nach unten gingen, denn ihre High Heels waren verdammt hoch und verflucht sexy! Besser als diese grausamen Korkteile, die einem echt alles abgewöhnen konnten. Ich hatte sie ihr gekauft und ihr weisgemacht, es wären Glücksschuhe für mich, also tat sie mir den Gefallen, sie heute zu tragen, auch wenn sie mich irrsinnig anmachten.

»Ich werde in diesen Schuhen sterben! Die können nur Männer erfunden haben!«, murmelte sie mir zu, als ich sie auf einen der Hocker an der Küchenzeile setzte, und ich verzog mürrisch mein Gesicht.

»Dafür werde ich mit dieser Krawatte sterben!« Genervt steckte ich meinen Zeigefinger zwischen Hals und Kragen und versuchte, mir Luft zum Atmen zu verschaffen, doch sie biss sich bei dieser Bewegung auf die Lippe. Unverhofft packte sie mich mit der Faust an der Krawatte und zog mich zwischen ihre langen Beine, die sich wie das Tor zum Glück für mich öffneten. Ich gab ein stranguliertes Geräusch von mir, als sie mit ihrer kleinen Zunge über mein Ohr leckte. Dieses kleine Luder wusste genau, was sie machen musste, damit ich ihr zuhörte. Sie hatte wirklich viel gelernt.

Ihre Lippen streiften mein Ohrläppchen, als sie sanft flüsterte: »Ich finde es wahnsinnig sexy, wenn Sie einen Anzug tragen, Mister Hunter. Darin sehen Sie so mächtig und weltmännisch aus, so, als könnten Sie mit allem fertig werden.« Ich erschauerte, während der kleine Teufel im Prüdellakostüm seine Hüften bewegte und sie ihre sicherlich feuchte Mitte als Bekräftigung ihrer Worte gegen meinen halbsteifen Schwanz drückte.

»Shit!«, fluchte ich und umfasste mit einem Arm ihre

Taille, um sie fester gegen an zu drücken, was ihr ein leises kaum zu hörendes, aber SO heißes Stöhnen entlockte. Wie von selbst fanden meine Lippen ihren Kiefer und ihren Hals. Wie von selbst bog sie ihren Kopf leicht, hielt mich aber immer noch an der Krawatte fest, als sie mir Zugang zu ihrer makellosen cremigen Haut verschaffte.

»Fünf Minuten haben wir noch. Daraus kann man viel machen«, murmelte ich und fühlte, wie sich ihre andere Hand unter mein Jackett kämpfte und mich an der Hüfte gegen sich presste.

»Wir werden aussehen wie zwei Vogelscheuchen, Mason!« Halb stöhnte sie, halb warnte sie mich. Doch gleichzeitig zog sie mich an der Krawatte näher und ihre süßen rot geschminkten Lippen kamen meinen gefährlich nahe, doch im letzten Moment drehte sie ihren Kopf weg. Natürlich darauf bedacht, das Gesamtbild jetzt bloß nicht zu zerstören. Ich gluckste in ihren Mund, denn ihr Geist wollte mal wieder etwas anderes als ihr Körper, und umfasste eine ihrer Titten, knetete sie sanft und genoss das laute, schamlose Stöhnen, das durch das Wohnzimmer hallte. SHIT, wenn sie so weiter machte, würde ich wirklich gleich ihr Höschen zur Seite schieben, das sich gegen die Vorderseite meiner Anzughose drückte, meinen Reißverschluss runterziehen und …

Ihre Hand legte sich zwischen meine Beine.

Jegliche Gedankengänge wurden unterbrochen, als sie anfing, an meinem mittlerweile schmerzhaft steifen

Schwanz nach oben und nach unten zu reiben.

»Du kleines Biest, du willst, dass ich in meine Hose komme, oder?«, presste ich zwischen den Zähnen hervor, bevor sie den Druck verstärkte und stöhnte, weil sie genau fühlte, wie hart ich schon für sie war.

»Glaubst du, ich würde das schaffen?«, fragte sie auch noch absolut unschuldig und ich sog scharf die Luft ein, als sie meinen Hals attackierte und plötzlich die Oberhand hatte.

Sie war der Wahnsinn!

Und ich hatte das aus ihr gemacht!

»Ganz sicher. Verflucht, Hannah, ich liebe dich.« Das musste einfach raus. Tief stöhnend beugte ich meinen Kopf und umfasste ihr zartes Gesicht, um sie hungrig zu küssen, denn ich wollte sie schmecken.

Ein Räuspern hinter uns löste den Nebel in meinem Kopf langsam, aber sicher auf, und Hannah nahm schockiert ihre Hand von meinem Schwanz. Genervt drehte ich mich leicht, blieb aber zwischen ihren Beinen stehen und hielt weiterhin ihr Gesicht zwischen meinen Handflächen, als ich Angela erblickte, die etwas abseits stand und uns mit verengten Augen ansah.

»Was?«, zischte ich sie an, über alle Maßen genervt, dass sie uns jetzt unterbrochen hatte. Diese kleine miese SCHLAMPE!

Angela zog eine Augenbraue nach oben. Von ihrem überheblichen Blick wurde mir von einem Moment auf den anderen schlecht.

»Miss Hauptmeier«, säuselte Angela, denn sie fickte nicht mehr mit meinem Babe und verhielt sich professionell, seitdem sie sich ein paar Mal den heftigsten Text ihres Lebens hatte von ihr anhören müssen. »Ich denke, Sie haben Ihre Ohrringe vergessen.«

»Oh!« Hannah fasste sich an die Ohren. »Wie dumm. Ich komme gleich.« Schon schlüpfte sie an mir vorbei vom Hocker und rannte nach oben.

Ich seufzte und schaute auf die verfluchte Rolex an meinem Handgelenk – in drei Minuten müsste die Limousine kommen –, da fühlte ich immer noch Angelas Blick auf mir. Langsam glitt mein Augenmerk von der Uhr nach oben und blieb direkt an Angelas fieser Fratze hängen.

»Was willst du?«, fragte ich genervt, schob meine Hände in die Hosentaschen und sah sie ziemlich angriffslustig an.

»Dich!« *Oh, mal was ganz Neues!*

»Das hatten wir doch schon geklärt, als du den ersten Tag hierher gekommen bist. Ich bin mit Hannah zusammen und somit nicht mehr verfügbar, also lass den Scheiß gefälligst!«

»Sag mal …«, säuselte sie plötzlich und ging auf mich zu. Ich streckte meine Hand aus, um sie aufzuhalten. Es interessierte sie aber nicht und sie berührte meinen Arm, strich über meinen Bizeps, doch ich schlug ihre Hand weg. Ein ungutes Gefühl beschlich mich. »Hast du das letzte Mal im Keller eigentlich vergessen?«

KLAR! Dass sie damit anfangen musste.

»Hätte ich gerne!« Verfluchte Scheiße! Ich drehte mich um, ging zur offenen Terrassentür, zündete mir eine Kippe an und zog kraftvoll daran. Den verfluchten Scheiß brauchte ich jetzt.

»Was würde eigentlich dein kleiner Anstandsbrocken dazu sagen, wenn sie wüsste, was da zwischen uns passiert ist? Wie ich mittlerweile herausgefunden habe, hattet ihr da schon angebandelt. Und du warst soooo böse, Mason!«

JETZT schnippte ich meine Kippe weg und drehte mich mit Schwung zu ihr um, bevor ich ihr Kinn packte. »NICHTS wird sie dazu sagen! Weil sie es nie erfahren wird!«, zischte ich klipp und klar.

»Denkst du?«, säuselte Angela immer noch so freundlich, als würden wir uns übers Wetter unterhalten, und holte ihr Handy aus der hinteren Tasche ihrer knallengen schwarzen Hose.

Ich verengte meine Augen. »Was soll der ganze Scheiß bringen? Sie wird dir nie glauben!«

Doch Angela lächelte nur breit, starrte ihr Handy an und drückte dann einen Knopf. Ich erstarrte, als ich hörte, was sie mir vorspielte, denn das hatte ich schon komplett vergessen. Verflucht, was hatte ich getan?!

»Weißt du eigentlich, wie verflucht beschissen ich mich gerade wegen dir fühle? Ich habe Angela, oder wie die Schlampe auch immer heißt, zwei Mal gefickt. Und wenn

ich sage FICKEN, dann meine ich FICKEN. HARTES FICKEN! Nicht den rosaroten Blümchenscheiß, den ich mit dir mache! Hartes hemmungsloses VÖGELN, OKAY?«

Ich war im Arsch!

»SHIT! MACH DAS AUS!«, rief ich, als ich meine Stimme erkannte, und wollte ihr das Handy aus den Krallen fischen, doch sie war schneller und sprang lachend einen Schritt zurück.

»Aber Mason Mäuschen. Reg dich doch nicht so auf. Das ist nicht gut für deinen Blutdruck!«, erwiderte sie kichernd und ich verfluchte die dummen Tasten auf meinem Telefon. Anscheinend hatte ich gewählte Nummern angerufen und nicht angenommen, und war somit geradewegs bei der kleinen Schlampe hier gelandet! Jetzt war alles klar! Deswegen hatte Hannah die Nachricht auch nie bekommen! Nein! Ich hatte Angela auf den verfluchten Anrufbeantworter gelabert! So eine Fuckscheiße!

Fuck!

Fuck!

Fuck!

Meine Hände ballten sich zu Fäusten, ansonsten hätte ich sie gewürgt, wie Homer Simpson das immer so gern mit Bart machte. »WAS. WILLST. DU?«, fragte ich, um Beherrschung ringend.

Sie lächelte breit und zeigte mir ihre perfekten weißen Zähne. »Das hab ich doch schon gesagt. Ich würde vorschlagen, in drei Tagen, wenn wir nach Amerika fliegen, lässt du dein dummes Babe hier. Ansonsten wird sie das hier zu hören bekommen, und das wollen wir ja nicht, oder?«

»Glaubst du etwa, ich lasse mich von DIR erpressen?«, knurrte ich, da hörten wir schon die langsamen Schritte von meinem Babe.

»Entweder das oder du wirst sie komplett verlieren. So was lässt Hannah Hauptmeier nicht durchgehen«, flüsterte mir Angela noch zu, tätschelte mir den Arm und ging mit hin und her schwingenden Pferdeschwanz in ihrem schwarzen, perfekt sitzendem Hosenanzug schon mal nach draußen. Verfickte Scheiße! Vollkommen paralysiert starrte ich ihr hinterher, bis Hannahs Stimme mich aus meiner Trance riss und ich mich zur Treppe umdrehte.

»Ich konnte mich nicht entscheiden.« Hannah lächelte süß, als ich ihr die letzten Stufen herunterhalf und die Ohrringe begutachtete, die ich ihr vor einer Woche gekauft hatte. Zwei schwarze funkelnde Katzen aus vielen winzigen Diamanten.

»Hervorragende Wahl, Miss Obermeier«, lobte ich und gab ihr einen Kuss unters Ohr, versuchte mir, verflucht noch mal, nichts anmerken zu lassen, denn das wäre nicht ratsam gewesen, und geleitete sie nach draußen, wo die Limousine mit Friedl und Max schon auf uns wartete. Als ich das Haus absperrte, schaute ich noch mal Angela mit einem absoluten Mörderblick an, der ihr genau sagte, was mir gerade durch den Kopf ging. Sie schmunzelte lediglich, denn sie wusste genau, dass sie mich in der verfluchten Hand hatte.

Während der Fahrt spielte ich mit Hannahs Fingern und genoss das intime Gefühl ihrer Nähe, während ich nach draußen blickte und es in meinem Kopf ratterte. Was sollte ich jetzt verfickt noch mal tun? Friedl saß entspannt uns gegenüber, doch Max schossen die Schweißperlen aus der Stirn. Hannah unterhielt sich währenddessen locker mit Friedl. Sie dachte wohl, ich wäre wegen des Merkel-Scheiß' aufgeregt, doch in Wirklichkeit war ich mit meinen Gedanken woanders und schaute blicklos aus dem Fenster – viel zu geschockt von der Erpressung. Wie konnten sich die Dinge nur so schnell wenden?

Angela war zwar eine dumme Schlampe, aber sie war eine dumme Schlampe, die wusste, wie sie alles zerstören konnte, was mir am Herzen lag – meine Prüdella. Ich hatte das damals einfach unter den Teppich kehren wollen, weil es für mich keinerlei Bedeutung gehabt hatte. Aber für Hannah würde es Bedeutung haben, schließlich hatte ich ihr versprochen, keine anderen Frauen mehr zu vögeln. Was war ich nur für ein verschissener Wichser?!

Ich wollte sie nicht enttäuschen und ihr wehtun, aber mir wurde klar, dass, egal was ich tun würde, ich nicht in der Lage wäre, es zu verhindern.

Genialer Scheiß! Ehrlich!

Typisch Mason Hunter, der die Frauen benutzt, verschleißt und dann wegwirft wie Dreck. Der sie zerstört.

Aber doch nicht Hannah, das hatte ich mir geschworen.

Als wir vor dem teuren Nobelhotelschuppen hielten, war ich immer noch zu keinem Entschluss gekommen, stieg im Zombiemodus aus und ging – nach wie vor grübelnd, was ich tun könnte – rein.

Hannah gab mir noch mal letzte Instruktionen und sagte mir, dass ich mir keine Sorgen machen bräuchte und sie so oder so stolz auf mich wäre, bevor wir, umringt von unzähligen Paparazzi und unseren Personenschützern, den großen Saal betraten und auf die Bundeskanzlerin trafen. Klein und schildkrötig stand sie vor mir und grinste mich mit diesem leicht dussligen Grinsen an. *Oh Shit, die alte Schachtel steht auf mich, ich könnte kotzen.*

»Einen schönen guten Tag, hübsche Dame!« Ich fühlte einen Tritt von Hannah gegen meine Waden, doch ich redete einfach weiter. »Mein Name ist Mason Hunter und es ist mir eine Ehre, Sie kennenzulernen!« Ich kramte mein charmantestes Lächeln hervor und gab der alten Schabrake mit dem Krapfengesicht einen WIRKLICHEN Handkuss, woraufhin sie knallrot wurde und irgendwas davon stammelte, wie froh sie doch sei, drei richtige Rocker zu treffen, und dass wir so viel für Deutschland getan hätten. Wie auch immer. Sie erzählte, dass sie früher ein Rebell gewesen sei, woraufhin ich mir dachte: *Jaja, hinter deinem Schreibtisch, oder was?* Ich konnte Sex, Drugs and Rock´n´Roll nur schwer mit ihr in Verbindung bringen – und wollte es auch gar nicht.

Hannah hielt sich im Hintergrund, wurde aber auch von den Politikern und wichtigen Scheißern begrüßt, womit sie wohl nicht gerechnet hatte. Als wir am Tisch Platz nahmen – mein Babe neben mir –, rückte ich ihr den Stuhl zurecht, ehe ich es bei der Merkel tat. Ganz wie ein Meister-Ober-Gentleman. Dann aßen wir unter den Augen der Fotografen irgendeinen Scheiß und machten verfickten Smalltalk. Dabei nahm ich nur selten den Blick vom Merkelchen und benutzte sogar das richtige Besteck. Von außen nach innen. Ich drückte selbst den Rücken durch und stellte die Füße genau nebeneinander auf den Boden. Mir taten schon die Waden weh und ich bekam Krämpfe. Wer sitzt schon so da? Das tut weh wie Sau! Ich hatte weder die Ellbogen auf dem Tisch noch fasste ich mir in die Haare, obwohl meine Kopfhaut gerade wie verrückt juckte. Ich belud auch meine Gabel nicht mit Monsterbissen und führte die Hand zum Mund. Nicht den Mund zur Hand. Ich schenkte jedem Trinken nach und riss das Brot in Stücke, tunkte es nicht in die Vorspeisensuppe und schlürfte auf gar keinen verfluchten Fall! Um es kurz zu machen, konnte ich den dicken fetten Stock bereits fühlen, der sich langsam immer weiter in meinen Arsch bohrte und unvorteilhaft auf mein Hirn drückte, während Hannah vor unbändigem Stolz dahinschmolz.

Natürlich entgingen mir aber nicht die Blicke, mit denen mich die meisten männlichen Schlipsträger bedachten. Von oben herab. Als seien sie etwas Besseres, aber doch von

Neid zerfressen. Ich wurde schließlich im Gegensatz zu ihnen vom Volk geliebt *und* sah geil aus. Ich lebte ein freies Leben! Ich tat, was ich wollte! Für mich galten keine Regeln. Ich war ein Rebell und das gefiel ihnen gar nicht. Man merkte in jedem Wort und jeder Bewegung, dass sie mich nicht ernst nahmen, und als Angi dann auch noch fragte, ob Friedl, Max und ich nicht spontan ein kleines Ständchen singen würden, verdrehten die meisten Männer ihre Augen und nuschelten hinter vorgehaltenen fetten Händen – so laut, dass ich es hören konnte. Doch ich ließ mich nicht davon ablenken, denn ich war es gewohnt, von der Gesellschaft nicht akzeptiert zu werden. Es war jetzt nur etwas schwerer als sonst, weil ich wirklich verdammt noch mal versuchte, ihnen zu gefallen – um Hannahs willen.

»Können wir gerne machen!« Friedl, Max und ich wechselten einen Blick und ich atmete, um Beherrschung ringend, tief ein, als Max mit der Gabel den Takt auf dem Tisch vorgab. Ich wollte gerade ansetzen, das Versauteste zu singen, was wir zu bieten hatten, aber Prüdellas Absatz auf meinen Zehen unter dem Tisch erinnerte mich daran, dass ich mich verflucht noch mal benehmen sollte. Also entschied ich mich spontan um – für eine verflucht schnulzige Nummer, die aber bei jedem ankam.

Wir sangen »Stand by me«. Weil dieses Lied für a capella am besten geeignet war. Hannahs Augen strahlten, während ich sie ansang, ihre Hand nahm und ihr einen Kuss auf den Handrücken hauchte. Und in diesem Moment wurde mir klar, für dieses Strahlen würde ich alles tun. Ich durfte sie niemals zum Weinen bringen … niemals dieses Strahlen erlöschen lassen, aber das würde ich! Einfach, weil ich Mason Hunter war, der Zerstörer.

Angi klatschte mit, sogar ein paar andere Politikfritzen ließen sich anstecken. Andere wiederum waren begeistert, als wir aufhörten. Doch es gab tatsächlich einen alten Sack, der abschätzig vor sich hin murmelte: »Absolut asozial. Das soll Gesang sein?« Dann nahm er seine Serviette und schmiss sie angewidert auf seinen Teller. Fast hätte ich mich erhoben und ihm so richtig auf Rotziart meine Meinung gegeigt, doch plötzlich stand Hannah auf und schaute ihn an. Ich sah, wie ihr Körper bebte und wie sie Händchen zu Fäusten ballte, und ich war mir sicher, sie noch nie so wütend gesehen zu haben wie jetzt. Aber einem anderen wäre das nicht aufgefallen.

»DAS hier ist asozial, nur damit Sie mal Bescheid wissen!« Und dann öffnete sie ihren wunderschönen Mund und mit einem höflichen Lächeln begann sie, aus vollem Hals zu singen. Ich hätte fast geweint!

»Fick dich und halt's Maul, Onkel Ficker … bla bla bla!«

Ich war so perplex, dass mir erst die Kinnlade runterfiel, ich dann lautstark lachte und schließlich schrie: »Das ist mein Mädchen!«

Alle Augen wurden groß, starrten sie ungläubig an. Max und Friedl begannen zu johlen und mit ihrem Besteck im

Takt mit zu trommeln. Ein paar Politiker fingen an zu lachen, als die Ersten aufstanden und grummelnd das Zimmer verließen, doch auf Angis Gesicht machte sich nur ein freches Lächeln breit, ehe sie anfing mitzuschunkeln. Sobald Hannah fertig war, machte sie einen Hofknicks. »Wäre es Ihnen lieber, Mister Hunter hätte das gesungen?« Somit setzte sie sich wieder hin.

Shit! Ich liebte sie in diesem Moment noch mehr!

Ich war baff, absolut oberbaff, als sie einen Schluck trank und sich elegant den Mund abtupfte, während alles zwischen uns in lautes Getöse ausbrach. Die Paparazzi konnten nicht genug Bilder von ihr bekommen, und der Großteil der Politiker sich nicht genug aufregen. Nur ein paar, Angi mittendrin, kriegten sich gar nicht mehr ein vor Lachen.

»Babe …«, war das Erste, was ich, immer noch ziemlich geschockt, rausbekam. »Deine Karriere?«, ergänzte ich, als ich mich wieder einigermaßen gefangen hatte. Doch sie schaute mich gelassen an, zog eine Augenbraue hoch und zuckte mit den Schultern. Ihre Züge wurden weich, als sie mich anblickte, und sie hob eine Hand, um sie an meine Wange zu schmiegen.

»Ich gehe mit dir. Egal wohin.«

»SHIT!« Und somit brachen alle Dämme. Nein, ich heulte nicht, stattdessen zog ich sie auf meinen Schoß und krallte meine Hände in ihre Haare, während meine Zunge einen Freudentanz in ihrem Mund aufführte. Es war mir scheißegal, was die Leute dachten; es war mir scheißegal, ob Kameras auf uns gerichtet waren. Das Hier und Jetzt zählte.

»Ich bin stolz auf dich«, murmelte ich ihr immer noch geschockt zu.

»Und ich auf dich«, antwortete sie breit lächelnd und küsste mich erneut.

Komischerweise durften wir tatsächlich auftreten, denn Angi war absolut begeistert von uns. Was für ein Glück, dass sie Sinn für Humor besaß.

Jegliche Anspannung und Anstands-WauWau-Trainingsdruck fiel von mir ab, als wir bereits mitten in der warmen Nacht das Gebäude verließen und uns wieder in die Limousine setzten.

Ich spürte Hannahs Stolz auf mich in jeder ihrer sanften Berührung, was meinem schlechten Gewissen nur noch mehr Nahrung gab. Denn diese Scheißsache mit Angela kam mir wieder in den Sinn. Ich betrachtete das lachende Seitenprofil von Hannah und überlegte, was ich tun sollte.

Wenn ich ihr die Wahrheit sagte, würde sie mich wahrscheinlich knallhart verlassen, denn so war sie. Für Prüdella entsprach es einer Todsünde, ein Versprechen zu brechen, denn sie war immer ehrlich und stand zu ihrem Wort. Das forderte sie auch von den Menschen ihr gegenüber. Außerdem würde es ihr verflucht noch mal tierisch wehtun und sie wäre enttäuscht. Und das wollte ich nicht. Stattdessen wollte ich ihr beweisen, dass sie einen besseren Menschen aus mir gemacht hatte. Wollte ihrer würdig sein und sie nicht als Versagerin fühlen lassen, indem ich ihr mitteilte, dass ich sie betrogen hatte. Sie würde denken, sie hätte mich nicht geändert und ihre Arbeit wäre umsonst gewesen. So war es aber nicht. Die Zeiten, als ich mich ihr gegenüber benommen hatte wie die Axt im Walde, waren vorbei.

Es war verschissen verkackt, und ich wollte Angela ihre dreckigen Fingernägel ausreißen und ihr die Augen ausstechen, doch es führte kein Weg an dem Unausweichlichen vorbei und es zerriss mich schon jetzt innerlich in tausend Stücke.

Ich musste Hannah die Wahrheit sagen, das war ihr der Mann Mason Hunter, den sie aus mir gemacht hatte, schuldig.

12. Let me Sign

(Robert Pattinson ;)

Ich war so stolz auf meinen Schüler. Er hatte sich verhalten wie ein wirklicher Gentleman, also waren meine Lehrstunden nicht umsonst gewesen. Aus Mason Hunter, der eher an ein Kind erinnert hatte, war ein gereifter, ziemlich perfekter Mann geworden, von dem ich weder Augen noch Hände lassen konnte.

Im Anzug war er einfach zu sexy, um wahr zu sein, besonders wenn er so vorzügliche Manieren zeigte und dennoch seine Augen so unverhohlen glühten. Doch die Reaktionen der anderen, die Reaktionen dieser wohlerzogenen gebildeten Menschen – so sollte man zumindest meinen – waren absolut das Letzte! Dann war Mason eben anders! UND? Schadete er damit jemandem? NEIN! Und trotzdem würde er von diesen Anzugträgern niemals akzeptiert werden. Sie würden ihn nicht einmal tolerieren. Sie würden niemals mehr als Verachtung für ihn übrighaben, nur weil er nicht der gesellschaftlichen Norm entsprach. Weder vom Denken noch vom Aussehen her. Ich sah es in ihren abfälligen Blicken, hörte es in ihrem boshaften Tuscheln und ihrem abfälligen Räuspern. Kurzum, ihre gesamte Körpersprache drückte Geringschätzung aus. Es wurde immer schlimmer, je wohler sich Mason fühlte und je begeisterter die anderen von ihm waren. Diejenigen, die das Besondere in ihm sahen und es schätzten! Diejenigen, die lebten und leben ließen!

Sie trieben mich mit ihrem Neid und ihrer Intoleranz regelrecht zur Weißglut! Mason gab sich so viel Mühe! Doch das war ihnen völlig egal. Sie sahen in ihm Dreck, weil er keinen hohen Bildungsabschluss besaß, weil der Stock ihm nicht schon als Kind in den Hintern gesteckt worden war, weil er nicht der Norm entsprach. Hatte nicht jeder Mensch ein Recht darauf, so zu sein, wie er es für richtig hielt?

Das war so unfair!

Mit einem Mal legte sich ein Schalter in meinem Inneren um. Es war keine bewusste Entscheidung, sondern mehr ein Bedürfnis. Denn dieses heuchlerische Verhalten konnte ich nicht eine Minute länger ertragen. Also stand ich auf, um das Lied zu singen, dass Mason mir beigebracht hatte. Ich erhob mich, weil auch ich meine Lektion gelernt hatte. Mir war klar geworden, dass man sich nicht dafür zu schämen braucht, so zu sein, wie man nun mal ist.

Wenn ich Lust habe dieses Lied zu singen, um ihnen die Mäuler zu stopfen, dann tu ich das einfach! Es ist MEIN LEBEN UND ICH LEBE ES SO, WIE ICH ES FÜR RICHTIG HALTE! WEM ES NICHT GEFÄLLT, DER

BRAUCHT SICH NICHT WEITER DAMIT ZU BEFASSEN! PUNKT!

Mir war bewusst geworden, dass eine freundliche Maske zwar einen guten Umgang mit anderen Menschen gewährleistet, es einen aber selber nicht glücklich macht, wenn man ständig seine wahren Gefühle unterdrückt.

Wenn man sich nicht so kleiden kann, wie man will.

Wenn man sich nicht so verhalten darf, wie man gerne würde.

Wenn man sich ständig auf die Zunge beißen muss.

Das macht einen kaputt. Es sperrt einen ein. Das hat nichts mit Freiheit zu tun, die nun mal jedem Individuum dieser Welt zusteht!

Im Großen und Ganzen war das Treffen trotzdem ein voller Erfolg gewesen.

Doch irgendwas war komisch und gefiel mir überhaupt nicht, als Mason mich in sein Wohnzimmer führte und sich erst mal auf seinen Sessel fallen ließ, die Augen schloss und den Kopf nach hinten gegen die Lehne lehnte. Er presste seine Hände an die Schläfen, als hätte er schreckliche Kopfschmerzen.

OH GOTT! Er sah ja so was von zum Anbeißen in seinem Anzug aus, der jeden Muskel vorteilhaft betonte und mich dazu brachte, mir die dreckigsten Dinge vorzustellen, von deren alleiniger Vorstellung ich vor drei Monaten noch gestorben wäre – vor Scham. Er war unglaublich schön, wie er hier im Mondlicht saß, und sofort breitete sich dieses mittlerweile nur zu bekannte Kribbeln in jeder meiner Zellen aus.

Unseren Personenschützern hatte er gesagt, dass sie vorläufig draußen bleiben sollten, und auch Max und Friedl hatten nicht mit zu uns kommen dürfen. Das hatte mich schon gewundert. Eine angespannte Atmosphäre flutete dieses Zimmer, die mir Angst machte.

Während ich auf meiner Lippe kaute, ging ich auf ihn zu – hörte die Schritte meiner hohen Schuhe endlos im dunklen, leisen Raum widerhallen. Ohne ein Wort stellte ich mich vor ihn und streichelte sein weiches Haar. Er hob den Blick und ich legte den Kopf etwas schief, bevor ich mich breitbeinig auf ihn setzte. Plötzlich umfasste er mein Gesicht und schaute mir tief in die Augen. Der Sturm, der in seinem Blick tobte, erschreckte mich. Woher kamen diese ganzen Gefühle? Zweifel, Angst, Wut, Trauer, Sehnsucht.

»Mason?«, hauchte ich unsicher. Meine Stimme zitterte, denn diese Flut an Emotionen in seinen Augen machte mir Angst.

»Ich liebe dich, Hannah Hauptmeier, mehr, als ich jemals etwas geliebt habe«, flüsterte er plötzlich rau und zog mein Gesicht zu sich. Küsste mich grimmig und mit so einer Intensität, dass mein Kopf begann, sich zu drehen. Seine Hände hielten mich knallhart an Ort und Stelle und ich bekam einen kleinen Schrecken, als ich spürte, dass sie zitterten wie Espenlaub, während meine Zunge seiner eifrig entgegenkam, ich meine Finger unter sein Jackett schob und in seine Brust krallte, die sich heftig hob und senkte. Ich verlagerte meine Hüften ein wenig und fühlte es hart zwischen meinen Beinen zucken.

Genauso plötzlich, wie er mich überfallen hatte, löste er sich von mir und drückte mich mit Stahlgriff eng an sich. Sein Gesicht vergrub er in meinem Nacken und ich fühlte seinen hektischen Atem, der gegen meinen Hals strömte. Seltsamerweise lief ein Gänsehautschauer meinen Rücken hinab. Ich hielt ihn fest und legte meine Wange auf seine seidigen Haare, schloss die Augen und genoss den Moment. Ich verstand kein Wort von dem, was er plötzlich mit leiser gequälter Stimme gegen meinen Hals sang, doch die Tränen rannen trotzdem meine Wangen hinab und eisige Kälte legte sich um mein Herz.

Standing there by the broken tree,
Her hands were all twisted, she was pointing at me.
I was damned by the light coming out of her eyes.
She spoke with a voice that disrupted the sky.
She said ›Walk on over yeah to the bit of shade,
I will wrap you in my arms and you'll know you've been saved‹
Let me sign, let me sign,

***

»Oh Gott, Mason!« Ich verstand nicht, was er sang, aber seine leise Stimme klang so schmerzverzerrt, dass ich es nicht mehr ertragen konnte. Wortlos vergrub ich meine Finger nun tief in seinen Haaren und hob sein Gesicht an. Meine Lippen trafen auf seine und ich schmeckte meine Tränen, als wir uns küssten. Seine Hände wühlten sich durch meine Locken und ließen Gänsehautschauer meinen Rücken hinabregnen. Mit einem Mal fühlte ich zwischen uns eine Art unbändige Verzweiflung, die sogar auf mich überschwappte, doch Mason ließ nicht zu, dass ich mich von ihm löste oder auch nur eine Frage stellte. Genau genommen sorgte seine Nähe dafür, dass ich zu keinem vernünftigen Gedanken mehr fähig war.

»Ich brauche dich«, keuchte er in meinen Mund und ich fühlte seine Knöchel über mein Höschen streifen, als er seinen Reißverschluss öffnete, *ihn* mit der Hand umschloss und auf und ab strich. »Jetzt!« Somit schob er meinen pitschnassen Slip zur Seite und ich sog scharf den Atem ein, als er unverhofft in mich stieß und mich bis zum Anschlag komplett ausfüllte. Wir schauten uns in die Augen. Seine Nasenflügel waren gebläht und er hob eine Hand, um mein Gesicht zu umfassen und mir mit dem Daumen über meine zitternde Unterlippe zu streichen.

»Mason, was ist …« Der Schmerz in seinem Blick war für mich unerträglich, sodass ich es nun doch schaffte, eine Frage zu formulieren. Zumindest versuchte ich es, auch wenn es lediglich einem Stammeln glich und ich den Satz nicht beenden konnte. Er antwortete nicht, hielt mich nur an der Hüfte fest und zog sich aus mir raus, nur um dann noch mal heftig in mich einzudringen und dabei die Zähne zusammenzubeißen.

»GOTT!« Ich ließ meinen Kopf nach hinten fallen und schloss die Augen. Mit jeder Faser fühlte ich, dass er mich brauchte. Und bei mir sah es nicht anders aus. Ich brauchte ihn auch, so innig wie möglich. Also beugte ich mich vor und begann, mich auf ihm zu bewegen, während ich ihn küsste. Meine Hände umfassten sein kostbares Gesicht, und ich zog meine inneren Muskeln um ihn herum zusammen. Er zuckte in mir und stöhnte heiser, während er mit seinen Lippen an meinem Kiefer und über meinen Hals herab wanderte. Ich warf wieder den Kopf nach hinten und genoss das Gefühl seines starken Armes, der mich enger gegen sich drückte. Seine freie Hand legte er auf meine Brustmitte, um mich an Ort und Stelle zu halten und meinen Herzschlag zu fühlen, während seine seidigen Lippen die über meine Haut tanzten, das Flimmern, das zwischen uns pulsierte, noch verstärkten.

Langsam schob er mein Kleid nach unten, sodass ein steifer Nippel entblößt wurde. Sanft umfing er ihn mit seinen vollen Lippen und saugte daran, ließ seine Zunge mit einem genüsslichen Stöhnen darum kreisen und Hitze durch meinen Körper rieseln.

»Du bist so schön!« Als wäre ich aus einem Nebel erwacht, öffnete ich meine Augen und sah ihn an.

Unsere Blicke verwoben sich, und ich erkannte die Ehrlichkeit in seinen Zügen. Ehrfürchtig starrte ich in sein Gesicht, denn ich konnte nicht glauben, dass dieser unglaubliche, wunderschöne Mann mich berührte und mir das sagte, was ich mir jedes Mal aufs Neue dachte, wenn ich ihn anblickte. Mit einer Hand fuhr er in meine Haare, strich ein paar verirrte Strähnen aus meiner Stirn, sodass nichts seine Sicht behinderte. Ich schmiegte meine Wange gegen seine Handfläche wie eine kleine rollige Katze. Nicht einen Moment ließ er mich aus den Augen, verschlang mich förmlich damit.

»Ich liebe dich so sehr, dass es manchmal wehtut!« Er betonte jedes Wort, als wolle er es mir wirklich klarmachen. Als würde ich ihm sonst nicht glauben.

»Ich weiß, Mason. Ich liebe dich auch. Für immer«, flüsterte ich keuchend und strich auch ihm ein paar schweißnasse Strähnen aus der Stirn.

»Shit!« Mit dieser Reaktion hätte ich nicht gerechnet. Er packte mein Gesicht jetzt mit beiden Händen und zog es zu sich heran. Küsste mich gierig und wild und ungestüm. Dabei kreiste er mit seinen Hüften, und unsere Unterkörper gaben mir genau die Reibung, die ich brauchte, sodass ich laut in seinen Mund stöhnte.

»Ja, stöhn für mich, Babe«, flüsterte er, und ich fühlte, wie seine Hände an meinem Rücken entlangglitten und plötzlich meinen Hintern packten, mich enger gegen sein Becken pressten, mich enger um ihn herum drückten.

»OH GOOOTT!« Ich brach aus unserem Kuss aus, um nicht zu ersticken, als ich RICHTIG laut stöhnte, seinen Nacken mit beiden Armen umklammerte und meine Fingernägel in seiner Haut vergrub. Seine Finger krallten sich unter meinem Kleid in meine Backen und dirigierten meine Bewegungen. Vor und zurück, vor und zurück … In einem konstanten langsamen Rhythmus, der mich innerlich verbrannte. Er vergrub sein Gesicht an meinem Hals und sein heißer Atem, der gegen meine Brust strömte, umnebelte mich mehr, immer mehr.

Das hier war der intensivste Sex, den wir jemals geteilt hatten, und auch der verzweifeltste. Ich hatte Angst, was nach unserem Orgasmus kommen würde. Hatte mit einem Mal panische Angst davor, ihn zu verlieren und ich drückte ihn enger an mich.

»Bitte sag mir, dass alles gut ist.« Ich wusste nicht, wieso ich diese Worte plötzlich flüsterte, aber Tatsache war, dass er nicht antwortete. Er stöhnte nur gequält gegen meine Haut und presste sein Gesicht gegen mich, als wollte er versuchen, in meinen Körper zu kriechen. Doch das war unmöglich.

Panik begann, mich zu übermannen, genau wie die Vorwellen meines Orgasmus.

»Mason, schau mich an!«, japste ich und krallte mich in seine Schultern, doch er reagierte nicht darauf. Stattdessen ließ er eine Hand zwischen uns wandern und presste seine Finger gegen meinen angeschwollenen Kitzler. Ich explodierte in seinen Armen und fühlte, wie auch er im selben Moment zu seinem Höhepunkt kam. Seine Arme zitterten, als er mich an sich gedrückt hielt und er in meinem Inneren pulsierte, ebenso wie meine. Der Schweiß lief an unseren Körpern herab, sodass die exquisite Kleidung an uns klebte, aber das war mir egal. Das ungute Gefühl in meinem Inneren übermannte mich und ich brach wortlos auf ihm zusammen. Vergrub mein Gesicht an seinem Nacken, als ich die Tränen nicht mehr zurückhalten konnte, und er mir atemlos über den Rücken strich. Ganz fest drückte er mich an sich, und dann … einfach so – mir nichts, dir nichts – sagte er:

»Es ist gar nichts gut, Babe. Ich habe mit Angela gefickt.«

Und ich erstarrte zur Salzsäule.

13. Final Masquerade

(Linkin Park)

»Du … du hast *was*?«, fragte ich und richtete mich auf ihm auf. Mason Hunter war immer noch in mir, immer noch so nah, auf diese eine unverwechselbare Art verbunden. Sein Gesicht wurde vom Mondlicht erhellt; es war perfekt, wunderschön, wie immer, aber eine Entschlossenheit lag auf seinen gereiften männlichen Zügen, die mich verwunderte, mich schockte, mich völlig aus der Bahn warf und mir eine Gänsehaut bescherte.

»Ich. Habe. Mit. Angela. gefickt!«, wiederholte er völlig ruhig – langsam und betont –, so, dass ich es auf jeden Fall verstand, während sein Blick den meinen nicht verließ. Etwas Kaltes hatte sich in Mason Hunters schöne Augen geschlichen; etwas, das dort nicht hingehörte. Etwas Endgültiges.

»Wann?«, fragte ich leise, heiser, in dem Wissen, dass mir die Antwort nicht gefallen würde. Dennoch musste ich es hören.

»Nachdem ich dir versprochen hatte, es nie wieder zu tun.« Seine Stimme, sie war genauso kalt wie seine Augen!

Er schien mit einem Mal so unerreichbar und doch dauerte es ein paar hektische Atemzüge, bis die Botschaft ankam.

»Du hast mich betrogen!«, stieß ich hervor und ging sofort von ihm runter, wich angewidert ein paar Schritte zurück, während ich beobachtete, wie er lässig auf dem Sessel sitzen blieb und alles in seiner Hose verstaute. Aus diesem Winkel konnte ich sein Gesicht nicht genau erkennen, es war zu dunkel, aber seine gesamte Pose strahlte Arroganz aus und diese schreckliche Kälte!

»Ja, das habe ich«, antwortete er auch noch ruhig und legte ein Bein über das andere, lehnte seinen Kopf locker auf eine Hand und betrachtete mich eingehend. Ich konnte zwar seine Augen nicht sehen, spürte aber seinen Blick – stechend wie Eissplitter.

»W… wieso hast du das getan?«, fragte ich, immer noch völlig perplex. Meine Brust zog sich immer weiter zusammen, doch noch war die Information nicht bis zu meinem Herzen durchgedrungen, noch war mir die Tragweite dessen, was er getan hatte, nicht bewusst. Noch schützte mich der Schock.

»Weil du abgehauen bist, und ich verflucht sauer auf dich war!« Er zuckte mit den Schultern und ich wollte ihn anbrüllen, schlagen, umbringen, doch ich tat nichts davon. Wie eine Salzsäule stand ich da, mit geweiteten nassen Augen und bebenden Händen, die ich nun zu Fäusten ballte.

»Weil ich gegangen bin, hast du mit einer anderen geschlafen. Weil du sauer auf mich warst, hast du eine andere berührt, hast sie geküsst, hast sie …« Ich konnte nicht weitersprechen, denn bei den Bildern davon, die nun meinen Geist fluteten, dominiert von Angela und Mason, wurde mir übel. Richtig. Übel. Ich schlug eine Hand vor den Mund, die andere legte ich auf meinen Bauch. Diese Vorstellung schmerzte so sehr, dass ich dafür keinen Vergleich hatte.

Er mit einer anderen geschlafen, wo er doch mir gehören sollte. Nur mir. Er hatte es versprochen!

»Ich bin nicht stolz darauf«, meinte er, immer noch völlig gleichgültig. »Ich wünschte, ich hätte es nicht getan, aber es ist geschehen und ich stehe dazu.« Er schwang sich aus dem Sessel, ging zu seiner Bar und trank einen riesigen Schluck aus irgendeiner der unzähligen Flaschen, während er seinen Unterarm auf dem Kaminsims abstützte und blicklos vor sich hinstarrte. »Aber sind wir doch mal ehrlich. Du hast gewusst, dass so was passieren würde, dass ich dich verletzen würde. Es war nur eine Frage der Zeit, Babe. Ich bin nun mal ein Mann, und die ficken, die nehmen sich, was sie wollen, und gehen über Leichen.«

»Nein. Du bist kein Mann«, erwiderte ich, nun selber eiskalt. »Du bist nichts weiter als ein krankes, egoistisches Arschloch.« Sein Mundwinkel zuckte bei meinem ungewöhnlichen Fluch; ich sah es, weil er am Kamin vom Mond erhellt wurde. »Du bist schwach, prinzipienlos … Du bist … Du bist … *abartig*, Mason Hunter!« Ich wollte mich auf dieses Niveau nicht hinab begeben, aber mit einem Mal war in mir so viel Wut. So viel Hass.

Mein Bauch zog sich heftig zusammen, und meine Kehle wurde eng, so sehr schnürten mir diese negativen Gefühle die Luft ab. Es war unmöglich ihrer Herr zu werden. Doch allein dieser Betrug war nicht das Schlimmste; sein jetziges Verhalten war es, das mir, das *uns* den absoluten Todesstoß gab!

Mit jeder Sekunde, die verstrich, ballte sich mein Herz immer mehr zusammen. Es hatte verstanden.

Wie konnte er sich mir gegenüber so gleichgültig benehmen? Wie konnte er mir diese Information einfach so vor die Füße werfen, ohne mich anzuflehen, ihm zu vergeben; ohne mich anzuflehen, bei ihm zu bleiben? Auf Knien! Anscheinend war ich ihm nicht so wichtig, wie ich angenommen hatte, war es wohl niemals gewesen. Anscheinend war das alles nur ein weiteres seiner legendären Spielchen.

»So wenig bedeute ich dir …« Meine Stimme bebte; ich wollte es nicht, aber die Tränen liefen erneut über. Ich konnte nicht mehr und ich schlug wieder schnell eine Hand vor meinen Mund, um mich am Schluchzen zu hindern. »So wenig empfindest du tatsächlich für mich! Mehr bin ich dir nicht wert!«

Er schloss die Augen und presste den Kiefer für eine Sekunde zusammen, löste diesen eindringlichen eiskalten Blick von mir und ballte eine Hand zur Faust.

»Babe …«, murmelte er gequält und da, da war etwas in seiner Stimme. Da war etwas von meinem alten Mason, aber als er die Augen wieder öffnete, waren sie noch kühler, noch tödlicher, noch schmerzhafter.

»Nenn mich nicht so! Dieses Recht hast du dir verspielt!« Aber er ignorierte es, stattdessen grinste er mich schief an.

»Du bist eine wunderschöne, sexy Frau. Du bist unvergleichlich. Aber ich bin, wer ich bin, und du bist, wer du bist. Wir können uns einander annähern, zum Teil sogar anpassen, aber ich werde nicht mein gesamtes Sein aufgeben für … für eine *Frau.*« Das letzte Wort spie er mir förmlich entgegen, als wäre es vergiftet. »Und du … Du solltest das auch nicht für einen Mann tun! Erst recht nicht für mich!«

WOW!

Das …

Das hätte ich niemals gedacht.

Dass er das so sah.

»Du hast recht«, meinte ich leise, ruhig, und war froh, dass mein Stolz nun übernahm und mich mein Kinn heben ließ. »Eine Beziehung, in der man sich gegenseitig verbiegen muss, damit es passt, ist von vornherein zum Scheitern verurteilt. Sie würde uns nie glücklich machen, weil wir nie sein dürften, wer wir sind. Vor allem, wenn für den einen eins immer wichtiger sein wird als die Liebe.« Somit drehte ich mich um und schaffte es, mit hoch erhobenem Kopf und gestrafften Schultern diesen Raum zu verlassen, kurz darauf dieses Haus und vor allem unser gemeinsames Leben.

Erst im Zug, während die Landschaft an mir vorbeizog, brach ich endgültig zusammen. Denn gerade, als ich gedacht hatte, wir wären am Ziel, wir hätten eine Zukunft, war alles doch ganz anders gekommen als geplant, als gewünscht, als erwartet.

Mason Hunter hatte sich hiermit endgültig entschieden – für Rock und gegen die Liebe. Gegen mich.

Epilog

Es ist wie ein Zug, der langsam Fahrt aufnimmt. Man weiß, die Schienen führen ins Verderben, aber man kann ihn nicht stoppen. Keiner ist in der Lage dazu. Trotzdem hegt man noch eine klitzekleine Hoffnung. Doch schon nach ein paar Minuten ist er so schnell, dass man geradezu die Gewissheit hat, dass alles in einer Katastrophe enden wird. Man spürt die Anspannung, das Flirren im Magen, ob des drohenden Unheils. Man möchte die Augen verschließen, aber man kann einfach nicht … Und schon passiert es. Mit einem Schlag hat man alles verloren.

Ich wusste sowieso, was geschehen würde, wenn sie es erfuhr. Ich wusste genau, wie sie reagieren würde, denn ich kannte sie in- und auswendig, kannte ihren Stolz. Ich wusste, dass sie mich verlassen würde. Und ich würde sie nicht aufhalten. Ganz im Gegenteil. Mein Herz würde brechen, in verdammt kleine scheiß Teile. Es würde mich zerreißen und jeden kostbaren Moment, den ich verloren hatte, mir immer und immer wieder vor Augen führen. Ich sagte ihr, dass ich so bin, wie ich bin, aber das stimmte nicht. Sie hatte mir eine andere Seite gezeigt, die ich bis dahin noch nicht gekannt hatte.

Sie zeigte mir die LIEBE und ich trat sie mit Füßen.

Ich hatte Scheiße gebaut; ich hatte die einzige Frau betrogen und belogen, die ich über alles liebte. Die ich hätte schützen und ehren sollen. Der ich nicht hätte wehtun dürfen.

Und doch würde es immer und immer wieder passieren.

Bevor ich ihr noch einmal so etwas antat, noch einmal diesen Schmerz in ihren Augen ertragen musste, beendete ich es lieber.

Ein für alle Mal.

Sie war zu gut für so einen Bastard wie mich.

So viel besser, als ich es jemals sein würde.

Und vor allem war es sowieso unumgänglich gewesen.

Hannah würde mir diesen Betrug niemals durchgehen lassen, sie hätte sich ohnehin von mir getrennt. Wenn sie mich hasste, würde es ihr leichter fallen. Sie würde nicht – so wie ich, ohne sie – völlig ertrinken. Sie würde ihre Schultern straffen und weitermachen, genauso wie sie soeben gegangen war und die Tür hinter sich geschlossen hatte. Voller Würde. Voller Stolz. Und einer Kraft, die ich niemals besitzen würde. Ich hatte sie nicht gebrochen mit dieser Information, und das war für mich am wichtigsten gewesen, als ich sie ihr gegeben hatte. Sie war so viel stärker, als ich es je sein würde.

Ja, natürlich tat es ihr weh, aber der Hass würde irgendwann alles überlagern, würde ihr helfen, weiterzumachen; würde sie kämpfen lassen, während ich mich bereits meinem Elend ergeben hatte, mich in Selbstmitleid badete, denn ohne sie war ich nichts. Ohne sie war ich so gut wie tot!

Für immer.

Denn der Rock 'n' Roll war mir scheißegal. Das, was früher mein Lebensinhalt gewesen war, war an zweite Stelle getreten, und somit gab es für mich nichts weiter, für das es sich zu atmen lohnte.

Diese Lektion hatte ich zu spät gelernt, hatte mich zu spät für sie geändert, hatte nicht zu meinem Wort gestanden. Ich hatte einen Fehler begangen, und dafür war ich nun vom Schicksal gefickt worden, so wie es jedem früher oder später ergeht, wenn er etwas falsch macht, wenn er andere verletzt, wenn er lügt und betrügt.

Ich hatte sie betrogen und nun das bekommen, was ich verdient hatte.

Nämlich nichts!

– ENDE –

Ausschnitt aus Rock oder Liebe – 4

Rockstar versus Anstandsdame.

Rock vs. Liebe.

Perversion vs. Moral.

Schwarz vs. Weiß.

Rebell vs. Regel.

Sexgott vs. Jungfrau.

… so könnten die Titel der Real-Live-Soap heißen, die Hannah Hauptmeier und Mason Hunter nach ihrer schmerzhaften Trennung zusammen drehen müssen. Denn es geht um alles oder nichts – um ihre Karrieren. Oder doch, um die von beiden so verfluchte Liebe?

Werden sie ihre Gegensätze endlich überwinden oder bei dem Versuch endgültig untergehen?

Letzter Teil der Rock-oder-Liebe-Reihe!

Längst verloren

Tiavo

Sie war alles, was mich berühren konnte. Gleich einer Sonne ging sie über dem verfickten Scheißhorizont auf und erleuchtete mich. Sie war alles; sie war nichts! So wie ich.

»Was für ein kitschiger Shit!«, murmelte ich und zerknüllte das Blatt Papier, auf das ich gerade den größten Liebesschmonzettenmist aller Zeiten geschrieben hatte. Von wegen Songtext. Als möglicher Hausfrauenbeglücker allerdings nicht schlecht. Vielleicht sollte ich umschulen? Schnaubend schmiss ich es zu dem Haufen neben mir, der bereits so groß war, dass er mir im Stehen bis zu den Knien reichte. Es sollte der nächste Hit der legendären Band ›Sex on two Legs‹ werden, den wir auch dringend brauchten, denn diese Tour lief alles andere als gut. Ehrlich gesagt lief es beschissen.

Jemand hatte mal zu mir gesagt, man kann die besten Texte schreiben, wenn man ein emotionales Wrack ist.

Aber klar doch, deswegen bekam ich auch keine einzige Zeile zustande. Zu viel ging mir im Kopf herum, was mich langsam aber sicher drohte, von innen heraus aufzufressen.

Am Anfang hatte ich versucht, die Trennung relativ locker wegzustecken, hatte es nicht an mich rangelassen, mich einfach abgelenkt, aber dann hatte ich diesen verfluchten Traum, der eigentlich nichts weiter als eine Erinnerung gewesen war.

Die Limousine fuhr langsam und sicher durch den kleinen Ort, in dem ich wohnte. Es war bereits Nacht, draußen stürmisch und kalt, eben typisches Herbstwetter, und ich war so verflucht müde. Heute hatte ich 13 Stunden im Aufnahmestudio verbracht, 13 Stunden höchste Konzentration und volles Gefühl, denn wenn ich etwas tat, dann immer mit voller Leidenschaft. Ich war ausgelaugt und wollte nur noch nach Hause.

Schon von Weitem sah ich mein Haus und die Lichter darin. Ein Lächeln stahl sich auf meine Lippen, denn ich wusste, sie wartete dort auf mich.

Ich war zu Hause.

Mit eben jenem Lächeln öffnete ich kurz darauf die Tür und wurde von einem wunderbaren Duft begrüßt. Selbstgemachte Ravioli mit Sauce Bolognese à la Hannah. Und wenn Hannah eines konnte, dann verflucht geil kochen. Mein Magen zog sich sofort verlangend zusammen, während ich mir ungeduldig die Boots von den Füßen streifte und um die Ecke bog. Und da saß sie, an einem perfekt gedeckten Tisch, nur erhellt vom Kerzenschein – sanft lächelnd, mit funkelnden Augen und völlig nackt.

WOW!

WOW!

WOW!

Dies war der Moment, an dem ich mir sicher war, niemals eine andere so lieben, vergöttern, verehren zu können wie sie. Dies war der Moment, an dem ich wusste, ich wollte mit dieser Frau alt werden. Ich wollte jeden Abend so empfangen werden. Mit diesem Lächeln, das mir sagte, dass sie mir gehörte und ich ihr – für immer.

Dieses Bild hatte sich so stark in mein Gedächtnis gebrannt wie eine Gravur in einen Ring, genauso wie das Gefühl …

»Hi, Babe«, murmelte ich heiser, während mein Herz begann, schneller zu schlagen, und sie legte den Kopf leicht schief, senkte etwas die Lider und biss sich auf die Unterlippe. Wie eine wahre Verführerin, gab sich ihrer Liebe und Lust zu mir völlig hin. Sie war perfekt und ich konnte es nicht erwarten, sie zu berühren, so wie immer.

Grinsend machte ich den ersten Schritt. Sie beugte sich zur Kerze vor, blies sie aus und alles verschwand. Das Essen, die Kerzen, die Teller, die leise Musik im Hintergrund. Sie. Zurück blieb ich in meinem alten, versifften Haus voller Pornos und Frauenhöschen, in dem es nach kaltem Rauch stank und die Vorhänge immer zugezogen waren.

Einsam und unglücklich.

Mit verschissenen Tränen in den Augen schreckte ich aus dem Schlaf. Meine Hand tastete automatisch nach ihrer weichen, warmen Haut, so wie die letzten Monate, wenn ich einen Albtraum gehabt hatte. Dann hatte ich mich immer von hinten an ihren wunderbaren Arsch gekuschelt, meine Nase in ihrem Nacken vergraben und gewusst, dass alles gut war.

Jetzt tastete meine Hand umsonst. Jetzt lag ich hier allein in diesem verschissenen dunklen Hotelzimmer. Ihr Duft schien noch in der Luft zu hängen, mich zu umspielen, vermischte sich aber bereits langsam mit dem Geruch nach abgestandener Asche und Alkohol.

Ich konnte nicht atmen, während mir Tränen unkontrolliert aus den Augenwinkeln rannen und ich an die dunkle Decke starrte, denn das war es, was ich bis an mein Lebensende sein würde.

Allein.

***

Seit dieser Nacht ging es stetig bergab.

Die Fans waren von meinen Auftritten alles andere als begeistert, nur, weil ich gleich beim Auftakt zur Tour, vor zwei Monaten, bei einer verflucht langweiligen Ballade voll wie tausend Ritter von *Game of Thrones* gewesen war, und das Konzert frühzeitig abgebrochen werden musste. Auf dem nächsten hatte ich wirklich ganz aus Versehen in die Menge gekotzt, aber machte das Marilyn Manson nicht ständig? Und der wurde dennoch vergöttert! Verfluchte

Pingelscheißer! Die Krönung hatte ich diesem Haufen Scheiße wohl damit aufgesetzt, als ich gleich am Anfang des dritten Konzertes verkündet hatte, dass eigentlich alle nach Hause gehen konnten, weil ich sowieso keinen Bock auf sie hatte. Dann hatte ich gerülpst, mich am Arsch gekratzt und begonnen zu singen. Leider war ich da schon so blau gewesen, dass ich keinen einzigen richtigen Ton rausbekam. Die Leute waren schockiert und fingen an, mich auszubuhen. Friedl (mein Gitarrist) und Max (mein Schlagzeuger) waren mir an die Gurgel gegangen, was darin endete, dass Max' Faust mit meinem Gesicht Freundschaft schloss und ich sabbernd auf dem Boden der Bühne landete … so noch zusehen konnte, wie der letzte dieser untreuen Pisser sich davonmachte und die Scheinwerfer ausgingen.

Sogar meine besten Freunde ließen mich blutend im Dreck liegen!

Okay, es war ihnen verflucht noch mal, nicht zu verübeln!

Meine besten Freunde und Bandkollegen hatten davor nicht nur einmal versucht, mir den Kopf zu waschen. Sie hatten mich angebrüllt, geschüttelt, mir mit Mord und Totschlag gedroht, aber das kam mir nur recht. Ich hatte sowieso keinen Bock mehr auf die Scheiße, die sich Leben nannte. Und erst recht nicht auf diese verlogene, dreckige Branche. Auf das verfickte Rampenlicht, das ich die letzten Jahre schier vergöttert hatte, und andersherum übrigens genauso. Ich hatte keine Lust auf gar nichts mehr, außer auf *sie*.

Doch sie würde nie wieder zur mir zurückkehren; ich würde nie wieder ihr Lachen hören oder ihre tadelnde Stimme, nie wieder ihre Berührungen fühlen, ihre zarten unschuldigen Küsse auf nackter Haut genießen … und das brachte mich um. Tag für Tag. Stunde um Stunde. Immer ein bisschen mehr.

Das war nun mal ohne Unmengen an Alkohol und Drogen nicht zu ertragen. Das hatte ich auch versucht, unserem Manager klarzumachen, doch er war rigoros. Entweder ich dachte mir etwas Neues aus, riss mich zusammen, und brachte wieder alle dazu, mich fucking noch mal zu verehren, oder wir würden untergehen – sang- und klanglos.

Japp.

Wenn es dick kommt, dann richtig.

Wenn du keinen Erfolg mehr hast, dann siehst du die Wahrheit.

Dann siehst du, dass die Mehrzahl deiner ›Freunde‹ nur Arschlöcher sind, die versucht haben, auf deiner Welle mitzureiten und sich einen Teil deiner Seele zu nehmen.

Diese Lektion brachte mir das Schicksal gerade sehr schmerzlich bei, doch es war mir egal.

Meine Karriere, das, wofür ich mir mein Leben lang den Arsch aufgerissen hatte, meine Musik, war mir egal, so wie alles andere auch.

***

Hier saß ich, in irgendeinem dunklen Hotelzimmer, in irgendeinem runtergekommenen Nest, und konnte die Schmerzen, die ich seit drei Monaten, zwei Tagen und elf Stunden empfand, nicht mehr ertragen.

Ich würde dem ein Ende setzen.

Jetzt oder nie!

Ich konnte einfach nicht mehr und ich wollte auch nicht mehr!

***

Immer und immer wieder rammte ich meinen Schwanz unnachgiebig in die schreiende Fotze unter mir. Keine Ahnung, wie sie hieß; keine Ahnung, wer sie war, aber es war so verflucht gut! Endlich! Endlich hatte ich wieder Sex, endlich war ich wieder der, der ich sein sollte! Dachte ich mir zumindest bis zu dem Moment, als sie ihre Arme plötzlich um meinen Nacken schlang. Sie wollte mich an sich ziehen und küssen, aber ich knurrte und packte ihre Handgelenke. Ihre Augen waren groß, blau und schockiert, als ich forderte: »Lass deine dreckigen Finger von mir! Nutten küsst man nicht.« Dann zog ich mich zurück, packte sie am Arm, wirbelte sie herum und fickte sie weiter – von hinten, immer tiefer –, bis das gesamte Hotel von ihren Schreien wackelte. Nebenher griff ich mir die Whiskeyflasche vom Nachttisch, nahm einen großen Schluck und vögelte sie weiter, mit der Flasche in der Hand und immer wieder einen Schluck nehmend. Doch egal, wie sehr ich es auch versuchte, ich kam einfach nicht. Ich konnte nicht. Ihr Arsch, gegen den mein Becken immer wieder knallte, widerte mich mehr und mehr an, genau wie ihr Schweiß, der langsam ihren Rücken bedeckte, ganz zu schweigen von ihren Schreien, die an ein qualvoll krepierendes Schwein erinnerten.

»Halt die Klappe, verflucht!«, knurrte ich, fasste zwischen ihre Beine, rieb ihren Kitzler und hoffte, wenn sie kam, würde ich ihr folgen können, wie so oft. Doch als sie mit einem »OH MEIN GOTT, DU BIST EIN GOOOOOOOOOOTT!« explodierte, wurde es noch schlimmer.

Mein Magen drehte sich um, wahrscheinlich von dem Bettgewackel. Bevor ich etwas dagegen tun konnte, kam mein Mageninhalt nach oben und ich kotzte der Alten direkt auf ihren tätowierten Rücken – Alkohol, Unmengen an stinkendem Alkohol, der bis auf den Boden tropfte.

»WAAAAAAAAAAAAAAAAAAAAHH! Bist du ekelhaft!«, schrie sie sofort. Das hatte eine Frau noch nie nach dem Sex zu mir gesagt. Ganz im Gegenteil, meistens waren sie selig und wollten mehr. Diese hier stieß mich allerdings von sich, sodass ich das Gleichgewicht verlor und neben dem Bett landete, genau in den Überresten meiner widerlichen Kotze.

Ich hörte noch ihre hektischen Schritte und wie sie die Tür hinter sich zuschlug. Dann war ich alleine – mit meiner Kotze – und lachte, lachte irre und laut, bis daraus ein

Schluchzen wurde und ich nicht mehr konnte.

Das erste Mal, seitdem sie mich verlassen hatte, heulte ich wie das verfluchte, hilflose Drecksbaby, das ich ohne sie war und wahrscheinlich immer sein würde.

CUT!

Where did the Party go

(Fall out Boy)

In meiner Kotze liegend und völlig apathisch, fand mich Friedl kurze Zeit darauf. Es gab kein Zurück mehr. Ich war ein Wrack und er wusste sich nicht anders zu helfen, also wurde ich sofort eingewiesen.

Am nächsten Tag landete natürlich alles in den Zeitschriften, denn die Paparazzi, die vor dem Hotel gelauert hatten, hatten die schönsten Bilder von mir gemacht, wie ich auf der Trage in den verfluchten Krankenwagen gestopft wurde. Dazu hatte auch noch mein letzter Fick ein wunderschönes Interview gegeben, in dem sie meine Perversion und Abartigkeit bis ins kleinste Detail ausgeschmückt und ihnen alles maßlos übertrieben, verklickert hatte.

Am übernächsten Tag bekam ich die Kündigung meiner Agentur.

Am über-übernächsten Tag teilten mir Friedl und Max mit, dass es so nicht weitergehen konnte und sie ohne mich weitermachen würden. Ich wusste, dass sie an sich denken mussten, dennoch war es wie ein Schlag in die Fresse.

Sogar sie ließen mich hängen.

Meine besten Freunde, die immer für mich da gewesen waren.

Saugeile Scheiße!

Am über-über-übernächsten Tag wurden alle restlichen Auftritte gecancelt.

Am über-über-über-übernächsten Tag entließ ich mich selbst und besorgte mir ein Taxi nach Hause. Ein Zuhause, in das ich, seitdem sie gegangen war, keinen Fuß mehr gesetzt hatte, weil ich es nicht hatte ertragen können. Aber nun gab es keinen anderen Ort mehr, an den ich konnte. In keinem Hotel dieser Welt würde ich noch ein Zimmer bekommen, obwohl sich früher alle um mich gerissen und mir den Arsch geleckt hatten.

Die Frage, ob ich noch tiefer sinken konnte, hatte ich mir schon lange aufgehört zu stellen, denn in einem Punkt war das Schicksal verlässlich. Tiefer geht immer.

Als ich die Tür meines Hauses aufschließen wollte, registrierte ich, dass sie nur angelehnt war. Offenbar war eingebrochen worden, und diese Wichser hatten nicht mal vor Dom Dom und Sub Sub haltgemacht, die ich zum Überwintern in den Kühlschrank gelegt hatte.

SHIT!

Mit verfluchten Tränen in den Augen starrte ich in das leere Gemüsefach, wo meine heiß geliebten Kampfechsen in einer Kiste mit Erde eigentlich hätten sein müssten. Sie waren alles gewesen, was mir noch etwas bedeutet hatte.

Ich konnte es nicht glauben!

Hatte ich wirklich so viel Scheiße gebaut, um das zu verdienen? Ich war wie gelähmt, konnte mich nicht mehr rühren.

Sie – weg!

Karriere – weg!

Aufträge – weg!

Freunde – weg!

Dom Dom und Sub Sub – weg!

Meine Knie gaben unter mir nach und ich fiel zu Boden. Ich hätte schreien können, aber nicht einmal dafür hatte ich noch die verfluchte Kraft. Ich konnte nicht mehr!

MISS MISSING YOU

(FALL OUT BOY)

Der Absturz des Spank Ransom

Ich wusste nicht, wieso ich mir das antat, oder wann es jemals wieder aufhören würde wehzutun. Dennoch ließ ich seine Mutter, die mir gegenüber am Esstisch saß, weiter aus der gestrigen Zeitung vorlesen.

»Keine Konzerte, keine Aufträge, keine Fans und auch keinen Plattenvertrag mehr. Sogar seine Schildkröten hat der Tierschutzbund an sich genommen. So schnell kann es gehen: innerhalb von drei Monaten vom Olymp in die Suppenküche. Aber nicht nur das. Mason Hunter, einst schier verehrter Sexgott und weltbekannter Rockstar, ist nicht mehr wiederzuerkennen und an Abartigkeit kaum zu überbieten. Wo er früher Grenzen verschob, sprengt er sie nun komplett. Aber nicht zu seinen Gunsten. Die Fans sind schockiert, Freunde wissen nicht mehr weiter und seine Mutter verkriecht sich nun wohl im letzten Erdloch, denn sie hat versagt.

Das hat das Anstandstraining von Hannah Amalia Hauptmeier, Deutschlands gefragtester Anstandsdame gebracht. Nämlich gar nichts.

Die kurze aber heftige Affäre der beiden endete genauso wie sein Leben – im Fiasko. Und dies war nur ein kleiner Ausschnitt des Artikels …«

Seine Mutter ließ die Zeitschrift sinken, während ich mich an meinem Stuhl festklammerte und die Zähne zusammenbiss.

Das durfte doch nicht wahr sein! Dieser Artikel war mein Untergang! Deswegen hatten meine letzten Kunden abgesagt; deswegen hatte ich plötzlich keine neuen Anfragen mehr. Deswegen könnte ich demnächst meinen Traum beerdigen. Er riss ihn mit sich, wahrscheinlich auch noch mit voller Absicht. So einem Mistkerl wie ihm – ja, Entschuldigung, aber das war er nun mal – traute ich alles zu. Schätzungsweise war das seine Art der Rache, weil ich es gewagt hatte, ihn sitzenzulassen – ihn, den heiß begehrten Weltstar Mason Hunter.

»Und was soll ich deiner Meinung nach jetzt tun?«, fragte ich Masons Mutter, die mittlerweile zu einer meiner besten Freundinnen zählte, nun scheinruhig. Das, was sie nicht sah, war das Chaos, das sich explosionsartig in meinem Inneren ausgebreitet hatte, allein bei der Erwähnung seines Namens. Noch immer hielt sie die Zeitschrift umklammert; ihre Hände waren dünn geworden, die Ringe unter ihren Augen erzählten von vielen Nächten, in denen sie wach gelegen hatte. Ihr einst so sattes, braunes Haar war von etlichen grauen Strähnen durchzogen. Ja, mit seinem

Untergang zerrte er alle mit, die ihn liebten. Natürlich. Egoistisch, wie er schon immer gewesen war.

»Rette ihn!«, verkündete sie theatralisch und ich schnaubte, bevor ich meine Arme vor der Brust verschränkte und zischte:

»Jemand, der nicht gerettet werden will, kann nicht gerettet werden! Ganz abgesehen davon ist er mir den Aufwand nicht wert! Ich habe es schon einmal probiert! Und ich bin nicht nur gescheitert! Nein, er hat mir auch das Herz gebrochen! Es tut mir leid, ich weiß, er ist dein Sohn und eine Mutter wird ihr Kind immer bedingungslos und vor allem besinnungslos lieben, aber ich tue das nicht.« *Nicht mehr!*, dachte ich bitter. »Nicht, seitdem er mich einfach so durch seine Tür gehen ließ, ohne auch nur ein Anzeichen davon, dass ich ihm etwas bedeute! Ohne auch nur ein Einziges: *Es tut mir leid*! Du weißt, was er mir angetan hat! Er hat mich betrogen und dann wie einen alten Wischlappen weggeschmissen! Wie kannst du überhaupt auf die Idee kommen, ich würde mich jemals wieder für ihn einsetzen?«

»Weil er sonst stirbt! Hannah, bitte! Ich habe schon ein Kind verloren, jetzt stirbt noch mein letztes!« Sie nahm meine Hand, aber ich entzog sie ihr ruckartig. »Bitte!« Die Tränen in ihren Augen liefen über und ich konnte es kaum ertragen, diese so stolze, ehrenvolle Frau wegen dieses Schweins so gebrochen zu sehen, aber ich schüttelte den Kopf.

»Nein!«, meinte ich ruhig, jedoch mit Nachdruck und blickte ihr dabei fest in die Augen. Dann stand ich auf, nahm ihre leere Tasse und begann, abzuwaschen. Sie weinte leise hinter meinem Rücken, wollte nicht, dass ich es merkte, aber ich sah natürlich im Augenwinkel, wie sie mit einem Taschentuch aus Stoff – sie war so altmodisch wie ich – die Tränen abtupfte und sich dann leise die Nase schnäuzte.

Ich schloss für einen Moment die Augen und verdrängte meine eigenen Tränen, während ich mich an den Rand der Spüle klammerte.

Plötzlich stand sie auf, zumindest hörte ich, wie ihr Stuhl ruckartig nach hinten geschoben wurde und ich drehte mich zu ihr um. Voller Würde trat sie an mich heran, mit geröteten Augen, doch wieder ihre Fassung wahrend.

»Ich hätte niemals gedacht, dass gerade du tatenlos zusiehst, wie jemand untergeht, obwohl du genau weißt, dass du es verhindern könntest. Was ist aus deiner Moral geworden?«

Somit wandte sie sich ab und ließ mich alleine in der Küche stehen.

Ich umschlang mich selber mit den Armen und ließ zu, dass eine einzige Träne meine Wange hinab rann, während ich ihr hinterher flüsterte: »Es tut mir leid!«

***

Es war tatsächlich noch schlimmer geworden. Mittlerweile bekam ich überhaupt keine Aufträge mehr. Wo das Geschäft zuvor nur so geblüht hatte, besonders zu der Zeit, als ich mit positiven Artikeln in jedem einzelnen Klatschblatt vertreten gewesen war, verdorrte es jetzt absolut.

Kein einziger Anruf seit zwei Wochen. Kein einziger neuer Kunde. Obwohl ich das Geld für mein ›Besserungscamp‹ fast beisammen hatte. Obwohl ich meinem Traum so nah gewesen war.

Ich hatte alles dafür gegeben und war doch gescheitert, und nur einer hatte daran Schuld – er.

Es war wieder so eine eisig klare Nacht, in der ich auf dem Garagen-Dach meines Elternhauses saß – eingemummelt in einen Schneeanzug und eine Decke, schließlich war tiefster Winter –, weil ich nicht schlafen konnte, und grübelte mit einer Tasse Tee, die ich mit beiden Händen umschloss. Die Worte seiner Mutter ließen mich einfach nicht los. Aber das war nicht das Schlimmste gewesen.

Das Schlimmste war ein Bild, das ich aus Versehen entdeckt hatte – im Fernsehen, diesem Teufelsding. Ich hatte neben meinem Vater auf der Couch gesessen, wir hatten die Nachrichten geschaut, also im Grunde ganz harmlos. Aber sogar hier wurde ich nicht verschont. Er war überall. Nur ein kurzer Beitrag und vor allem ein Video davon, wie er mit einem Beatmungsgerät auf dem Mund auf einer Liege in einen Krankenwagen geschoben wurde. Sein einst so stattlicher, trainierter Körper war abgemagert bis auf die Knochen. Er trug einen Bart, seine Haut war blass, seine Kleidung dreckig, und er bewegte sich nicht. So würde es auch aussehen, wenn man Mason, den einzigen Mann, den ich jemals geliebt hatte, tot aus seinem Haus tragen würde.

Und das würde er früher oder später.

Ich wusste genau, wie er war, wenn er sich aufgab, und das hatte er getan.

Aber wieso?

Wieso hatte er einfach aufgehört, das Leben, was er doch so liebte, zu leben?

Wieso hatte er sich nicht wenigstens *danach* bei mir gemeldet? Nicht das Gespräch gesucht?

Gott ist mein Zeuge, ich hätte ihm vergeben, weil ich ihm trotz allem immer noch liebte. Doch er hatte es nicht einmal versucht. Und ich besaß zu viel Stolz, um meiner unbändigen Sehnsucht nachzugeben. Ich würde ganz sicher nicht angekrochen kommen, das war seine Aufgabe, nachdem, was er mir angetan hatte! Doch es war ihm wohl egal. Ich war ihm egal!

Als ob der Fernsehbericht nicht gereicht hätte, rief mich auch noch Friedl kurz darauf an. Er wollte mit mir reden, mich *über*reden, denn Mason ging seit Tagen nicht mal mehr ans Telefon, obwohl er wieder zu Hause war. Dementsprechend machte er sich Sorgen, wagte aber nicht, ihn zu besuchen, weil sein schlechtes Gewissen ihn schier auffraß. Schließlich hatten Max und er ihn unter Druck gesetzt und damit gedroht, zu gehen. Auch das war Mason egal gewesen, sogar als Max und Friedl, ihre Drohung wahr gemacht hatten. Natürlich würden sie ihn sofort wieder in der Band willkommen heißen und ihm unter die Arme greifen, aber er musste es von sich aus wollen. Nur leider wollte er anscheinend nichts anderes mehr als sterben, laut Friedl. Er gab sich auf.

In dieser Nacht träumte ich davon, wie Mason vor meinen Augen starb. Ich stand nur tatenlos daneben, während sein Körper im Todeskampf zuckte. Sein Leid lähmte mich, und so konnte ich ihm nicht helfen, obwohl ich wollte. Die darauffolgende Nacht war nicht besser. Wieder derselbe Traum. Ich tat nichts, während er vor meinen Augen elend an seiner eigenen Kotze erstickte. Es war so erschreckend real, dass ich schreiend und schweißgebadet aufwachte, meine Sachen packte und aufs Dach ging! In der nächsten Zeit würde ich ganz sicher kein Auge mehr zumachen!

Und so saß ich jetzt hier oben und versuchte, das Chaos in meinem Inneren zu ordnen.

Friedl hatte mir von einer Idee erzählt, die er sich mit meiner Schwester Magda ausgedacht hatte, um Mason Hunter zu retten, und ich musste zugeben: Sie war genial. Es würde Mason garantiert dabei helfen, wieder voll durchzustarten – karrieremäßig. Einziges Problem: Ich sollte dabei die Hauptrolle spielen.

Eine Real-Live-Doku-Soap. Sie hatten bereits vor einem halben Jahr angefragt und waren immer noch bereit, sie zu drehen. Insbesondere jetzt, wo er am Ende war.

Sie würde der absolute Knüller werden.

Rockstar versus Anstandsdame.

Rock versus Liebe.

Moral versus Perversion.

Schwarz versus Weiß.

Rebell versus Regel.

Sexgott versus Jungfrau.

Friedl war sich sicher, dass wir beide in einer Soap alle Quoten brechen würden, nur leider konnte ich nicht mal daran denken, mit Mason Hunter jemals wieder zu reden, ohne dass mein Herz brach. Immer und immer wieder. Selbst nach über sechs Monaten war der Liebeskummer genauso schlimm wie am ersten Tag. Zwar wurden die Abstände, in denen er mir durch den Kopf ging, größer, aber die Intensität des Schmerzes, wenn ich einen Gedanken an ihn zuließ, nahm nicht ab. Es war jedes Mal so, als hätte man mich wieder zu jenem schicksalhaften Tag katapultiert, als ich durch seine Tür gegangen war, ohne auch nur einmal zurückzublicken.

Für diese Soap müsste ich tagtäglich mit ihm vor der Kamera stehen, mit ihm reden, ihn ansehen, ihn riechen … Und dazu war ich nicht bereit. Würde es vermutlich auch nie sein, ohne in diesen bodenlosen Tiefen seiner Augen zu versinken. Dieses Prickeln zwischen uns zu spüren, diese unsagbare Intensität, meine unbändige Liebe zu ihm – mit dem Wissen, dass ihm all das absolut *nichts* bedeutete.

Immer wieder sah ich seine kalten Augen vor mir, hörte seine eisigen Worte. »Ich hab mit Angela gefickt.« Einfach so hatte er es mir nach dem Sex an den Kopf geworfen, während er noch in mir gewesen war! Als würde er sagen:

»Ich gehe mal schnell einkaufen«! Keine Reue war in seinem Blick gewesen, kein Bedauern. Er wollte mich loswerden, also kam ihm sein Betrug gerade recht. Wahrscheinlich war ich ihm doch vor Ablauf unserer Zeit langweilig geworden. Genauso wie ich immer befürchtet hatte.

Aber wieso quälte er sich dann jetzt so?

Ich wusste es nicht und ich wollte es nicht wissen, zumindest redete ich mir das ein. Aber Tatsache war nun mal, dass ich an meiner Moral nicht vorbeikam, genauso wenig wie an meinem Gewissen. Beide machten mir einen Strich durch die Rechnung. Ich konnte ihn nicht untergehen lassen – nicht kampflos. Wenn ich das getan hätte, hätte ich mir nie wieder in die Augen sehen können. So war ich einfach nicht und so wollte ich auch nie sein!

Natürlich würde ich mich auf nichts mehr einlassen.

Natürlich würde ich ihm das Leben zu der Hölle machen, in die er meines verwandelt hatte.

Aber genauso würde ich natürlich versuchen, ihn wieder zurück ins Leben befördern – komme, was wolle.

Ich würde nicht zulassen, dass er sich aufgab, schon allein, weil seine Karriere direkt mit meiner verbunden war.

Also sagte ich schweren Herzens am nächsten Morgen zu. Ich würde mich an den intrigantesten Teufel – die Medien – verkaufen und eine primitive Fernsehsendung mit meinem ganz persönlichen Albtraum drehen. Ich würde ihn aus seinem Loch reißen, ihm den Weg in sein normales Leben weisen und danach so weitermachen, als hätte ich ihn nie geliebt!

Bei dieser Gelegenheit würde ich auch komplett mit ihm abschließen!

Wenn es jemand konnte, dann ich!

Ich war in der Lage, Gefühle zu verdrängen, ihn nicht an mich ranzulassen und unsere Hintern zu retten, wobei es mir eindeutig mehr um *meinen* Allerwertesten ging! Seiner durfte mir ab der ersten Drehminute NICHTS mehr bedeuten und das würde ich ihm zeigen! Mit jeder einzelnen Faser meiner Selbst.

Ich würde ihm zeigen, was er einfach so hatte gehen lassen!

Hannah Amalia Hauptmeier – gefürchtetste Anstandsdame dieses Landes und Mason Hunters persönliche Hölle.

Das wäre doch ein guter Titel für die TV-Show!

CUT!

DANKSAGUNG:

Ladies, ich … weiß es waren nur drei Teile angekündigt, aber ich las immer und immer wieder das eigentliche Happy End und dachte mir … nein, sie sind noch nicht soweit, nein, das ist nicht richtig, das KANN SO NICHT STEHEN bleiben – und ich wurde wirklich fast wahnsinnig. Dann war mein Babels-Baby zum Urlaub hier und wir setzten uns am Abend nach ihrem saugeilen Essen auf die Terrasse und fingen an zu spinnen … Fingen an darüber nachzudenken … was dann richtig war. Und wir kamen darauf, dass wir noch einen weiteren Teil wollen. Wir wollen uns noch nicht von Hannah und Mason lösen, wir wollen noch nicht, dass unsere gemeinsame Zeit (auch mit euch) vorbei ist, aber vor allem finden wir nicht, dass die beiden schon so weit sind. Und vor allem, allem … müssen wir unserem Namen als verkackte Sadisten alle Ehre machen. Also entschlossen wir uns, ziemlich spontan und aus dem Bauch heraus, da treffe ich nämlich die besten Entscheidungen!!! dazu … noch einen Teil zu schreiben. Sie noch ein wenig länger auf ihrer Reise zu begleiten.

Es fühlt sich richtig an. Also tun wir es. Das ist unsere Devise beim Schreiben und dieser müssen wir immer treu bleiben, sonst würde nur Grütze dabei rauskommen. Wir wollen, dass jeder sein Ende bekommt, das er verdient, und Hannah und Mason haben ihres noch nicht erreicht ;) Einige Lektionen blieben noch ungelernt. Wir haben auch auf Don Boths Autorenseite bei Facebook abstimmen lassen, ob nur drei oder vier Teile und die Ergebnisse waren mehr als eindeutig ;) Ja ja, wieso sind wir auch so blöd und fragen überhaupt? Haha! Deswegen wird es noch einen Teil Rock oder Liebe geben. Er wird so früh erscheinen, wie wir es schaffen ihn zu schreiben, das verspreche ich euch! Denn wir mögen es nicht, euch so verdammt lange warten zu lassen, aber noch weniger mögen wir es, euch etwas zu bieten, das in meinen Augen nicht absolut perfekt ist, denn ihr habt nur das Beste vom Besten verdient. Also bitte, seid nicht böse, dass wir uns für noch einen Teil entschieden haben und ihr wieder warten müsst. Freut euch, genießt es … die Spannung, die Vorfreude und vor allem das Gefühl, dass da noch MEHR kommt von Mason und Hannah. Noch so viel mehr … denn sie müssen sich immer noch entscheiden, für … Rock oder Liebe ;)

***

Danke an alle wunderbaren Menschen, die uns unterstützen und zu meinen besten Freunden zählen!

Danke an euch Leser, die immer so leidenschaftlich und treu sind.

Und was wir schon lange mal sagen wollten: Danke an jeden Menschen dieser Welt, der etwas Gutes tut, denn nur mit positivem Denken und im Team kommen wir weiter!

Für die neuesten News schaut doch auf diese Website: http://donboth.weebly.com/

Oder Facebook-Account vorbei: https://www.facebook.com/DonBoooth/

Piss zum nächsten Mal unsere lieben Liebenden!

Eure

Bethy und Babels natürlich <3

Anmerkungen:

1.

Auch in diesem Teil von Rock oder Liebe wurde wieder Bezug auf einige Songs und deren Bands genommen, in zwei Fällen (Depeche Mode und Robert Pattinson) wurde eine kurze Passage aus den jeweiligen Lyrics genannt.
Wir weisen ausdrücklich darauf hin, dass die jeweiligen Rechte bei den Bands, beziehungsweise Interpreten liegen.

Einzeln aufgelistet handelt es sich um:

1. Kapitel: **Personal Jesus** – Depeche Mode Album: Violator / 1990

2. Kapitel: Feeling Good – Muse Album: Origin of Symmetry / 2001

4. Kapitel: Give me love – Ed Sheeran; Album: + / 2011

5. Kapitel: Rockstar – Nickelback; Album: All the Right Reasons / 2005

6. Kapitel: Bad Touch – Bloodhound Gang; Album:

Hooray for Boobies / 1999

7. Kapitel: Mi Confesion – Gotan Project; Album: Lunático / 2006

8. Kapitel: Toxicity – System of a Down; Album: Toxicity / 2001

9. Kapitel: **Wheretogether in this** – Nineinch Nails; Album: The Fragile / 1999

10. Kapitel: Closer – King of Leon; Album: Only by the Night / 2008

11. Kapitel: Stand by me – Ben. E. King; Album: Don't Play That Song! / 1962

12. Kapitel: Let me sign – Robert Pattinson; Album: Twilight / 2008

13. Kapitel: The Final Masquerade – Linkin Park; Album: Hunting Party / 2014

19. Kapitel: Längst verloren – Tiavo

20. Kapitel: Where did the Party go – Fall Out Boy; Album: Save Rock and Roll / 2013

21. Kapitel: Miss missing you – Fall Out Boy; Album: Save Rock and Roll / 2013

2.

In der ursprünglichen Fanfiction-Version erschienen die Kapitel in Abständen von mehreren Tagen, manchmal sogar Wochen. Unter jedem ›Cut!‹ schrieben wir noch ein paar persönliche Worte, Links, Entschuldigungen, Rechtfertigungen, und jede Menge bescheuerten Blödsinn. Ein paar davon haben die Zeit überdauert und wir wollen euch auch diese legendären Beweise unserer Anfänge nicht vorenthalten :D

Kapitel 2:

Seht ihr ... Wir können auch ohne gemeine Cuts. Also Tanja ... Tja whothe fuck is Tanja? Kann Prüdella das mal bitte jemand sagen? ;) Wir geben euch im Bezug darauf einen winzig kleinen Minitipp: http://www.youtube.com/user/SuperBabels#p/a/u/0/nXoEEV2D7cQ

Kapitel 3:

Soooo... Erst mal vielen DANK für alle, die sich die Mühe geben eine Rezension da zu lassen. Wir wollten es einfach mal wieder gesagt haben!!!! Denn wir freuen uns über JEDE Einzelne!
Dass so etwas früher oder später passiert, war klar, denn Hannah ist nicht die Einzige die ihm verfallen ist.

Fürs nächste Kapitel begeben wir uns wieder in die Festung ...

Heute keine weiteren langen Ansagen. Ja tatsächlich. Hier ist Schluss ;)

Eure zwei Irren aus der Eishalle

Bethy feat. Babels

KAPITEL 4:

Ok ... OKAY das Zischen kam eigentlich von Babels ... Ist euch auch so heiss? Und seid ihr auch so schockiert? ANGELA! WAH!

KAPITEL 6:

Er hat also Prüdella gefickt ... Mitten am Tag ... Mitten in der Öffentlichkeit ... Das is ja schon mal was, hm? Das nächste Mal gibt es im Hause Hunter unerwarteten aber schon angedrohten Besuch. Mehr möchten wir hier nicht anmerken.

Das war's auch schon wieder von uns aus der Festung ;)

Bis zum nächsten Mal

Eure zwei Irren aus dem Behandlungszimmer

KAPITEL 7:

Soooo... Das wars mal wieder. Was soll ich sagen? Babels mag Fruchtzwerge!

Was alle nicht ahnen können, ist, dass Masons Geburtstag für ihn kein freudiges Ereignis ist, das er feiern oder auch nur daran erinnert werden möchte!!!!!!!! Das nächste Kapitel wird wirklich HEFTIG!
Wir lesen uns wieder.
Eure zwei Irren aus dem Himmel
Bethy feat. Babels

KAPITEL 8:

Scheiße ... ich scheiße mir ein! Mehr will ich zum nächsten Kapitel nicht sagen. (Bethy)
(Was sagst du Babels?) Babels sagt: Zieht euch Pampers an.
LOL!
Wie fandet ihr dieses Kap? Hannah hat Babels hier schrecklich genervt, also am Anfang zumindest, weil sie ihn nicht in Ruhe gelassen hat ... lol. Am Schluss hat er sich alles von der Seele gefickt und wird ihr also alles im nächsten Kapitel erzählen. Wir verkriechen uns schon mal in unserem Bunker und das ausnahmsweise zum Schutz, vor euch ;)
Bis zum nächsten Mal also
Eure zwei Irren, die sich verstecken

Kapitel 9:

Sorry ... wir sind nicht imstande groß was zu sagen.
Außer ... und?
KNUTSCH!
Eure zwei Irren aus dem Skypefenster
Bethy feat. Babels
SOOO wenn ihr euch das hier JETZT anseht, DANN werdet ihr es hoffentlich verstehen:
http://www.youtube.com/watch?v=nXoEEV2D7cQ

Kapitel 10:

SOOOO! Das war ein kurzes kleines Porno-ohne-Plot-Kapitel!
Und DANKE an jeden Einzelnen der mit Rotzi und Prüdella mitlebt, mitfühlt, mitliebt, mitleidet und mitlacht! Danke an jeden, der sie einfach versteht, so wie sie sind!
Hiermit wünschen wir euch schon mal ein wundertolles Wochenende und verabschieden uns wieder mal.
Eure zwei Irren aus dem Hexenhäuschen ;))
Bethy feat. Babels

LESEPROBE AUS DEEP INSTINCT

ÜBER DAS BUCH:

Ein unerschütterliches Selbstbewusstsein und die pure Verführung – das ist Jesse Porter. Als er auf der Hochzeit seines Bruders die scheue Adriana Flores beim Nacktbaden im Meer beobachtet, ist für ihn klar: Diese atemberaubende Nixe wird seine nächste Beute.

Leider reagiert sie aber keineswegs so wie die anderen Frauen, die sich ihm scharenweise vor die Füße werfen. Sie geht auf Abstand, obwohl sie ihn spürbar begehrt. Damit bringt sie ihn so durcheinander wie keine jemals zuvor, denn was zu Beginn allein dem Jagdtrieb geschuldet ist, wird nach und nach durch seinen Beschützerinstinkt ersetzt.

Als Adriana den attraktiven Jesse Porter das erste Mal sieht, ist sie sich sicher: Er ist ein Engel – wunderschön und absolut atemberaubend, herabgestiegen, um ihr zu zeigen, was der Himmel auf Erden ist. Er ist keine Bestie, so wie die anderen Männer. Denn er rettet sie vor ihrem gewalttätigen Ehemann, will sie aus der tristen Welt

entführen, die zu einem Gefängnis für ihre Seele und ihren geschundenen Körper geworden ist.
Doch wie hoch ist der Preis, den sie zahlen muss?
Denn Jesse Porter tut niemals etwas ohne Gegenleistung, und er macht ihr ein Angebot, das ihr Verstand sofort abschlagen will: Am Tag soll sie auf seiner Ranch arbeiten. Schön und gut, doch in der Nacht soll sie ihm dienen – mit ihrem Körper.
Wird er es schaffen, der gebrochenen Frau zu zeigen, wie schön es sein kann, sich der Lust hinzugeben? Und wird es ihr gelingen, seine harte Schale zu knacken und ihm zu zeigen, dass Liebe noch viel besser ist als Lust? Werden beide erfahren, dass Sex so viel mehr sein kann als nur eine Befriedigung der Körper? Oder werden sie sich bei dem Versuch, den anderen zu heilen, gegenseitig zerstören?
Wenn der Cowboy seine weiche Seite zeigen muss, um das Herz seiner Nixe zu erobern.
Wenn aus brennendem Verlangen die einzig wahre Liebe wird …
Die Dark Love Reihe – Liebe ohne Hard Limits.
Romantisch/erotische Geschichten über Dominanz und Unterwerfung, Grenzüberschreitungen, falsche Motive, die einzig wahre Liebe und wie sich Menschen für diese ändern können.
Alle Teile handeln von anderen Protagonisten und sind in sich abgeschlossen.

***

Als ich wieder hochkomme, ist alles dunkel. Klar, sie muss total im Arsch sein und schläft sicher schon längst. Aber nicht im Bett. Das ist leer, was ich trotz des spärlichen Mondscheins erkenne, denn um sie nicht zu wecken, habe ich darauf verzichtet, das Licht anzuschalten. Stirnrunzelnd mache ich ein paar Schritte in das Zimmer und öffne dabei mein Hemd. Die Tür zur Dachterrasse ist auch zu … Wo …

In dem Moment stolpere ich über etwas Weiches und falle vornüber laut fluchend in mein Bett. Dabei stoße ich mir den Kopf am Bettpfosten und sehe kurz Sterne. Sobald sich nicht mehr alles dreht, wirble ich herum und entdecke sie auf dem verfickten Boden! Mit einer Überdecke sieht sie mich mit großen Augen an, die schwarz glänzen. Was zum Teufel?

Genervt greife ich nach der Lampe und schalte sie an, sie schirmt ihre Augen vor der Helligkeit ab und springt dann auf die Beine.

»Was tust du da unten, verdammt noch mal?«, frage ich mit kaum verhohlener Wut. Da hüpft sie schon in das Bett – in nichts weiter als einem langen weißen Nachthemd – und streicht ein paar Haare aus meiner Stirn.

»Du hast dir wehgetan … Es … es … tut mir so leid …«

»Sag mal, wolltest du echt auf dem beschissenen Boden schlafen?« Rüde schlage ich ihre ablenkenden Hände weg und sie zuckt mit großen Augen zurück, hebt beide Arme und hält sie schützend vor ihr Gesicht. Ich stocke mitten in der Bewegung und … starre sie ungläubig an. Das meint sie doch jetzt nicht ernst.

»Hör auf mit der Scheiße!« Grob reiße ich ihre Hände runter, auch wenn ich mich schon wieder wie ein Arsch verhalte, aber ich werde mich nicht verstellen – niemals! »Ich werde dich nicht schlagen, verdammt, und es gibt auch keinen beschissenen Grund, dass du auf dem kalten Boden schlafen musst oder dass du beim Sex unter mir liegst wie ein lebloses Stück Holz!« So. Das hat gesessen!

Sie wird sofort kreidebleich und Tränen sammeln sich in ihren Augen. Dann weicht sie zurück auf ihre Hacken – verdammt, ihre volle wunderbare Unterlippe bebt sogar – und will etwas murmeln, aber ich halte ihren Mund zu. »Wage es nicht, dich jetzt dafür zu entschuldigen!«

Völlig verzweifelt schaut sie mich aus ihren wunderschönen großen Augen an, weiß anscheinend weder was sie tun noch sagen soll und erweicht ganz nebenbei mit diesem Blick einen Ort tief in meinem Inneren. Sofort verpufft jegliche Wut, ich bin ihr hilflos ausgeliefert, wenn sie mich so ansieht. Seufzend nehme ich meine Hand von ihrem Mund und streiche zärtlich ein paar Haare aus ihrem Gesicht. Meine Stimme wird automatisch leiser und weicher, aber auch rauer …

»Ich weiß, dass ich dich nicht kalt lasse … Bei unserem ersten Kuss bist du sofort geschmolzen … und vorhin warst du feucht und bereit für mich. Du willst mich. Also warum?« Sie wird natürlich sofort knallrot und sieht wieder mal nach unten.

»Wie … wie meinst du das? Feucht und bereit?« Jetzt liegt es an mir, bleich zu werden und vor allem ratlos zu sein, was sich auch in ihrem Gesicht widerspiegelt, obwohl in ihrem Ausdruck auch Vertrauen zu finden ist. *Sie weiß nicht, was das heißt, du elender Vollidiot!* Mir schnürt sich die Kehle zu, bevor ich mich räuspere.

»Feucht und bereit heißt: Du wolltest mich in dir. Du warst erregt, weil du mich begehrst. Du hast davor noch keinen Mann begehrt, hab ich recht?«

»Ja.« OH FUCK! Sie ist … völlig unerfahren! Kennt ihre eigene Sexualität nicht, kennt keine *Lust*. Sie ist eine große, wunderschöne, weibliche Spielwiese, WENN ich mich darauf einstellen kann und vor allem, wenn ich weiß, womit ich es zu tun habe. Sie könnte ALLEIN mir gehören. Nur. Mir. Aber nicht so, wie ich es vorhin probiert habe! Vielleicht hätte ich davor mit ihr reden sollen, anstatt sie so zu überfallen. Ich bin WIRKLICH der größte Idiot auf diesem Planeten und möchte am liebsten meinen Schädel gegen die Wand dreschen!

»Hör mir zu … Hätte ich gewusst, dass du so … unerfahren bist, hätte ich es langsamer angehen lassen …«, murmle ich und streiche ihren Wangenknochen mit dem Daumen. Sie linst zaghaft zu mir hoch.

»Ich habe es doch falsch gemacht. Ich muss mich entschuldigen … weil … ich deinen sexuellen Wünschen nicht entsprechen konnte, weil ich dich nicht befriedigen konnte …«

Ich lache auf.

»Adriana …«, murmle ich und sie sieht wieder zu mir hoch, ein bisschen so, als wäre ich wieder ihr Gott. »Ich will nur, dass du mich befriedigst, wenn du es auch willst. Willst du das?«

»Ich … ich weiß nicht …« Unsicher blickt sie weg.

»Sieh mich an!«

Sie tut es.

»Du musst ehrlich zu mir sein und dich nicht verstecken! Ich schwöre dir, ich werde dich nicht für deine Ehrlichkeit bestrafen oder es auf irgendeine Art ausnutzen … Vielleicht war es bis jetzt bei dir anders, aber ich will dich nicht als Untergebene. Ich will dich ebenbürtig, ich will dir Spaß bereiten, so wie du mir Spaß bereitest. Ich will dir Lust schenken, so wie du mir. Es ist ein Geben und Nehmen. An die Orte, wo ich mit dir hinwill, war bei dir noch kein Mann jemals zuvor, aber er macht sich durch Gleichberechtigung aus, nicht durch Unterdrückung – außer du willst es. Dann bist du schneller an mein Bett gefesselt, als du blinzeln kannst.« Okay, der letzte Satz war kein Spaß, dennoch muss ich schmunzeln. Vor allem, weil sie mich ansieht wie einen Außerirdischen.

»Du willst mich an dein Bett fesseln?« Es sticht wieder in meiner Herzgegend.

»Wenn du es willst!«, betone ich.

»W… wieso ich?«

»Wieso?« Ich muss einfach lachen. »Zuallererst bin ich verdammt oberflächlich und du bist die schönste Frau, die ich jemals getroffen habe!« Sie wird knallrot, aber ein kleines Lächeln spielt um ihre Mundwinkel. »Aber das ist nicht alles … Du hast mich süchtig gemacht … nach dem hier …« Ich beuge mich wie von selbst vor und küsse ihre weichen vollen Lippen. Sie erstarrt genauso wie ich, als ich merke, was ich tue, aber dann … atmet sie tief durch und lässt ihre Lider zugleiten. Mit aller Kraft, die ich habe, zwinge ich mich dazu, zurückzuweichen, worauf sie mich mit großen Augen ansieht. »Tut mir leid, es ist schwer für mich, dir zu widerstehen.«

»Das musst du nicht …«

»Ich werde es aber, solange du es nicht willst. Ich habe dir versprochen, dass ich nichts tun werde, was du nicht …« Sie stürzt sich so schnell auf mich, dass ich kaum eine Möglichkeit habe, zu reagieren. Gerade eben sitzt sie mir noch gegenüber auf dem Bett, im nächsten presst sie ihre Lippen auf meine, hat ihre Arme um meinen Nacken geschlungen und … *küsst mich.* Sie bewegt ihre Lippen auf meinen mit einer Intensität, wie ich sie noch nie empfunden habe. Jetzt ist es an mir, völlig zu erstarren. Sie ist der absolute Wahnsinn, doch schon weicht sie zurück. »Oh mein Gott!« Sie hält sich schockiert die Hand vor den Mund. »Es tut mir …«

»Klappe!« Nun packe ich ihren Nacken, ziehe sie zu mir heran – und küsse sie *richtig*. Sofort schmilzt sie mit einem winzig kleinen Stöhnen wieder an meinem Mund, lehnt sich mir entgegen … und lässt meine Zunge in ihre süße Mundhöhle ein, während ich sie mit einer Hand festhalte und mit dem Daumen streichle. Zaghaft berühre ich ihre Zungenspitze mit meiner, nur ein kleines Antippen, und sie stöhnt erneut, diesmal lauter, dabei windet sie sich ein bisschen und ich lasse von ihren Lippen ab … »Fühlst du es? Ein Pochen zwischen deinen Beinen, eine Hitze … ein unbekanntes Verlangen, tief in deinem Bauch. Das ist es, meine Süße. Das ist Lust!« Ich küsse sie unter ihr Ohr und sie vergräbt ihre Finger tief in meinem Haar.

»Empfindest du so was auch gerade?«, fragt sie und ich lache heiser, nehme ihre Hand und lege sie auf meinen Schritt.

»Ja … bei mir kannst du es sehr leicht merken, wenn ich an nichts anderes denken kann, als mit meinem Schwanz in dich zu stoßen.« Sie keucht, wahrscheinlich wegen meiner Wortwahl und weil ich langsam mit ihrer Hand unter meiner über meinen pochenden Schwanz reibe. Sofort spüre ich, wie sie sich verspannt, und lasse sie schweren Herzens los. Mit verbissenem Kiefer weiche ich etwas zurück, lehne meine Stirn an ihre und halte ihr Gesicht in beiden Händen. »Er hat dir beim Sex wehgetan, oder?«

Sie schließt die Augen und ein Zittern geht durch ihren Körper, aber sie löst sich nicht von mir, sondern nickt nur. »Habe ich dir vorhin wehgetan?« Nun öffnet sie wieder die Lider und runzelt die Stirn, scheint darüber nachzudenken, bevor sie den Kopf schüttelt – fast schon ungläubig.

»Nein. Du hast mir nicht wehgetan …«

»Das werde ich auch nicht. Niemals! Ich werde niemals in dich eindringen, wenn du nicht bereit für mich bist.«

»Okay …« Ihre Stimme bebt, dann beugt sie sich wieder vor und küsst mich – überrumpelt mich damit völlig und krabbelt einfach so auf meinen Schoß, vergräbt die Hände in meinem Haar und nimmt mir jeglichen Atem. Sie ist so … vertrauensvoll und gleichzeitig so leidenschaftlich, obwohl sie so viel Scheiße erlebt hat.

»Danke!«, keucht sie. Schon allein deshalb will ich meine Augen verdrehen und gleichzeitig weinen, aber bevor ich dazu komme, überwältigt sie mich mit ihrer Leidenschaft. Sie stöhnt in meinen Mund, während sie ihren Schritt absolut sinnlich an mir reibt. Dabei spielt ihre kleine Zunge mit meiner, erkundet sie, umschmiegt sie, macht mich völlig wahnsinnig. Ich habe das Gefühl zu sterben und balle meine Hand hinter ihrem Rücken zur Faust, um mich davon abzuhalten, sie auf das Bett zu werfen und mich mit einem Stoß tief in ihr zu versenken.

Immer ungezügelter wird sie und keucht schließlich … »Zeig mir mehr! Bitte!« Mit geröteten Wangen, geschwollenen Lippen und zerzaustem Haar blickt sie mich mit ihren Wahnsinns-Augen absolut offen und neugierig an – voller Begehren. Das lasse ich mir auf keinen verdammten Fall zweimal sagen! Atemlos weiche ich etwas zurück und sehe sie ernst an.

»Okay. Aber wenn es dir zu viel wird, musst du Stopp sagen. Laut und deutlich.«

Sie nickt.

»Sag: *Ja, ich werde Stopp sagen*, Jesse!«

»Ich werde Stopp sagen, Jesse!« Wie sie meinen Namen ausspricht! In meinem Kopf singt dabei ein ganzer Himmelschor! Ich lächle sie an und sie strahlt offen und ehrlich zurück, woraufhin mein verdammtes Waschweiberherz anfängt zu rasen.

»Okay, Miss Flores, halt dich fest. Ich werde dir jetzt zeigen, wie sich Lust anfühlt.«

Kapitel 11

SIE

Mein Herz trommelt bis in meine Schädeldecke, als er mich auf das Bett legt, langsam und behutsam, ohne den Blick von meinem Gesicht zu nehmen. Er ist so wunderschön, dabei weiß ich nicht, womit ich es verdient habe, dass er mich mit so viel … Ehrfurcht und Faszination ansieht, wie ein Gläubiger seine herabgestiegene Göttin.

Selbst als er sein Hemd auszieht, unterbricht er unseren Augenkontakt nicht. Da ist das Biest in seinen Augen, ein rohes, ungezügeltes Verlangen, aber ich vertraue ihm, weiß, dass er es für mich bändigen wird. Ich muss nur Stopp sagen.

Wir sind ganz allein. Keiner könnte mir helfen. Ich bin ihm völlig schutzlos ausgeliefert. Doch der Anblick, wie er riesig und tätowiert über mir kniet, macht mir keine Angst, sondern weckt etwas tief in meinem Inneren. Noch weiß ich nicht, was es ist, nur, dass ich mehr davon will. Ich kann seine Berührung kaum erwarten, und je länger es dauert, umso mehr winde ich mich, bis er schief grinst und in seine Augen ein wissendes Funkeln tritt.

»Genau das ist es, Baby … du verzehrst dich nach mir … fühle es … Es wird immer stärker, je näher ich dir komme.« Und so ist es tatsächlich! Langsam beugt er sich über mich, küsst mich wieder zärtlich und gründlich, während er sich auf seine Arme abstützt, bis sich mein Kopf dreht und mein Rücken durchbeugt. Seine Lippen sind so unendlich sanft, sein Dreitagebart kratzt mich ein bisschen, als er sich an meinem Hals hinab küsst, die empfindliche Haut unter meinem Ohr verwöhnt, sie zart einsaugt und daran knabbert, bis Gänsehaut meinen gesamten Körper bedeckt und mein Atem schneller geht. Er lässt sich so viel Zeit, berührt mich nur mit seinen seidigen Lippen, sonst nichts. Mir ist klar, dass er das nur für mich tut, und ich kann mein Glück kaum fassen.

Womit habe ich nur verdient, von ihm auf diese Art geehrt zu werden? Von diesem wunderschönen Mann so berührt zu werden, wo er mich doch auch anders haben könnte. Ohne diesen Aufwand … ohne diese unendliche Geduld, mit der er sich nun mit mir beschäftigt.

»Wie fühlt es sich an?«, haucht er an meinem Schlüsselbein und ich streiche mit einer Hand durch seine Haare.

»Schön …«, seufze ich und keuche auf, als er mit seinen Lippen über meine Brustwarze streift, die sich keck unter dem Baumwollstoff abhebt.

»Und jetzt?«

»Wow …«, hauche ich, als er erneut dagegen stupst und sanft an ihr knabbert. Meine Finger können nicht mehr sanft sein, sie krallen sich in seine Haare, während ich mich ihm weiter entgegenstrecke, in der Hoffnung, dass er meine

Empfindungen, die so neu für mich sind, abmildert oder intensiviert. Ehrlich gesagt weiß ich es nicht. Jede Berührung meines Nippels schießt direkt in meinen Unterleib, wo es mittlerweile warm zu glühen und zu pulsieren beginnt. Ich stöhne lauter … wimmere gleichzeitig und er grinst, während er mich schelmisch unter seinen endlos langen Wimpern heraus ansieht. »Genau das ist es … DAS ist Lust … du kannst es kaum erwarten, verzehrst dich nach mir, *brauchst* mich.«

»Ist … ist das bei dir auch gerade so?«, frage ich und er stockt ein bisschen, bevor er sich wieder nach oben bewegt und mir tief und ernsthaft in die Augen schaut.

»Ja … es ist so … ich würde im Moment fast alles dafür tun, einfach in dich stoßen zu können, es wäre so leicht. Aber ich kann und werde mich kontrollieren. Es geht jetzt nicht um mich, sondern um dich, Adriana. Was willst du von mir? Sag es mir, meine Süße …« Ich zucke mit den Schultern … Ich WEISS ES DOCH NICHT! Woher denn auch? Also antworte ich das Erste, was mir in den Sinn kommt und doch der Wahrheit entspricht: »Dich?« Worauf er mich zum Glück angrinst.

»Damit kann ich dienen! *Wo* willst du mich?« Ich werde knallrot, das kann und werde ich ihm niemals verraten!

»Zeig mir, wo du mich am meisten willst … Schäme dich nicht …«, wispert er hauchzart, und das Bittende in seiner Stimme gibt mir den Rest. Ich könnte ihm bei diesem Tonfall nie etwas verwehren und erst recht nicht bei diesem

Ausdruck in seinen Augen. Also beiße ich mir auf die Lippe und gleite mit meiner Hand zwischen uns entlang. Er weicht etwas zurück, folgt meiner Wanderung mit brennendem Blick und presst die Lippen aufeinander, als ich sie zwischen meine Beine lege.

»Hier?« Mit großen, fragenden Augen sehe ich zu ihm hoch. Was, wenn er mich dort gar nicht berühren will? Was, wenn ich gerade zu weit gehe?

»Du hast keine verdammte Ahnung, wie stolz ich auf dich bin und was für ein großes Vergnügen es mir sein wird!«, flüstert er grinsend und mir fällt ein Stein vom Herzen. Dann beugt er sich vor und küsst mein Knie – ganz zärtlich. Meine Beine erbeben, während er sie weiter spreizt und mit seinen Lippen über meinen empfindlichen Innenschenkel wandert. Stück für Stück nähert er sich diesem einen Ort, dessen Pulsieren mich nicht klar denken lässt.

»Ruhig …« Bestimmend hält er mich an den Hüften fest, aber nicht schmerzhaft, während er mit seiner Zungenspitze am Bund meines Höschens eine feuchte Spur zieht, die sich wie ein Brennen auf meiner Haut anfühlt. Ich keuche auf und kralle meine Hände in sein Haar. Dort habe ich noch nie einen Mund gespürt, noch niemals hat mich dort jemand so zärtlich berührt … so genussvoll – egal mit was. Während er mich erkundet, beobachtet er die ganze Zeit mein Gesicht, dunkel, aber sehr wachsam, auf jedes Keuchen achtend, jeden Atemzug, jeden Wimpernschlag. Über dem dünnen Stoff streift er mit seinen Lippen über meinen

Intimbereich, stöhnt dabei selber, senkt die Lider und nimmt einen tiefen Atemzug. Ich verglühe, bekomme kaum noch Luft und muss ebenfalls die Augen schließen.

»Oh Gott!«, stöhne ich laut, als er den Punkt über dem Höschen küsst, der am stärksten pulsiert.

»Fuck … wie du duftest … wie feucht du bist … Ich werde dich jetzt so was von zum Orgasmus bringen …«
Was hat er gesagt? Wer bin ich? Wo bin ich? Ich kann nicht mehr klar denken, kralle meine Hände stärker in sein dichtes Haar und hebe ihm mein Becken entgegen, während er weitere hauchzarte Küsse über meinen Intimbereich regnen lässt. Jeder einzelne schlägt in meinem Körper ein wie ein Blitz, obwohl er mich kaum berührt. Ich hatte wirklich keine Ahnung!

Das Pochen wird so unerträglich intensiv, dass ich nach Luft schnappe. Sein Stöhnen vibriert an meiner Haut, dort wo es heiß pulsiert. Dann schnippt er mit seiner Zunge gegen diesen bestimmten Punkt. Mit einem Mal spannt sich mein Unterleib an, meine Zehen verkrampfen sich. Mein Körper fühlt sich einige Sekunden an, als würde ich über den Rand einer Klippe stürzen, ich scheine schwerelos – es gibt keinen Raum und keine Zeit. Nichts, außer dieses warme Pulsieren zwischen meinen Beinen. Ich halte die Luft an und dann explodiert alles tief in meinem Inneren. Die Explosion schickt Ausläufer bis in jede noch so entlegene Nervenzelle. Meine Muskeln spannen und entspannen sich rhythmisch, jeder einzelne. Ich bin nicht mehr fähig, irgendetwas zu kontrollieren, stattdessen höre mich selber laut seinen Namen stöhnen, während sich meine Finger in dem Bettlaken unter mir verkrallen, mein Rücken sich durchbeugt und ich einfach nur zu schweben scheine.

Irgendwann gleite ich ganz langsam in Richtung Erde und lande dort in einem wohlig weichen Bett der Behaglichkeit. Schweiß steht mir auf der Stirn, die letzten Ausläufer sind verklungen und haben meine Muskeln völlig entspannt zurückgelassen und ich kann es kaum glauben. Zaghaft öffne ich die Lider und sehe ihn ungläubig an.

Was.

War.

Das?

Er verzieht das Gesicht, als hätte er Schmerzen, dann atmet er jedoch tief durch und legt sich neben mich. »Das war der Höhepunkt der Lust. Ein Orgasmus. Um diesen zu erleben, tun die Menschen manchmal so ziemlich alles …«

»Ich … ich … habe so etwas noch nie empfunden … geht das noch mal?«, frage ich neugierig und rutsche näher an ihn heran – nun ganz Feuer und Flamme. Er lacht leise und streicht mit seinen Lippen über meine Schläfe – küsst mich und legt seinen Arm um mich. »Ich werde dir so viele Orgasmen bescheren, wie du verdammt noch mal willst. Aber wenn ich es jetzt sofort mache, dann platze ich, so wahr mir Gott helfe!« Ich lächle. Das ist so … *süß* und er riecht so gut. Deutlich spüre ich, wie eine Last von meinen Schultern gefallen ist, eine von der ich überhaupt nicht wusste, dass sie da war. Außerdem fühle ich mich so wunderbar schläfrig.

»Okay … dann später!«, murmle ich, bereits halb dabei abzudriften, doch ich höre ihn noch leise glucksen.

»Wie du willst, meine kleine Nixe.«

Kapitel 12

ER

»Weißt du …«, flüstert sie nach einiger Zeit einträchtiger Stille gähnend, »… was echt komisch war?«

»Was?«

»Vorhin, als ich … als ich … dir mit meinem Mund …«

»Einen geblasen habe?«, frage ich grinsend und sie murmelt kaum hörbar:

»Ja. Als ich dir einen geblasen habe.« Ich muss lachen, während ich sie noch enger an mich ziehe, obwohl es mich dabei innerlich fast zerreißt.

»Was war da bitte *komisch*?«

»Du … du hast … *gut* geschmeckt!« Ich muss die Augen schließen. Am liebsten würde ich mir auch die Ohren zuhalten. Wie kann sie so etwas nur sagen, während ich hier halb am Verrecken mit einem monströsen Monsterständer neben ihr liege und kurz vor dem Platzen bin, weil sie gerade unter meinen Lippen ihren ersten phänomenalen Orgasmus hatte – inklusive Stöhnen und Winden und diesem unsagbar sexy Geruch! »Möchtest du, dass ich das irgendwann wieder tue?«

Oh fuck … Meint sie das ernst?!

»Ja!«, knurre ich schon fast und ergänze etwas sanfter: »Aber nur … wenn DU es willst, weil DU es willst! Nicht weil du denkst, ich könnte es wollen.«

»Hast du es mich deswegen nicht beenden lassen?«

»Ja.«

»Okay …«, wispert sie und ich seufze, weil mir klar wird, wie sehr ich sie vorher verletzt habe. Ich will mich schon fast entschuldigen, aber sie spricht schon weiter. Dabei hat sie ihr Gesicht immer noch irgendwo an meiner Brust vergraben und sieht mich natürlich nicht an.

»Und … als ich nackt vor dir stand, auf der Insel … und das Handtuch für dich geöffnet habe … da … da hast du mich angesehen und ich … ich hatte gar keine Angst. Nicht wirklich.«

»Das musst du auch nicht. Ich würde mir lieber selber die Hand abschneiden, als sie jemals gegen dich zu erheben oder damit etwas zu tun, was du nicht willst.«

»Das … das ist gut.«

»Das ist normal für einen Mann – ich meine damit einen RICHTIGEN.« Ich streichle ihre Schulter. Sie zieht sie hoch und gleitet mit ihrer Nase über meine Brust.

»Und als ich dich am Strand sah – mit dieser anderen Frau!«, knurrt sie düster. »Da wollte ich an ihrer Stelle sein und unter dir im Sand liegen. *Freiwillig*!« Nun klingt sie ungläubig, außerdem rückt sie etwas von mir ab und sieht mich an, als wäre ich ein Puzzle, von dem sie erst alle Teile zusammenfügen muss, damit sie das große Ganze erkennt.

»Ich wünsche mir auch, du wärst an ihrer Stelle gewesen, Adriana, und für mich warst du es auch.«

»Ich … ich war so verwirrt. Aber … dich kennenzulernen, von dir gerettet, von dir geküsst zu werden, nur um dann auf dieser Insel zurückzubleiben. Allein der Gedanke raubte mir den Atem. Ich wurde fast verrückt bei der Vorstellung, mit ihm den Rest meines Lebens verbringen zu müssen, ohne dich je … wiederzusehen und von dir … so betrachtet und berührt zu werden. Und das ist auch jetzt so … Bitte … schick mich nicht fort.«

Was zum …?! Ungläubig blinzle ich sie an.

»Adriana!« Ich packe ihre Haare und zwinge sie erneut, mich anzublicken. »Ich werde dich nicht fortschicken! Wieso sollte ich?! Wir sind doch gerade erst hier angekommen! Wir haben noch so viel vor uns!«

»Aber ich bin nicht so!« Tränen treten in ihre Augen und ein störrisches Funkeln, das ich schon ein paar Mal habe aufkeimen sehen, aber das sie davor noch nie so offensichtlich ans Tageslicht ließ.

»So wie was?«

»Na, wie *sie*! Wie diese Frau am Strand! Oder die Frau am Flughafen, oder die im Flugzeug!« Sie hat gemerkt, wie mich die Tussen angemacht haben? Oh fuck! Offensichtlich ist sie unter ihrer Oberfläche nicht nur verdammt leidenschaftlich, sondern auch aufmerksam. Sie kann man so schnell nicht täuschen, auch wenn man das auf den ersten Blick ganz sicher nicht erwartet.

»Das stimmt«, antworte ich knapp und ihr Ausdruck fällt für eine Sekunde in sich zusammen wie ein missglücktes Soufflé. »Du bist etwas Besonderes, Adriana Flores.« Somit beuge ich mich vor und küsse diese unsagbar anziehenden Lippen, die manchmal so einen Mist von sich geben und von denen ich nicht erwarten kann, sie in baldiger Zukunft überall zu spüren.